Sonnenhof
Alter Steinbruch
Panoramaweg
Römerkastell
„Autobahn“
Forsthaus
Waldsee
Seufzerbrocken
Amselhof

Elena – Ein Leben für Pferde

Das Geheimnis der Oaktree-Farm

Nele Neuhaus, geboren 1967 in Münster/Westfalen, lebt heute im Taunus. Sie reitet seit ihrer Kindheit und schreibt bereits ebenso lange. Nach ihrem Jurastudium arbeitete sie zunächst in einer Werbeagentur, bevor sie begann, Erwachsenenkrimis zu schreiben. Mit diesen schaffte sie es auf die Bestsellerlisten und verbindet nun ihre zwei größten Leidenschaften: Schreiben und Pferde. Ihre eigenen Pferde Fritzi und Won Da Pie standen dabei Pate für die gleichnamigen vierbeinigen Romanfiguren. Von Nele Neuhaus ist auch die Reihe „Charlottes Traumpferd" bei Planet! erhältlich. **www.neleneuhaus.de**

Elena – Ein Leben für Pferde bei Planet!:

Elena – Ein Leben für Pferde
Bd. 1: Gegen alle Hindernisse

Elena – Ein Leben für Pferde
Bd. 2: Sommer der Entscheidung

Elena – Ein Leben für Pferde
Bd. 3: Schatten über dem Turnier

Elena – Ein Leben für Pferde
Bd. 4: Das Geheimnis der Oaktree-Farm

Elena – Ein Leben für Pferde
Bd. 5: Ihr größter Sieg

Elena – Ein Leben für Pferde
Bd. 6: Eine falsche Fährte

Mehr über unsere Bücher, Autoren und Illustratoren auf:
www.planet-verlag.de

Nele Neuhaus

Elena

Das Geheimnis der Oaktree-Farm

PLANET!

Für Claudia, Steffi, Marina und
alle Cowgirls aus Wildsachsen.
Danke für die schöne Zeit mit Euch!

1. Kapitel

»Elena, bleib bitte noch einen Moment da«, sagte unsere Klassenlehrerin Frau Wernke zu mir, als der Gong zum Ende der vierten Stunde ertönte. Meine Klassenkameraden verschwanden in die Pause und mir schwante beim Anblick von Frau Wernkes Miene nichts Gutes. Zu Beginn der Stunde hatte sie uns die Deutscharbeiten zurückgegeben. Ich hatte eine Vier geschrieben, obwohl Deutsch eigentlich mein bestes Fach war! Mit einem unguten Gefühl im Bauch ging ich zu ihr ans Pult.

»In den letzten Monaten lassen deine Leistungen mehr als zu wünschen übrig.« Frau Wernke musterte mich ernst. »Eine Fünf in Mathe, eine Fünf in Englisch und jetzt auch noch eine Vier in Deutsch, die eigentlich auch eher eine Fünf war! Wenn du nicht sofort einen Endspurt einlegst, dann wirst du die Klasse wiederholen müssen.«

Die Klasse wiederholen? Oh Gott, bloß nicht! Das würde bedeuten, dass ich noch ein Jahr länger in der Schule herumsitzen musste!

»Was ist los mit dir, Elena? Hast du Probleme?«

»N…nein. Ich … ich … weiß auch nicht, was los ist«, stammelte ich verlegen.

Das stimmte nicht ganz, denn ich wusste ziemlich gut,

weshalb ich so schlechte Arbeiten geschrieben hatte. Kurz vor Weihnachten im letzten Jahr hatte Tim mit mir Schluss gemacht. Das hatte mich völlig durcheinandergebracht und danach war dauernd irgendetwas passiert, was mich vom Lernen abgehalten hatte: die Entdeckung, was für ein falsches Spiel meine angebliche Freundin Kiki hinter meinem Rücken trieb, Kaderlehrgänge und Turniere, außerdem ritt ich jeden Tag meine beiden Berittpferde Lenzi und Skyfall und oft auch noch Fritzi, mein eigenes Pferd. Aber das waren alles keine Argumente, die Frau Wernke gelten lassen würde – und meine Eltern erst recht nicht. Papa und Mama waren nie sonderlich streng gewesen, was die Schule betraf, aber wahrscheinlich nur deshalb, weil weder mein älterer Bruder Christian noch ich jemals Probleme mit Noten oder gar der Versetzung gehabt hatten.

»Ich weiß, dass du nicht dumm bist, Elena.« Frau Wernke stand auf und ergriff ihre Tasche. »Ich fürchte, du machst einfach zu wenig für die Schule.«

Ich fühlte mich ertappt und senkte den Kopf. Meistens kam ich erst um vier Uhr nachmittags aus der Schule und dann blieb nicht viel Zeit, um alles auf die Reihe zu kriegen. Und statt am Schreibtisch zu sitzen und für die Klassenarbeiten zu lernen, war ich lieber mit Melike, Nick und Tim im Stall.

»Frau Vollandt hat mir gesagt, dass die letzte Englischarbeit allgemein sehr schlecht ausgefallen ist und sie deshalb wiederholt wird. Ich rate dir, nutze diese Chance und gib Gas in den letzten Wochen. Sonst sieht's für dich nicht gut aus.«

»Werden Sie das meinen Eltern sagen?«, fragte ich zaghaft.

»Das muss ich, leider. Du bist akut versetzungsgefährdet.«

Sie ging hinaus. Ich folgte ihr und trottete niedergeschlagen den Flur entlang und die Treppe hinunter.

Irgendwie hatte ich meine schlechten Noten total verdrängt und das lag an den dramatischen Ereignissen der vergangenen Wochen. Am Abend vor dem Jugendturnier in Alsfeld waren die Scheune und Papas großer Lkw mitsamt dem Wohnwagen abgebrannt und ich war zuerst fest davon überzeugt gewesen, dass Kiki den Brand gelegt hatte. Auf dem Turnier war ich dann mit Lenzi, der eigentlich Lancelot hieß, und Skyfall mein erstes S-Springen geritten und auf Anhieb mit beiden Pferden platziert worden. Tim hatte mit Rolanda, der Stute meines Bruders, die schwerste Prüfung des Turniers gewonnen, ganz knapp vor Niklas Schütze, Melikes Freund. Kikis Bruder Fabian hatte auf dem Turnier Ariane entführt, aber wir hatten sie finden und befreien können, und die Polizei hatte schnell herausgefunden, wer unsere Scheune angezündet hatte. Zwar hatten Kiki und Fabian Denninger nichts damit zu tun gehabt, aber nach den ganzen Vorfällen hatten sie ihre Pferde in einen anderen Stall gestellt und ich war heilfroh, dass ich ihnen auf dem Amselhof nicht mehr begegnen würde. Bei dem Brand war nicht nur die Scheune mit den Stroh- und Heuvorräten, sondern auch das Sattelzeug im Lkw Opfer der Flammen geworden, doch glücklicherweise würde die Versicherung alle Schäden bezahlen. Ja, irgendwie hatten alle Begebenheiten der letzten Wochen und Monate ein gutes Ende gefunden, alles hätte wunderbar sein können – bis auf meine miesen Noten in der Schule!

Auf dem Schulhof hielt ich Ausschau nach Melike und fand meine beste Freundin auf einer Bank vor dem Eingang der Cafeteria. Sie tippte konzentriert auf ihrem Smartphone herum, wahrscheinlich schrieb sie sich Nachrichten mit Niklas.

»Hey!« Melike blickte auf und rückte ein Stück zur Seite, damit ich mich hinsetzen konnte. »Was machst du denn für ein Gesicht?«

Ich stieß einen Seufzer aus und erzählte ihr, was die Wernke mir eben gesagt hatte.

»Eine Vier in Deutsch und ein *Fünf* in Englisch?« Melike runzelte ungläubig die Stirn. »Wieso das denn?«

»Das war so eine blöde Grammatikarbeit.« Ich zuckte die Schultern. »Und in Deutsch hab ich vergessen, das Buch zu lesen.«

»Was lest ihr da gerade?«

»Ach, so was total Ödes von irgend so 'nem Typ, der unehelich war und dann umgebracht wurde, weil die geglaubt haben, er wäre Jude, dabei war er irgendwie eigentlich keiner.«

»Andorra von Max Frisch«, stellte meine Freundin nüchtern fest und erschreckte mich wieder einmal mit ihrem Wissen. »Das haben wir letztes Jahr auch gelesen und ich fand's ziemlich cool. Es geht um Schuld und Vorurteile und … Mann, Elena!«

Melike rüttelte mich an der Schulter, ihre Augen blitzten. »Sitzen bleiben ist voll scheiße! Weißt du, mit wem du dann in einer Klasse wärst?«

»Ja, klar.« Ich ließ deprimiert den Kopf hängen. »Die Englischarbeit wird wiederholt. Vielleicht bin ich dann besser.«

»Von alleine sicher nicht. Da musst du schon was für tun.«

Das wusste ich selbst. Das Problem war, dass ich überhaupt keine Lust hatte, englische Grammatik zu büffeln, wenn das Wetter toll war und ich stattdessen zusammen mit meinen Freunden reiten konnte. Nächste Woche schrieben wir die letzte Mathearbeit und ich hatte leider überhaupt keinen Plan von Dreiecksberechnungen und Wurzelgleichungen.

»Hey«, sagte jemand und wir blickten hoch.

Vor uns stand Ariane Teichert und lächelte – ein bisschen unsicher, wie ich fand und ohne ihre treuen Anhängerinnen Tessa und Ricky, die ihr normalerweise auf Schritt und Tritt folgten.

»Hi Ariane«, antwortete Melike. »Wie geht's deinem Vater?«

»Ganz okay.« Ariane machte die typische Kopfbewegung, mit der sie früher ihre lange blonde Mähne zurückgeworfen hatte, aber die Mähne gab es nicht mehr. Stattdessen war ihr Haar jetzt raspelkurz. »Meine Mutter holt ihn heute nach Hause.«

Noch vor gar nicht langer Zeit war Ariane alles andere als eine Freundin von uns gewesen, ja, sie hatte Melike sogar ziemlich übel beleidigt, aber seitdem war viel passiert. Fabian, ihr Exfreund, hatte sie auf dem Turnier entführt und darüber hatte sich ihr Vater derart aufgeregt, dass er zusammengeklappt und im Krankenhaus gelandet war. Ihre neue Frisur verdankte Ariane ebenfalls Fabian und seiner Schwester Kiki. Die beiden hatten ihr auf der Abi-Party vor ein paar Wochen eine Droge verabreicht, weil sie kompromittierende Fotos von ihr machen und ins Internet stellen wollten. Ariane hatte das Bewusstsein verloren und Kiki hatte ihr daraufhin die schönen langen Haare abgeschnitten, als Rache dafür, dass Ariane sie immer total mies behandelt hatte.

»Was wollte die Wernke denn noch von dir?«, erkundigte sich Ariane nun bei mir.

Es war für mich ungewohnt, sie plötzlich so freundlich zu erleben, nachdem sie sich mir gegenüber jahrelang feindselig oder herablassend verhalten hatte, deshalb zögerte ich mit einer Antwort.

»Sie hat mir gesagt, dass ich sitzen bleibe, wenn ich mich jetzt nicht anstrenge«, antwortete ich schließlich widerstrebend.

»Oh!«, machte Ariane nur. Im Gegensatz zu mir war sie ziemlich gut in der Schule, denn sie war nicht nur beim Reiten ehrgeizig.

»Also, Englisch kann ich mit dir lernen«, sagte Melike neben mir. »In Grammatik bin ich gut. Aber was Mathe betrifft, muss ich leider passen.«

»Englisch geht ja noch«, entgegnete ich düster. »Viel schlimmer ist Mathe. Ich schreibe nächste Woche ganz sicher wieder 'ne Fünf.«

»Ich kann dir helfen«, bot Ariane an und wirkte verlegen, als sie meinen überraschten Blick sah. »Also, nur wenn du willst, meine ich.«

Ariane war die Klassenbeste in Mathe, besser als alle Jungs.

»Äh, ich … das … das wäre cool«, stotterte ich. »Hast du denn Zeit dafür?«

»Na ja.« Sie zuckte die Achseln und grinste schief. »Einen Freund hab ich ja nun nicht mehr.«

Mein Handy piepste und ich warf einen Blick darauf. Tim hatte mir eine WhatsApp geschrieben.

Bin heut gegen 3 im Stall. Gehen wir ne Runde ins Gelände? Kuss! T.

Der Gong ertönte und Melike sprang von der Bank.

»Damit ist ja alles geklärt«, sagte sie. »Mit mir lernst du Englisch, mit Ariane Mathe. Einverstanden?«

Ich hatte alles andere als Lust auf blöde Grammatik und noch blödere Matheformeln, aber noch weniger Lust hatte ich auf Krach mit meinen Eltern und ein Jahr länger Schule.

»Einverstanden«, erwiderte ich also und rang mir ein Lächeln ab. Melike grinste, Ariane und ich machten uns auf den Weg zum Chemiesaal.

»Wenn du willst, können wir gleich nach der achten Stunde anfangen«, schlug Ariane eifrig vor. »Oder musst du nach Hause?«

Das Ausreden-Teufelchen in meinem Inneren flüsterte: *Das Wetter ist toll, die Sonne scheint – es reicht doch, wenn du morgen anfängst, oder übermorgen! Tim kommt um drei und ihr könnt einen herrlichen Ausritt durch die Wiesen, die Rapsfelder und den Wald machen.*

Ich zögerte und öffnete schon den Mund zu einer Ausrede, aber da fing ich Melikes warnenden Blick auf und seufzte.

»Nee. Wäre super, wenn wir gleich loslegen könnten«, sagte ich deshalb zu Ariane und schrieb Tim eine kurze Antwort.

Sorry, muss Mathe lernen. Vielleicht sehen wir uns später noch. Auch Kuss! E.

2. Kapitel

Der Regen in den ersten beiden Maiwochen und das gute Wetter der letzten Tage hatten die Natur geradezu explodieren lassen. Überall grünte, blühte und duftete es, und das Gras auf den Wiesen war schon so hoch, dass man bald an die Heuernte denken musste. Ich radelte von der Bushaltestelle am Rathaus hinaus zum Amselhof und dachte über Ariane und ihre plötzliche Verwandlung nach. Vor ein paar Jahren, als wir noch zusammen in Steinau zur Grundschule gegangen waren, waren Ariane und ich dicke Freundinnen gewesen. Sie hatte bei Opa auf dem Amselhof reiten gelernt, dann hatten ihre Eltern ihr Domino, ein Fuchspony, gekauft und wir waren jeden Tag zusammen geritten. Aber von einem Tag auf den anderen hatte sich alles geändert. Teicherts waren aus ihrem kleinen Häuschen in Steinau in eine protzige Villa nach Königshofen gezogen und Ariane hatte neue Freundinnen gefunden. Ich konnte mich noch sehr gut daran erinnern, wie weh es mir getan hatte, als sie mich nicht mehr zu ihrem Geburtstag eingeladen und mich in der Schule kaum noch beachtet hatte. Sie hatte Glücksfee bekommen, ein richtiges Pferd, während ich noch immer auf meinem Pony Sirius herumreiten musste, und ihr Vater hatte zwei talentierte junge Pferde gekauft, die Papa ausgebildet und auf Turnieren vorgestellt hatte. Doch dann hatte Arianes Vater Papa die Pferde weggenommen und ausgerechnet auf den Sonnenhof von Richard Jungblut, Papas ärgstem Feind, gestellt. Allerdings war er uns die Boxenmiete und das Berittgeld für ein paar Monate schuldig geblieben. Ariane hatte sich in Tim verguckt und als sie gemerkt hatte, dass sie bei ihm nicht landen konnte, war sie richtig bösartig zu mir geworden, hatte eine Hetzkampagne über SchülerVZ gegen mich gestartet und übel über den Amselhof gelästert. Dank Melike und Tim war dieser Schuss für sie nach hinten losgegangen, aber es hatte keinen Zweifel gegeben, dass sie meine erklärte Feindin war. Umso seltsamer war es nun für mich gewesen, mit ihr eine Stunde lang im Aufenthaltsraum in der Schule zu sitzen und Mathe zu lernen. Ihre Freundlichkeit machte mich misstrauisch, denn ich wusste aus Erfahrung, dass Ariane nichts einfach nur so tat. Warum gab sie mir Nachhilfe? Was versprach sie sich davon? Nach unserer Befreiungsaktion auf dem Turnier in Alsfeld hätte es völlig ausgereicht, wenn sie aufgehört hätte, dummes Zeug zu quatschen; sie musste nicht aus lauter Dankbarkeit mit mir Mathe üben. Glaubte sie etwa, ich würde all das, was sie in den letzten Jahren gesagt und getan hatte, einfach vergessen können?

Ich kurvte durch das Tor des Amselhofs, sparte mir aber den Besuch bei Fritzi, denn ich hatte Hunger. Mein Blick streifte im Vorbeifahren die ausgebrannten Überreste der Scheune. Twix, mein braun-weiß gefleckter Jack-Russell-Terrier, lag auf den Treppenstufen vor Omas Gaststätte in der Sonne und sprang freudig bellend auf, als er mich erblickte. In ein paar Sekunden war er bei mir, hüpfte wild kläffend um mich herum und schnappte fast über vor Glück.

»Ist ja gut!«, beruhigte ich ihn. »Du hast mir auch gefehlt, Twixi.«

Mamas Auto war nicht da, deshalb stellte ich mein Fahrrad vor der »Pferdetränke« ab und betrat die Gaststätte, die noch geschlossen war, durch den Hintereingang. Oma kochte jeden Mittag für unsere Familie und alle Mitarbeiter des Amselhofs. Sie wurde richtig sauer, wenn nicht alle pünktlich um 13 Uhr am Tisch saßen, aber sie hatte sich daran gewöhnen müssen, dass Christian und ich oft erst am Nachmittag aus der Schule kamen. Zwar hob sie uns immer Essen auf, schimpfte aber jedes Mal voller Empörung darüber, wie man Kindern solche Stundenpläne zumuten könnte.

»Hallo, Oma«, sagte ich, als ich die große Küche betrat.

»Wieso kommst du erst jetzt?« Oma war verstimmt. »Du hast doch montags nach der achten Stunde aus!«

»Ich hab Mama geschrieben, dass ich später komme«, erwiderte ich.

»Hat sie mir nichts von gesagt«, brummte Oma und nahm einen Teller aus dem Schrank. Mir lief das Wasser im Mund zusammen als ich sah, wie sie Salzkartoffeln, Spargel und ein Schnitzel auf den Teller legte und reichlich Sauce Hollandaise darübergoss, so, wie ich es mochte, und das Essen kurz in die Mikrowelle stellte. Steinau lag mitten in einer Spargelgegend, von Ende April bis Ende Juni gab es das Gemüse täglich in allen möglichen Variationen, bis es einem zum Hals heraushing und man ein Jahr lang keinen Spargel mehr sehen konnte.

»Das Schnitzel ist jetzt leider etwas trocken«, sagte Oma.

»Macht nichts. Danke.« Ich setzte mich an den großen Küchentisch und begann, das Essen in mich hineinzuschaufeln, gleichzeitig checkte ich mein Smartphone nach neuen Nachrichten. Bei uns zu Hause waren Handys am Tisch streng verboten, aber Oma war das wurscht, Hauptsache, man aß den Teller leer. In fünf Minuten hatte ich die Riesenportion weggeputzt, stellte meinen Teller in die Spülmaschine und wollte gerade hinüber in den Stall laufen, als Mama angefahren kam. Sie hielt neben mir und ließ das Fenster herunter. Kein gutes Zeichen.

»Hi!«, rief ich. »Ich wollte kurz rüber in den Stall und …«

»Das kannst du später machen«, unterbrach meine Mutter mich. »Ich möchte mit dir reden.«

Auf dem Springplatz ritten Tim und Niklas.

»Aber ich …«

»Kein ›Aber‹. Komm bitte mit ins Haus.« Ihr Blick ließ keinen Widerspruch zu, deshalb trottete ich hinter dem Auto her und half ihr, die Einkäufe in die Küche zu schleppen.

»Wann wolltest du mir eigentlich von deinen Supernoten erzählen?«, fragte Mama beiläufig, während sie Joghurt, Milch und Eier in den Kühlschrank packte. »Erst wenn du dein Zeugnis bekommst und sitzen geblieben bist?«

Na super! Hatte die Wernke nichts Besseres zu tun, als sofort nach Schulschluss ans Telefon zu zucken und ihren Schülern den Tag zu verderben?

»Ich … äh … ich dachte, ich … ich warte, bis ich wieder eine gute Arbeit geschrieben habe«, druckste ich herum.

»Na toll!« Mama stemmte die Arme in die Seiten. »Wie kann es sein, dass du plötzlich so schlecht in der Schule bist? Eine Fünf in Englisch! Eine Vier in Deutsch! Das ist doch pure Faulheit!«

Ich senkte den Kopf und biss mir auf die Lippen.

»Dein Vater und ich lassen Christian und dir viel Freiheit«, fuhr meine Mutter fort. »Wir vertrauen darauf, dass ihr euch in der Schule genug anstrengt, und wollen nicht dauernd hinter euch her sein. Aber bei dir scheint dieses Vertrauen nicht gerechtfertigt zu sein – im Gegenteil!«

»Aber Mama, ich habe …«, begann ich kleinlaut, doch sie ließ mich nicht ausreden.

»Ich bin sehr enttäuscht von dir, Elena! Nicht nur wegen der miesen Noten, sondern weil du mir das einfach verschweigst. Die Schule ist wichtiger als die Reiterei! Und deshalb ist jetzt Schluss mit Turnieren, bis du dich wieder verbessert hast. Es ist ohnehin zu viel für eine Fünfzehnjährige, jeden Tag zwei oder drei Pferde zu reiten.«

Ich starrte meine Mutter ungläubig an. Das konnte ja wohl nicht wahr sein!

»Aber ich bin im Kader!«, begehrte ich auf. »Ich *muss* die Sichtungen für die Hessenmeisterschaften reiten!«

»Du musst vor allen Dingen so gut in der Schule sein, dass du nicht sitzen bleibst«, erwiderte sie kühl. »Wenn das der Fall ist, kannst du so viele Turniere reiten, wie du willst. Und damit ist das Thema beendet.«

Sie wandte sich wieder den Einkaufstüten zu und packte weiter aus.

»Ich muss heute noch reiten«, sagte ich.

»Kannst du ja. Wenn du mir deine Hausaufgaben vorgelegt hast.«

Zwar hatte ich mit einer Strafpredigt und ein bisschen Gemecker gerechnet, aber nicht mit etwas so Drastischem wie einem Turnierverbot! Ich öffnete schon den Mund, um Mama zu sagen, dass ich heute bereits meine erste Mathe-Nachhilfestunde gehabt hatte und morgen mit Melike englische Grammatik lernen würde, aber das hätte nichts genützt. Mama gab sich nie mit Versprechungen zufrieden, sie wollte Ergebnisse sehen.

»Ach, da ist übrigens ein Brief für dich gekommen«, sagte sie, ohne sich zu mir umzudrehen. »Aus Amerika.«

Ich schnappte meinen Rucksack und verließ die Küche. Auf dem Sideboard unter dem Garderobenspiegel lag die Post, ganz obenauf ein hellblauer Briefumschlag mit dem Aufdruck *Air Mail.* Mein Name und meine Adresse waren in einer eckigen Handschrift geschrieben. Neugierig drehte ich den Umschlag um und bekam große Augen, als ich den Absender las: Brenda Murray, Oaktree-Farm, Fall River, Massachusetts!

3. Kapitel

Brenda Murray, die amerikanische Springreiterin, hatte letztes Jahr an Weihnachten mein Berittpferd Quintano gekauft und mit nach Amerika genommen. Sie gehörte zu den besten Reiterinnen der USA, war schon oft und sehr erfolgreich in Nationenpreisen, bei Weltmeisterschaften und Olympischen Spielen geritten. Es hatte mir sehr leidgetan, Quintano zu verlieren, aber ich hatte von Anfang an gewusst, dass dieser Tag kommen würde, denn das Pferd hatte Herrn Nötzli, dem Schweizer Pferdehändler, gehört, und der hatte es mir nur zum Reiten zur Verfügung gestellt. Mein einziger Trost war der gewesen, dass der braune Wallach bei Brenda in wirklich gute Hände kommen würde. Sie war eine großartige Reiterin, die ihre Pferde liebte. Damals hatte Brenda mir angeboten, ich solle Quintano doch mal besuchen kommen, aber ich war davon ausgegangen, sie hätte das nur so dahingesagt, wie Erwachsene eben manchmal Dinge sagen und dann wieder vergessen. Nun hielt ich den Brief in meinen Händen und konnte es kaum fassen: Brenda lud mich und eine Freundin für die Sommerferien auf ihre Farm nach Amerika ein! Ich las den Brief noch einmal um sicherzugehen, dass ich nichts falsch verstanden hatte, aber auch beim dritten Mal stand noch dasselbe da.

Eilig kramte ich mein Handy aus dem Rucksack und wählte Melikes Nummer. Meine Freundin meldete sich schon nach dem zweiten Klingeln.

»Was machst du in den Sommerferien?«, fragte ich sie.

»Meine Eltern werden mich wohl wieder zwingen, ins Land meiner Ahnen zu reisen«, erwiderte sie. »Das weißt du doch. Wieso fragst du?«

»Stell dir vor, ich habe einen Brief von Brenda Murray bekommen!« Ich warf mich auf mein Bett. »Sie lädt mich und eine Freundin für sechs Wochen auf ihre Farm ein!«

»Nee!«

»Doch! Ist das nicht genial?«

»Das ist der totale Hammer!« Ich hörte ihre Schritte, dann klappte eine Tür. »Wo ist die Farm? Ich guck mir das mal bei Google Maps an.«

»Äh, warte mal …« Ich drehte den Briefumschlag um. »Fall River, Massachusetts.«

Melikes Finger klapperten auf einer Tastatur.

»Hey, cool!«, rief sie nur Sekunden später. »Das ist gar nicht weit von Boston entfernt. Wie heißt die Farm?«

»Oaktree-Farm«, erwiderte ich und verspürte ein aufgeregtes Kribbeln in meinem Bauch.

Amerika! Ich war noch nie in meinem Leben geflogen, denn Urlaub, wie andere Leute ihn normalerweise machten, gab es bei uns nicht. Wenn meine Klassenkameraden im Sommer in Frankreich, Spanien, Italien, auf Mallorca, den Malediven oder an noch exotischeren Orten weilten, musste ich bei der Heu- und der Strohernte helfen oder war auf irgendeinem Reitturnier, das war eben so.

»Oh Mann, Elena!« Melikes Stimme vibrierte vor Begeisterung. »Das ist echt gar nicht so weit von Boston und Cape

Cod weg! Wir könnten Niklas besuchen! Dann müsste ich nicht vor Sehnsucht nach ihm sterben!«

Ich grinste. Niklas ging auf eine Internationale Schule und bekam in der nächsten Woche schon Sommerferien – für unglaubliche drei Monate, wie es in Amerika üblich war! Davon verbrachte er wie jeden Sommer die letzten Wochen mit seiner Familie in den USA, denn Schützes besaßen ein Haus am Meer und eine Wohnung in der Stadt. Niklas' älterer Bruder Theodor würde im Herbst sogar an einem College in der Nähe von Boston studieren.

»Wissen deine Eltern schon von der Einladung?«, wollte meine Freundin wissen. »Glaubst du, sie erlauben es dir?«

Ich dachte an Mamas schlechte Laune wegen meiner Noten.

»Tja«, sagte ich und setzte mich auf. »Im Moment hab ich wohl eher schlechte Karten. Die blöde Wernke hat doch echt schon bei meiner Mutter angerufen und ihr gesagt, dass ich sitzen bleibe, wenn ich mich nicht anstrenge.«

»Damit war zu rechnen«, entgegnete Melike nüchtern. »Aber du hast ja noch die Chance, das hinzukriegen. Ein Grund mehr, jetzt ordentlich ranzuklotzen.«

Wir beschlossen, meinen Eltern noch nichts von der Einladung zu sagen, bis sich die Situation wieder etwas entspannt hatte, um uns nicht mit einem kategorischen »Auf keinen Fall« die Chance zu verderben. Ich versteckte Brendas Brief also in einer Schreibtischschublade und packte meine Schulsachen aus, fest entschlossen, alles zu erledigen, was ich an Hausaufgaben zu machen hatte. Mathe konnte ich dank Ariane schon abhaken, blieben noch Deutsch und Englisch.

Vom Fenster aus konnte ich den Springplatz sehen,

der im Schatten hoher Bäume lag. Tim und Niklas ritten im Schritt am langen Zügel nebeneinanderher, Papa war mit Cotopaxi gerade dazugekommen und der Aknefrosch trabte auf Intermezzo um die Hindernisse herum.

»*To hide, hid, hidden*«, murmelte ich und schrieb die Verbformen nebeneinander in mein Heft. »*To tear, tore, torn. To rise, rose, risen. To fly, flew, flown …*«

Fliegen!

Elena flies to America … Meine Gedanken schweiften ab und ich sah Melike und mich schon an Bord eines Flugzeugs gehen, das uns nach Amerika bringen würde. Während eines so langen Fluges gab es etwas zu essen und man konnte Filme gucken, das wusste ich aus den Erzählungen von Melike und Klassenkameraden, für die Flugreisen in ferne Länder so selbstverständlich waren wie für andere Leute das Busfahren.

Durch das schräg gestellte Fenster hörte ich Robbie, unseren Berner Sennenhund, bellen. Papa rief jemandem etwas zu, ein Pferd wieherte und der Motor eines Traktors brummte irgendwo in der Ferne. Meine Entschlossenheit, alle Aufgaben sofort zu erledigen, löste sich in Luft auf. Ich konnte mich kaum auf die unregelmäßigen Verben konzentrieren, zu gerne wäre ich jetzt auch im Stall gewesen! Vielleicht gelang es mir, ungesehen an Mamas Bürotür vorbeizuschleichen und ganz kurz rüberzugehen, nur um Tim von Brendas Einladung zu erzählen! Die Hausaufgaben liefen mir schließlich nicht weg. Mein Handy signalisierte mit einem Piepston, das eine WhatsApp-Nachricht eingegangen war. Neugierig warf ich einen Blick auf das Display. Franzi, unsere Klassensprecherin, hatte mir geschrieben! Wieso das denn? Ich öffnete ihre Nachricht und mich traf fast der Schlag: *Hey, Elena! Wollte mit dir abstimmen, wie wir das morgen mit dem Referat machen – erst du oder erst ich? Meld dich doch mal kurz, LG Franzi.*

»Oh, Mist!«, stöhnte ich. Wie hatte ich das bloß so völlig vergessen können? Seit acht Wochen wusste ich, dass ich dieses Geschi-Referat über den Imperialismus in England zu machen hatte, aber ich hatte es immer vor mir hergeschoben und irgendwann komplett verdrängt. Was nun? Meine Geschichtslehrerin war mir nicht sonderlich wohlgesonnen und wenn ich morgen ohne das Referat dastand, war mir die nächste Fünf gewiss. Einfach irgendetwas aus dem Internet abschreiben konnte ich auch nicht, zumindest musste ich es umformulieren, denn sonst merkte die Theissen das sofort und dann gab's 'ne Sechs. Schnell vervollständigte ich die Liste mit den unregelmäßigen Verben und dachte mir zehn Sätze aus, in denen jeweils eines der Verben vorkam, dann kramte ich mein Geschichtsbuch heraus und fand die richtige Seite, denn dort hatte ich den Zettel mit dem Thema des Referats hineingelegt. Ich schaltete meinen Computer ein, widerstand der Versuchung, bei Facebook reinzuschauen und suchte stattdessen nach Informationen über die imperialistische Politik Englands im 19. Jahrhundert. Zwischendurch rief Tim an und erkundigte sich, ob ich krank sei. Ich erzählte ihm von den Sanktionen, die meine Mutter wegen meiner schlechten Noten verhängt hatte, und dem Referat, das ich bis morgen zu schreiben hatte.

»Ich ruf dich dann später an«, versprach ich ihm. »Okay?«

»Klar«, erwiderte er ein wenig belustigt. »Hau rein!«

Seitdem Tim auf der Hessenmeisterschaft im letzten

Sommer meinen Bruder Christian davor bewahrt hatte, von einem Lkw überrollt zu werden, verstanden sich die beiden gut und Tim war jeden Tag auf dem Amselhof. Vor ein paar Wochen hatte er sogar seine Pferde zu uns gestellt und Papa trainierte ihn und Niklas. Früher, als wir uns nur heimlich treffen konnten, wäre ich untröstlich gewesen, ihn nicht zu sehen, doch jetzt war alles anders. Wir konnten uns in der Schule und im Stall treffen und miteinander telefonieren, ohne dass sich jemand daran gestört hätte. Und plötzlich bemerkte ich, wie einfach doch alles geworden war. Ich musste nicht befürchten, dass Tim aus meinem Leben verschwand, nur weil ich nicht in den Stall gehen konnte. Wer, wenn nicht er, hatte Verständnis dafür, dass lernen für mich jetzt gerade wichtiger war als reiten? Tim war der wohl disziplinierteste und pflichtbewussteste Mensch, den ich kannte. Schon früh hatte er neben der Schule auf der Reitanlage seines Vaters schuften müssen wie ein Erwachsener, deswegen hatte er immer nur sehr wenig Freizeit und so gut wie keine Freunde gehabt. Es wäre für ihn einfacher gewesen, die Schule nach der 10. Klasse zu verlassen, so wie sein schrecklicher Vater das von ihm verlangt hatte, aber Tim hatte es sich in den Kopf gesetzt, das Abitur zu machen und zu studieren.

Ich konzentrierte mich auf die britische Kolonialpolitik, die Handelsstützpunkte an der afrikanischen Küste und die Konflikte zwischen den Kolonialmächten und verfasste ein dreiseitiges Referat in meiner ordentlichsten Handschrift. Dann schrieb ich Franzi eine Antwort. Es klopfte an meiner Zimmertür und Mama kam herein. Sie schien überrascht, mich am Schreibtisch zu sehen.

»Ich dachte, du würdest schlafen«, sagte sie und warf

einen argwöhnischen Blick zu meinem Bett hinüber. »Ich habe keinen Mucks von dir gehört.«

»Ich hab noch das Geschi-Referat für morgen fertig gemacht«, erwiderte ich, als sei es das Normalste der Welt, dass ich drei Stunden lang freiwillig am Schreibtisch hockte. »Willst du es mal lesen?«

»Ja, gerne.« Sie nickte, leicht verwundert. Ihr Ärger über mich hatte sich offensichtlich etwas gemildert.

»Englisch und Mathe habe ich auch fertig. Melike und Ariane geben mir übrigens Nachhilfe.«

»Ariane gibt dir Nachhilfe?«, fragte Mama nach. »Wieso das denn?«

»Keine Ahnung. Sie hat's mir angeboten.« Ich zuckte die Schultern. »Und wir haben heute schon in der neunten Stunde zusammen gelernt.«

»Ach!«

»Ich will nicht sitzen bleiben, Mama«, sagte ich und reichte ihr das Mathe- und das Englischheft. »Und ich versprech dir, ich gebe jetzt noch mal richtig Gas.«

Mama lächelte und strich mir übers Haar.

»Na, dann mach mal eine Pause. Ich habe schon den Grill angeworfen. In einer Viertelstunde gibt's Abendessen.«

4. Kapitel

Dank Arianes Mathe-Nachhilfe schrieb ich in der letzten Arbeit des Schuljahres eine glatte Zwei. Auch die Lernerei mit Melike war von Erfolg gekrönt, in der Englischarbeit, die wiederholt wurde, bekam ich ebenfalls eine Zwei. Für mein Geschichtsreferat hatte mir Frau Theissen sogar eine Eins Minus gegeben.

»Sehr gut!« Melike war hochzufrieden, als ich ihr meine Englischarbeit unter die Nase hielt. »Damit solltest du auf keinen Fall mehr sitzen bleiben und Phase 3 unseres Plans kann beginnen.«

Sie hatte eine Strategie entwickelt, die meinen Eltern keine Chance lassen sollte, mir die Reise nach Amerika nicht zu gestatten. Melike hatte ihren Eltern von der Einladung erzählt und diese zu absolutem Stillschweigen verpflichtet, genauso hatten wir es mit Tim und Niklas gemacht.

Phase 1 von Melikes Plan war eine E-Mail an Brenda Murray gewesen, in der ich mich für die Einladung bedankt und ihr erklärt hatte, dass ich aufgrund schlechter Schulnoten meine Eltern gerade nicht um Erlaubnis für die Reise bitten konnte. Brenda hatte postwendend und äußerst verständnisvoll reagiert und geschrieben, es würde ihr völlig ausreichen, wenn ich ihr in ein paar Wochen Bescheid gäbe. Außerdem hatten Melike und ich im Bürgerbüro des Rathauses in Steinau ein Formular für die Ausstellung eines Reisepasses für mich geholt und wir hatten erfahren, dass man kein Visum für die Einreise in die USA brauchte, sondern eine Einreisegenehmigung, die man online beantragen konnte.

Phase 2 war die »Konsolidierung meiner schulischen Leistungen« gewesen, wie Melike meine Paukerei für die letzten Arbeiten des Schuljahres bezeichnete. Dafür musste ich jeden Tag die Hausaufgaben machen, bevor ich in den Stall zum Reiten ging, und zwar nicht nur die, die ich in der Schule bekam, sonderlich zusätzlich solche, die Melike sich für mich ausdachte. Darüber hinaus beinhaltete Phase 2 ein Gespräch mit meiner Klassenlehrerin, die mir – und vor allen Dingen meinen Eltern – bestätigen sollte, dass die akute Versetzungsgefahr gebannt war. All das war geschehen, deshalb war es nun allerhöchste Zeit für Phase 3.

In den letzten Wochen hatte es selten genug die Gelegenheit gegeben, meine Eltern ungestört gemeinsam am Tisch anzutreffen. Oft kam Papa erst spät aus dem Stall und wir hatten schon gegessen. Alle Boxen waren belegt, die Turniersaison in vollem Gange und Papa hatte mit dem Unterrichtgeben und Reiten viel zu tun.

Heute Abend aber war es endlich so weit und ich war richtig aufgeregt. Hoffentlich hatte Papa gute Laune! Denn wenn er Nein sagte, war meine Amerika-Reise gelaufen.

»Ich wollte euch etwas fragen«, wandte ich mich an meine Eltern, als wir auf der Terrasse am Tisch saßen und jeder ein gegrilltes Steak auf seinem Teller hatte. »Es geht um die Sommerferien.«

»Aha.« Papa schnitt ein Stück von seinem Steak ab. Mir entging nicht der rasche Blick, den er mit Mama wechselte, und ich hatte plötzlich ein schlechtes Gefühl.

»Ihr wisst ja, dass Quintano an Brenda Murray verkauft worden ist«, begann ich trotzdem meine wohleinstudierte und mehrfach vor dem Badezimmerspiegel geübte Überzeugungsrede. »Sie war ganz begeistert davon, wie ich reite, und sagte mir damals, sie würde mich gerne zu sich nach Amerika einladen.«

»Hm.«

»Na ja, und … und jetzt hat sie's getan.«

»Wie? Was?«, fragte Christian kauend. »Sie hat dich nach *Amerika* eingeladen?«

»Ja. Schon vor ein paar Wochen. Da hat sie mir geschrieben.«

»Echt jetzt?« Mein Bruder war fassungslos. »Wieso hast du nichts davon erzählt? Das gibt's doch nicht!«

»Tja, so ist deine Schwester.« Papa grinste. »Sie kann Geheimnisse bewahren.«

Es hatte meinen Vater tief beeindruckt, dass es mir damals gelungen war, meinen Hengst Fritzi eine sehr lange Zeit vor ihm zu verbergen, damit er nicht merkte, wie gut er springen konnte. Meine Eltern hatten zu dieser Zeit große Geldsorgen gehabt – beinahe wäre der Amselhof zwangsversteigert worden – und ich hatte befürchtet, Papa könne Fritzi verkaufen. Genauso wenig hatte ich meinen Eltern von Lajos erzählt, ihrem alten Freund, der im Forsthaus mitten im Wald gelebt hatte und den Melike und ich irrtümlicherweise für einen Pferdedieb gehalten hatten. Im Gegensatz zu meinem Bruder, der jede Neuigkeit sofort herausposaunen musste, konnte ich den Mund halten.

»Brenda hat Melike und mich für sechs Wochen auf ihre Farm eingeladen«, fuhr ich fort. »Und … und ich wollte fragen, ob ich … ob ich hinfliegen darf.«

Jetzt war es heraus und ich wartete gespannt auf eine Reaktion meiner Eltern, bereit, all die Argumente anzuführen, die Melike und ich gesammelt hatten.

»Ja«, sagte Papa zu meiner Überraschung, als ob es um einen Kinobesuch ginge und nicht um sechs Wochen Amerika.

»W…was?«, stotterte ich verblüfft.

»Ja, du darfst mit Melike nach Amerika fliegen«, erwiderte Papa und grinste breit. »Nicht nur du kannst Geheimnisse bewahren, sondern auch deine Mutter und ich. Brenda hat mich nämlich vor ein paar Wochen angerufen und mir von der Einladung und deiner E-Mail erzählt.«

Mir fielen Messer und Gabel aus der Hand, mein Mund klappte auf.

»Ihr … ihr habt das also *die ganze Zeit* gewusst?« Ich blickte ungläubig zwischen meinen Eltern hin und her.

»Ja, das haben wir«, bestätigte Mama. »Wir waren neugierig, wann du damit herausrücken würdest.«

»Und wir haben erfreut zur Kenntnis genommen, wie sehr du dich in der Schule angestrengt hast, um gute Noten zu bekommen«, ergänzte Papa. »Das hat uns sehr imponiert.«

Für einen Moment fehlten mir die Worte, dann sprang ich auf, umarmte erst Papa, dann Mama.

»Ist ja toll«, murrte Christian. »Alle wussten Bescheid – nur ich nicht!«

»Ich hätte es dir ja gesagt«, erklärte ich meinem Bruder.

»Aber ich hatte Angst, dir würde vielleicht aus Versehen irgendwas rausrutschen.«

»Na, vielen Dank für dein Vertrauen!« Christian stopfte sich verärgert ein Stück Fleisch in den Mund. »Ich wette, Tim und Niklas habt ihr das sofort brühwarm erzählt.«

Er wirkte richtig gekränkt und so enttäuscht, dass es mir leidtat, ihn nicht auch eingeweiht zu haben. Aber meine Freude überwog. Christian würde sich schon wieder beruhigen. Er hatte einige charakterliche Mängel, aber nachtragend war er zum Glück nicht.

»Ich muss sofort Melike anrufen und ihr das erzählen!«, rief ich aufgeregt. »Darf ich?«

»Natürlich.« Mama lächelte. »Wie mir scheint, hat sie einen nicht unerheblichen Anteil an deinen guten Noten.«

Ich schoss wie ein Blitz aus der Küche, jagte die Treppe hoch in mein Zimmer und grapschte mein Handy, das auf meinem Schreibtisch lag. Melike meldete sich nach drei Sekunden.

»Und?«, rief sie.

»Ich darf! Ich darf! Ich darf!«, schrie ich und warf mich auf mein Bett. »Yippie! Melike, wir fahren nach Amerika!«

5. Kapitel

Am Abend vor unserem Abflug nach New York hätte ich am liebsten die ganze Reise abgesagt. Meine Eltern veranstalteten eine Abschiedsparty für Melike und mich und dazu hatte Mama die Terrasse mit amerikanischen Fähnchen dekoriert. Heinrich und Stani hatten Biertische und Bänke aus dem Schuppen am Reitplatz herbeigeschleppt und den großen Schwenkgrill aufgebaut, auf dem Spareribs, Hamburger und Steaks gegrillt wurden. Niklas' Eltern hatten amerikanisches Bier und für die Jugendlichen eine Palette mit Root Beer mitgebracht, einem alkoholfreien Softdrink, der eigentümlich schmeckte. Oma und Mama hatten Salate gemacht, Papa und Lajos wechselten sich am Grill ab. Es war ein wunderbarer lauer Abend, die Luft war weich wie Samt und je später es wurde, desto intensiver verströmte der nahe Wald seinen würzigen Duft. Im Teich am Reitplatz quakten die Frösche, auf der Wiese am Waldrand ästen ein paar Rehe und störten sich nicht an unserem Gelächter. Melike fragte Niklas' Eltern und Lajos, der ja eine ganze Weile in den USA gelebt hatte, neugierig über New York, Boston und die Ostküste aus, wollte alles über Gepflogenheiten, Sitten und Gebräuche der Amerikaner wissen. Sie war begeistert und speicherte die Tipps, was wir tun und lassen und was wir uns unbedingt ansehen sollten, in ihrem Smartphone.

Ich lauschte nur mit einem Ohr und spürte, wie mich der Mut von Minute zu Minute mehr verließ. Die Reise nach Amerika erschien mir auf einmal nicht mehr wie ein aufregendes Abenteuer, sondern irgendwie – bedrohlich. Ich konnte zwar ganz gut Englisch, aber was würde ich tun, wenn ich die Leute dort nicht verstand, wenn ich das Essen nicht vertrug, krank wurde oder Heimweh bekam? In den fünfzehn Jahren meines Lebens war ich noch nie von zu Hause weg gewesen, mal abgesehen von der einen oder anderen Klassenfahrt, auf der ich aber regelmäßig schreckliche Sehnsucht nach dem Amselhof und meiner Familie bekommen hatte. Ich sah sie lachen, essen, trinken und reden – Melike und ihre Eltern, Tim, seine Mom und seine kleine Schwester, Niklas und seine Eltern, Lajos, den Aknefrosch, Heinrich und Stani, Opa und Oma, Tims Großeltern, Christian und Ariane – und fühlte mich auf einmal wie eine Ausgestoßene. Die Gespräche von Tim, Niklas, Christian, Ariane und dem Aknefrosch drehten sich um die Hessenmeisterschaften, die nächste Woche in Pfungstadt stattfinden würden, und über die Deutschen Meisterschaften in Verden Mitte Juli und mir wurde schmerzlich bewusst, dass ich zum ersten Mal in meinem Leben nicht mit auf diese wichtigen Turniere fahren würde. Das mochte albern sein, schließlich durfte ich bei einer der besten Springreiterinnen der Welt trainieren, aber sechs Wochen waren eine wahnsinnig lange Zeit! Ich würde Twix vermissen und meine Pferde, den Amselhof, Opa und Oma und meine Eltern, aber vor allen Dingen – Tim! Auch wenn wir uns

WhatsApps und E-Mails schreiben konnten, so würde ich doch schrecklich weit von ihm weg sein, wenn er mit Christian, dem Aknefrosch und Papa auf Turniere fuhr. Vor allen Dingen störte es mich, wie selbstverständlich Ariane mit meiner Familie und meinen Freunden am Tisch saß, ganz so, als seien die letzten Jahre nie gewesen. Christian hatte sie eingeladen, wahrscheinlich um mich zu ärgern, denn er nahm es mir tatsächlich noch immer übel, dass ich ihm nichts über Brendas Einladung gesagt hatte. Melike meinte, Ariane sei durch die dramatischen Ereignisse auf dem Turnier in Alsfeld geläutert worden, aber ich konnte mir nicht vorstellen, dass sich ein Mensch von heute auf morgen so vollkommen verändern konnte. Zweifellos hatte ich ihrer Nachhilfe meine gute Note in Mathe zu verdanken und sie war seit Alsfeld wirklich wie verwandelt, trotzdem war da ein Rest von Misstrauen tief in meinem Innern, gegen den ich nichts tun konnte. Ich war fest davon überzeugt, dass Ariane mit ihrem Verhalten irgendetwas bezweckte, denn sie hatte noch nie etwas ohne Grund getan, seitdem ich sie kannte. In einem Winkel meines Herzens flammte meine alte Eifersucht auf, als ich sie da so zwischen Tim und meinem Bruder sitzen und mit ihnen scherzen sah.

Der Abend neigte sich allmählich dem Ende zu. Am nächsten Morgen mussten wir früh aufstehen, denn unser Flug ging bereits um 8:50 Uhr und wir sollten zwei Stunden vorher da sein, obwohl Mama uns bereits online eingecheckt hatte. Koyupinars verabschiedeten sich, auch Schützes brachen auf und nahmen Ariane mit nach Königshofen. Niklas und Tim würden uns zum Flughafen begleiten, deshalb fuhren auch Tim, seine Mutter und seine kleine Schwester los. Lajos umarmte mich und wünschte mir viel Spaß, dann ging er in den Stall, um noch einmal nach zwei neuen Pferdepatienten zu schauen, bevor er nach Hause ins Forsthaus fuhr.

Ich war plötzlich den Tränen nahe. Nein, ich freute mich überhaupt nicht mehr auf Amerika! Wenn ich irgendeine Möglichkeit gehabt hätte, die ganze Reise abzusagen, dann hätte ich es jetzt getan.

»Ich geh noch mal kurz zu Fritzi und sage ihm Tschüss«, sagte ich zu Mama und die nickte.

»Nimm den Schlüssel mit und schließ dann bitte den Stall ab!«, rief sie mir nach.

Twix kam sofort angewetzt, als ich aufstand, und sprang fröhlich um mich herum. Ich steckte Papas Schlüsselbund ein und ging über den Parkplatz zum Stall. Am sternenklaren Nachthimmel stand der Vollmond, rund und gelb wie ein Tennisball. Der Kies knirschte unter meinen Turnschuhen und Twix scheuchte eine der Stallkatzen unter die Rhododendronbüsche. Wegen der Wärme standen die Stalltüren offen, nur die Sommergitter waren zugezogen. Robbie erhob sich von seiner Decke, die gleich neben der Eingangstür der Putzhalle lag, gähnte und wedelte mit dem Schwanz. Fritzi hörte meine Schritte schon, bevor ich in die Stallgasse eingebogen war, und grummelte leise. Das Licht musste ich nicht einschalten, denn der Vollmond schien hell genug durch die Stallfenster. Ich öffnete die Tür zu seiner Box und ging hinein. Der dunkelbraune Hengst legte seinen Kopf auf meine Schulter und ich streichelte ihn.

»Morgen Abend bin ich ein paar tausend Kilometer von dir weg«, sagte ich leise zu meinem Pferd. »Ich darf's ja keinem sagen, aber ich hab irgendwie ... Angst. Ich bin echt froh, dass Melike mitfährt, denn die hat vor gar nichts Angst. Aber die ist ja auch schon total oft geflogen und war schon mal in Amerika.«

Fritzi schnaubte und ich schlang meine Arme um seinen Hals und begann zu schluchzen. Ich fühlte mich elend und feige. Warum konnte ich mich nicht so freuen, wie es Melike tat? Wer hatte schon eine solche Chance wie ich? Christian beneidete mich glühend, er träumte seit Jahren von einer Reise in die USA. Auch Ariane hätte sofort die Gelegenheit ergriffen und wäre ins nächste Flugzeug gesprungen, allein schon wegen der vielen Shopping Malls. Sogar Mama hatte mir gestanden, dass sie ihr Leben lang davon geträumt hatte, nach New York und Boston zu kommen. Als Papa dort vor Jahren mal einige Turniere geritten war, waren Christian und ich noch zu klein gewesen, deshalb war sie mit uns auf dem Amselhof geblieben. Und ihr erster Urlaub seit vielen Jahren – die Reise nach Irland im letzten Sommer – hatten Papa und sie nach ein paar Tagen abbrechen müssen, weil Fritzi entführt worden war.

Fritzi hob plötzlich den Kopf und spitzte die Ohren.

»Elena?«

Das war Lajos' Stimme.

»Ich bin bei Fritzi«, erwiderte ich und wischte mir eilig die Tränen ab. Ich umarmte mein Pferd ein letztes Mal und verließ die Box.

»Na, bist du aufgeregt?«, fragte Lajos.

»Mmmmh«, machte ich nur.

»Dir ist ein bisschen mulmig zumute, stimmt's?« Lajos hatte ein wirklich feines Gespür, nicht nur für Tiere, sondern auch für Menschen und Stimmungen. Ihm konnte man nie etwas vormachen. »Du warst den ganzen Abend bedrückt.«

Ich zuckte die Schultern. »Ich hab mich die ganze Zeit so darauf gefreut und ich weiß, es kann keiner verstehen, aber … aber am liebsten würde ich hierbleiben.«

Lajos gegenüber musste ich mich nicht verstellen. Er sah mich im Halbdunkel aufmerksam an.

»Amerika ist so weit weg! Und ich bin noch nie geflogen!«, schluchzte ich los. »Was mache ich denn, wenn ich Heimweh kriege? Oder wenn da alles ganz schrecklich ist und mir nicht gefällt?«

»Ich kann dich gut verstehen.« Wie immer nahm Lajos meine Sorgen ernst. »Sehr gut sogar. Du wirst zum ersten Mal von zu Hause weg sein, und das gleich für sechs Wochen. Es ist völlig normal, dass dir dabei etwas komisch zumute ist, denn du weißt nicht so recht, was dich erwartet. Was glaubst du, wie ich mich gefühlt habe, als ich damals nach Amerika geflogen bin? Ich hatte zwar einen Job in einer Pferdeklinik in Kentucky, aber ich kannte keine Menschenseele, hatte kein Geld und konnte nicht besonders gut Englisch.«

»Warum bist du dann überhaupt dahin gegangen?« Ich zog die Nase hoch und fuhr mir mit dem Ärmel über das Gesicht.

»Weil ich etwas lernen wollte«, erwiderte Lajos. »Und weil ich weit von Deutschland wegwollte, nach allem, was hier passiert war. In gewisser Weise war es eine Flucht, und doch war es das Beste, was ich tun konnte. Ich fühlte mich nicht lange wie ein Fremder, denn die Amerikaner sind im Allgemeinen ausgesprochen freundlich und hilfsbereit. Am liebsten wäre ich dort geblieben, doch dann wurden meine Eltern krank. Mein Vater starb und meine Mutter brauchte mich. Deshalb bin ich nach Deutschland zurückgekehrt.«

»Gott sei Dank«, sagte ich und mir gelang ein Lächeln. »Also, dass du wieder hergekommen bist, meine ich natürlich!«

Er lächelte auch. »Du wirst sehen, Elena, diese sechs Wochen werden ein Erlebnis, das du niemals vergisst. Melike ist bei dir und Brenda kennst du auch. Außerdem wirst du deinen Quintano wiedersehen! Erinnerst du dich, wie du dein erstes M-Springen mit ihm gewonnen hast?«

»Klar! Wie könnte ich das vergessen? Ich freu mich auch total auf Quinnie.«

»Na also. Ich kann dir versprechen, dass du überhaupt keine Zeit für Heimweh haben wirst.«

»Meinst du?«

»Ganz sicher! New York ist eine faszinierende Stadt, und die Gegend, in der Brendas Farm liegt, ist wunderschön«, schwärmte Lajos. »Die Weite dieses Landes kann man sich gar nicht vorstellen, wenn man sie nicht mit eigenen Augen gesehen hat.«

Er legte mir die Hände auf die Schultern. »Lass dich darauf ein und genieße die Zeit«, riet er mir. »Und vergiss nicht, mir ab und zu mal eine Nachricht zu schicken!«

Da musste ich lachen. »Das mach ich, versprochen!«, versicherte ich ihm.

Plötzlich war meine Angst wie weggefegt und ich freute mich auf meinen ersten Flug, auf Amerika und auf Quintano! Morgen um diese Zeit würde ich in Boston sein, aber ich musste mir keine Sorgen machen, denn Melike würde bei mir sein und wir würden eine tolle, aufregende Zeit haben.

»Mir geht's schon viel besser«, sagte ich erleichtert.

»Das freut mich.« Lajos zwinkerte mir zu. »Und jetzt ab in die Falle. Die Zeitverschiebung wird euch ohnehin ein paar Tage zu schaffen machen.«

Wir gingen die Stallgasse entlang und durchquerten die Putzhalle. Twix tauchte lautlos wie eine Katze aus der Dunkelheit auf, Robbie schnarchte schon wieder. Ich zog das Sommergitter hinter uns zu und schloss mit Papas Schlüssel ab.

»Habt eine tolle Zeit und grüßt mir Amerika!«, sagte Lajos zum Abschied.

»Danke, das machen wir.« Ich blickte ihm nach, wie er zu seinem Auto ging, das auf dem Parkplatz stand. Als er einstieg, hob er noch einmal grüßend die Hand und ich winkte zurück.

Dann stieß ich einen tiefen, befreiten Seufzer aus. Wie ein ängstliches Kaninchen in seinem Bau hatte ich mich vor Veränderungen und Neuem gefürchtet. Morgen würde ich meine vertraute Umgebung für eine Weile verlassen und die große, weite Welt betreten. Ich würde ein neues Land und neue Menschen kennenlernen, aber ich würde auch Quintano wiedersehen! Es war keine Reise ins Unbekannte mit ungewisser Zukunft, wie sie so viele Menschen nach einem Krieg hatten antreten müssen. Mein Herz wurde ganz weit vor Glück und für einen Moment war ich überwältigt von dem Gefühl der Freiheit und den schier unbegrenzten Möglichkeiten, die das Leben für mich bereithielt. Ich legte den Kopf in den

Nacken und schaute zum Mond hoch. Er würde in Amerika genau derselbe sein wie hier. Und wenn ich in sechs Wochen zurückkam, war noch immer Sommer und ich konnte jede Menge Turniere reiten.

6. Kapitel

Melike wuchtete mit Mühe ihren Koffer auf die Waage am Gepäckschalter.

»22,6 Kilo«, las die Dame hinter dem Schalter von der Digitalanzeige ab, dann schlang sie einen Aufkleber um den Griff und reichte Melike ihren Pass zusammen mit der Bordkarte und dem Gepäckschein.

»Gate B 18. Boarding ist um 8:15«, lächelte sie freundlich. »Einen guten Flug!«

»Was hast du denn alles eingepackt?«, staunte ich. Meine Reisetasche hatte 15 Kilo gewogen.

»Ich will für alle Fälle gerüstet sein«, grinste meine Freundin und schulterte ihren Rucksack, der gerade eben noch so als Handgepäck durchgegangen war. »Komm, lass uns die Verabschiedungsarie hinter uns bringen.«

Melike hatte darauf bestanden, dass wir unser Gepäck alleine aufgaben, deshalb warteten Niklas, Tim, Christian und unsere Eltern unterhalb der großen Tafel, auf der alle Abflüge angezeigt wurden. Genauso vehement hatte sie gegen eine Betreuung für Minderjährige während des Fluges protestiert. Wir seien alt genug, hatte sie gesagt, und wir bräuchten ganz sicher keine Stewardess, die uns an der Hand nahm.

Der Augenblick des Abschieds kam vor der Schleuse zu dem Bereich, den man nur mit gültigen Bordkarten betreten durfte. Zuerst schüttelte ich Melikes Eltern die Hände, dann verabschiedete ich mich von Niklas und meinem Bruder. Melike hatte Glück: Niklas und seine Eltern flogen in 14 Tagen nach Boston, sie würde ihn sicherlich mal sehen, aber ich musste sechs lange Wochen auf Tim verzichten!

Ich hatte befürchtet, dass ich in Tränen ausbrechen würde, wenn ich Mama, Papa und Tim »Auf Wiedersehen« sagen musste, aber ich war viel zu aufgeregt, um wehmütig oder gar traurig zu sein.

»Denk dran, dass du dich gleich meldest, wenn ihr gelandet seid«, schärfte Mama mir zum tausendsten Mal ein. »Wenn du Geld brauchst, überweise ich dir etwas auf dein Konto. Und macht keine verrückten Sachen, hörst du, Elena?«

»Nein, Mama, das werden wir nicht«, versicherte ich ihr. »Mach dir bitte keine Sorgen. Wir schaffen das alles und ich melde mich, sobald es geht.«

»Ich weiß, ihr seid große Mädchen.« Sie lächelte ein bisschen zittrig, umarmte und küsste mich. »Pass auf dich auf, meine Kleine.«

Bisher hatte sie ziemlich cool getan, aber nun standen ihr die Tränen in den Augen. Papa ließ auch noch ein paar Ermahnungen und Ratschläge folgen, die ich in den letzten Tagen mehrfach gehört hatte, und drückte mich so fest, dass ich kaum noch Luft bekam.

»Guten Flug und eine schöne Zeit«, wünschte er mir. »Grüß Brenda und Quintano. Und melde dich mal, okay?«

»Okay, Papa. Das mache ich.«

Nun stand Tim vor mir. Der Abschied von ihm fiel mir

wirklich schwer und plötzlich hatte ich doch einen Kloß in der Kehle sitzen. Er legte die Arme um mich und küsste mich zärtlich.

»Vergiss mich nicht bei den ganzen Cowboys da drüben«, flüsterte er.

»Niemals«, erwiderte ich. »Ich vermisse dich jetzt schon.«

»Ich dich auch.« Er streichelte mein Gesicht, sein Lächeln wirkte gezwungen. »Aber ihr werdet sicher eine tolle Zeit haben.«

Wir hielten uns an den Händen fest.

»Ich mache ganz viele Fotos und schicke sie dir.«

»Und ich schreibe dir jeden Tag.«

Ich konnte meinen Blick nicht von seinem Gesicht abwenden. Wie sehr liebte ich seine wunderschönen blauen Augen, die schmale Narbe an seiner Oberlippe, das süße Grübchen in seinem Kinn und die winzige fehlende Ecke an einem seiner Schneidezähne!

»Ich liebe dich, Tim!«, flüsterte ich und mein Herz wurde schwer.

»Ich liebe dich auch«, erwiderte er leise.

Eine letzte Umarmung, ein letzter Kuss, dann zog Melike mich energisch mit sich fort. Wir passierten die Bordkartenkontrolle, drehten uns um und winkten noch einmal.

»So«, sagte Melike. »Das wäre schon mal geschafft.«

Sie grinste mich an und ich grinste sie an. Dann klatschten wir uns ab, umarmten uns und begannen übermütig zu lachen. Das Abenteuer konnte beginnen!

Ich, die ich noch nie in diesem Bereich des Flughafens gewesen war, war tief beeindruckt von den riesigen Dimensionen und den vielen Menschen. Bei der Sicherheitskontrolle musste man sein Handgepäck, den Gürtel und das

Handy in eine Kiste legen, die über ein Förderband und durch einen Röntgenscanner lief. Melike passierte den Sicherheitscheck problemlos, aber bei mir piepsten plötzlich die Metalldetektoren und ich blieb erschrocken stehen. Eine gelangweilt dreinschauende Frau vom Sicherheitspersonal winkte mich in eine offene Kabine, tastete mich ab und fuhr mit einem Gerät, das wie ein zu klein geratener Tennisschläger aussah, meinen Körper entlang.

»Da ist was in deiner Hosentasche«, sagte sie streng. »Wieso hast du das nicht in die Box gelegt?«

Irritiert griff ich in meine Hosentaschen und förderte ein kleines, flaches Päckchen zutage, das ich nie zuvor gesehen hatte.

»Äh … ich … ich …«, stotterte ich.

»Geh noch mal raus und leg es in eine Kiste. Dann kommst du wieder rein!«, befahl sie mir und ich gehorchte.

Was war das für ein Päckchen? Und wie zum Teufel kam es in meine Hosentasche?

Beim zweiten Mal piepste nichts mehr und ich durfte meine Sachen wieder in Empfang nehmen.

»Was war denn?«, erkundigte sich Melike.

»Das hier war in meiner Hosentasche.« Ich präsentierte ihr das flache Pappschächtelchen.

»Geschenke auspacken könnt ihr auch woanders! Andere Leute haben es eilig«, raunzte uns ein Anzugträger unfreundlich an, drängte sich zwischen uns und angelte nach seinem Laptop in einer der Plastikboxen.

»He!« Melike versetzte der Box einen Schubs, sodass der Mann sie nicht mehr erreichen konnte. »Können Sie sich nicht benehmen? Wir sind gleich fertig.«

Der Typ funkelte sie wütend an, machte aber brav einen

Schritt nach hinten. Ich musste kichern und wurde dafür auch mit einem bösen Blick bedacht. Wir schnappten unsere Sachen und gingen zu einer Bank. Dort öffnete ich das ominöse Päckchen und traute meinen Augen nicht.

»Ein Ring!«, hauchte ich. »Von Tim! Er muss ihn mir vorhin heimlich in die Hosentasche geschoben haben!«

»Zeig mal!« Melike betrachtete den schmalen silbernen Ring. »Wow! Er hat sogar was eingravieren lassen.«

Tatsächlich! E ❤ T stand da.

»Oh Mann, das ist süß!«, flüsterte ich gerührt und zwinkerte schnell ein paar Tränchen weg. Ich schob den Ring über den Finger – er passte perfekt!

»Sehr cool.« Melike nickte. »Gib mal dein Handy.«

Sie machte ein Foto von mir mit Ring und ich schickte es Tim mit einer WhatsApp voller Herzchen und Kuss-Smileys. Dann machten wir uns auf den Weg zu unserem Gate. Ich staunte über die vielen Geschäfte, die Massen von Menschen aus aller Herren Länder und die praktischen Rollbänder, die wie ebenerdige Rolltreppen funktionierten.

Wir versorgten uns mit sündhaft teuren Sandwiches und setzten uns dann bei Gate B 18 an einen Tisch direkt an der großen Glasscheibe, durch die man beobachten konnte, wie die Flugzeuge betankt und beladen wurden. Es herrschte ein unglaublicher Betrieb. Autos, Busse, Lkws und seltsame Spezialfahrzeuge wuselten zwischen den großen Flugzeugen geschäftig durcheinander. Die Maschine, die uns nach New York bringen sollte, stand schon bereit und wurde gerade betankt.

»Ein Jumbo«, stellte Melike fest. »Da ist die 1. Klasse im oberen Stockwerk. Aber leider werden wir in der Holzklasse sitzen.«

»Wo sitzen wir?«, fragte ich irritiert und stellte mir vor, wie wir auf Holzstühlen im Flugzeug sitzen würden.

»So nennt man die Economy Class«, belehrte meine Freundin mich. »Dann gibt's bei Langstreckenflügen noch Business und First Class. Aber für uns reicht's. Hoffentlich setzt sich kein Fettsack neben uns, das ist ätzend.«

Sie war schon sehr oft geflogen und ein alter Hase, was das betraf.

Eine Viertelstunde später wurde das Gate geöffnet und alle Passagiere für Flug LH 404 drängten sich in mehreren Reihen, obwohl aufgerufen wurde, welche Sitzreihen zuerst einsteigen durften. Endlich waren wir an der Reihe. Ich hielt meine Bordkarte über den Scanner und folgte dem Menschenstrom durch eine Tür in einen langen, engen Gang, der direkt bis an die Tür des Flugzeuges führte. Melike und ich hatten die Plätze B und C in der Reihe 44 und es dauerte ewig, bis wir dort waren. Die Leute blockierten die Gänge, während sie versuchten, ihr Handgepäck zu verstauen.

»Setz dich ruhig ans Fenster«, meinte Melike. »Falls da noch jemand kommt, ist der vielleicht froh, wenn er am Gang sitzen kann.«

Ich rutschte also ganz durch. Wir schoben unsere Rucksäcke unter die Vordersitze, stellten unsere Handys aus und schnallten uns vorschriftsmäßig an. Die Luft im Flugzeug war warm und stickig und ich schwitzte jetzt schon.

»Gleich wird's besser«, wusste meine Freundin. »Sobald die Triebwerke angehen, läuft auch die Klimaanlage.«

Ich schaute aus dem Fensterchen und Melike vertiefte sich in das Bordmagazin, das sich in einem Netz auf der Rückseite des Vordersitzes befand.

»Du sitzt auf meinem Platz«, sagte plötzlich jemand und wir blickten hoch.

»Ach du Scheiße!«, entfuhr es mir, als ich ausgerechnet den Anzugtyp erkannte, der uns vorhin an der Sicherheitskontrolle angeschnauzt hatte.

»Wollen Sie nicht lieber am Gang sitzen?« Melike lächelte liebenswürdig. »Meine Freundin fliegt heute zum ersten Mal und ...«

»Ich will auf exakt dem Platz sitzen, den ich bezahlt und reserviert habe«, schnitt der Kerl ihr das Wort ab.

»Neben dem will ich nicht bis New York sitzen!«, raunte ich Melike zu, als wir uns losschnallten und unsere Rucksäcke unter den Sitzen hervorzerrten.

»Na, besser der als irgend so ein Fettsack«, sagte Melike laut zu mir.

»Du bist ganz schön frech«, entgegnete der Mann und rutschte auf den Fensterplatz, Melike setzte sich in die Mitte und ich fand mich am Gang wieder, wo ich mich sofort erheblich wohler fühlte, denn ich neigte zu Platzangst.

»Och, ich bin doch richtig nett zu Ihnen«, antwortete Melike und strahlte ihren Sitznachbarn mit ihren schneeweißen Zähnen an.

»*Boarding completed*«, kam es über den Lautsprecher. Die Triebwerke sprangen an, das Flugzeug gab angsteinflößende Geräusche von sich und vibrierte. Ich beobachtete unauffällig die anderen Leute, aber niemand schien sich an dem Poltern und Quietschen zu stören, offenbar war das normal. Langsam setzte sich das Flugzeug in Bewegung, wir rollten eine halbe Ewigkeit an anderen Flugzeugen und Gebäuden vorbei, bis wir die Startbahn erreicht hatten.

»Jetzt geht's los!«, sagte Melike mit glänzenden Augen. »Hach, ich liebe dieses Gefühl! Am liebsten würde ich hundertmal hintereinander starten. Vielleicht werde ich Pilotin!«

Ich war längst nicht so entspannt wie sie. Meine Hände waren schweißnass und es war nicht gerade beruhigend zu sehen, wie die Frau auf der anderen Seite des Ganges die Hände faltete, die Augen schloss und stumm betete.

Aber Melike hatte recht: es war ein kolossales Gefühl, als das Riesenflugzeug quasi aus dem Stand losdonnerte. Die Triebwerke kreischten und man wurde in den Sitz gepresst, dann gab es einen kleinen Schubs, ich wagte einen Blick nach links aus dem Fenster und sah die Gebäude unter uns kleiner werden. Dann sah ich die Autobahn, Wälder und die Wolkenkratzer Frankfurts.

»Wir fliegen!«, rief ich begeistert und erntete dafür einen verächtlichen Blick von dem Unfreundlichen am Fenster, aber das störte mich nicht, denn es war ein absolut unvergleichliches Gefühl und ich fragte mich, warum ich so eine Angst vor dem Fliegen gehabt hatte.

7. Kapitel

Es war halb zehn vormittags, als wir auf dem John F. Kennedy Airport landeten, in Deutschland war es jedoch bereits halb vier nachmittags! Auf dem knapp siebenstündigen Flug hatten wir gegessen, über Kopfhörer auf dem Bildschirm, der sich in der Rückenlehne des Vordersitzes befand, einen Film geschaut und den Reiseführer, den Melikes Mutter uns eingepackt hatte, durchgeblättert. Während wir in der langen Schlange standen, die sich Schritt für Schritt auf die Schalter der *Immigration Control* zubewegte, schrieb ich Mama und Tim jeweils eine SMS, WhatsApp funktionierte nicht, weil ich vorsichtshalber das Datenroaming an meinem Handy ausgeschaltet hatte. Um uns herum schnatterten die Leute in den verschiedensten Sprachen – außer Englisch! Der erste Amerikaner, dem ich begegnete, war der uniformierte Schwarze hinter dem Schalter und er war total unfreundlich, als ich nicht sofort kapierte, welchen Finger ich zur Kontrolle der biometrischen Daten wohin stecken musste. Aber wir bewältigten auch diese Hürde, fanden das richtige Kofferlaufband und verließen den Ankunftsbereich des Flughafens durch die Zollkontrolle, bei der man uns durchwinkte. Am Gate hielten wir

Ausschau nach Brenda und Chris, die uns abholen wollten, aber vergeblich! Die anderen Passagiere, die mit uns aus Frankfurt gekommen waren, verschwanden in alle Himmelsrichtungen, die wartende Menschenmenge zerstreute sich und nach ein paar Minuten standen Melike und ich mit unserem Gepäck alleine da.

»Vielleicht sind sie in einen Stau geraten«, vermutete Melike. »Wir warten einfach hier. Sie werden schon auftauchen.«

»Und wenn nicht?« Ich blickte mich besorgt um. »Was machen wir denn dann?«

»Dann bleiben wir hier. So wie Tom Hanks in dem Film *Terminal.* Der lebte ein halbes Jahr hier an diesem Flughafen, weil er nicht einreisen durfte.« Meine Freundin grinste und machte es sich auf ihrem Koffer gemütlich.

»War nur ein Spaß!«, sagte sie rasch, als sie mein entsetztes Gesicht sah. »Stell am besten dein Handy laut. Dann können sie uns erreichen.«

Ich tat, was sie mir gesagt hatte. Keine neuen Nachrichten. Plötzlich hatte ich wieder dieses flaue Gefühl im Magen. Wir waren allein in Amerika, Tausende Kilometer entfernt von zu Hause und kannten hier niemanden! Was, wenn Brenda etwas zugestoßen war und sie vergessen hatte, jemandem Bescheid zu geben? Wo sollten wir heute Nacht bleiben? Leute eilten geschäftig an uns vorbei, die Minuten verstrichen und schon strömten Passagiere eines anderen Fluges aus dem Gate.

»Ich muss aufs Klo«, sagte ich nach einer Weile.

»Dann geh doch«, erwiderte Melike. »Ich bleibe hier und passe auf unser Gepäck auf.«

Ich machte mich auf den Weg und fand schließlich eine

Toilette, aber als ich wieder herauskam, wusste ich nicht mehr, ob ich von links oder rechts gekommen war. Verflixt! Alles sah hier völlig gleich aus! Ich lief los und hielt Ausschau nach Melike. War ich eben auch an diesen ganzen Läden und Restaurants vorbeigelaufen? Verunsichert blieb ich stehen und ging wieder zurück. Mir wurde abwechselnd heiß und kalt. Wieso hatte ich mir nicht die Nummer des Gates gemerkt, an dem wir angekommen waren? Ich irrte durch eine Halle nach der anderen und stellte irgendwann fest, dass ich im Abflugbereich gelandet war. Herrje, ich war echt der Bauerntrampel, als den Ariane mich früher mit Vorliebe bezeichnet hatte! Hilflos blieb ich stehen und blickte mich um. Ah! Dort war ein Schild mit der Aufschrift ARRIVAL, also Ankunft! Ich folgte dem Pfeil und wäre vor Erleichterung beinahe in Tränen ausgebrochen, als ich Melike erblickte, die sich gerade mit Brendas Mann Chris und einem dunkelhaarigen Mädchen unterhielt, das ein Schild mit der Aufschrift *Welcome Elena & Melike!* unter den Arm geklemmt hatte. Das Mädchen trug ein superkurzes weißes Kleidchen und Plateausandaletten, in denen ich mir beim ersten Schritt sicher die Knöchel gebrochen hätte; es sah viel älter aus als fünfzehn und war sogar geschminkt!

»Hey, Elena!« Chris grinste kaugummikauend und reichte mir die Hand. »Welcome to New York! Hattet ihr einen guten Flug?«

»Hey, hello! Ich bin Joana!« Brendas Tochter umarmte mich so überschwänglich, als ob wir uns seit Jahren kennen würden. »Es ist so toll, dass ihr hier seid! Entschuldigung, dass wir uns verspätet haben, aber der Verkehr in der Stadt ist mal wieder völlig zusammengebrochen.«

Ich hatte ein bisschen Mühe, sie zu verstehen, denn ihre

Aussprache war völlig anders als der nasale Oxford-Akzent meiner Englischlehrerin. Wir versicherten, dass wir einen super Flug gehabt hatten und Chris hob die Augenbrauen, als er Melikes Koffer anheben wollte.

»Hast du Steine eingepackt?«, erkundigte er sich.

»Nur Klamotten«, erwiderte meine Freundin. »Man weiß ja nie, was einen so erwartet.«

»Da hast du recht!«, pflichtete Joana ihr bei.

»Die meisten Leute aus Deutschland kommen mit halb leeren Koffern hierher«, sagte Chris. »Seitdem der Euro im Vergleich zum Dollar so stark ist, können Deutsche hier günstig einkaufen.«

»Das habe ich auf jeden Fall auch vor.« Melike grinste. »Im Notfall lasse ich eben ein paar von meinen Klamotten hier.«

Wir verließen das Flughafengebäude. Draußen herrschte trotz der frühen Stunde schon eine Gluthitze. Ich schaute nach den Wolkenkratzern, aber Joana erklärte mir, dass der JFK-Airport rund fünfzehn Meilen von Manhattan entfernt läge und man die Skyline von hier aus nicht sehen könne. Dennoch fühlte ich mich schon, als sei ich unversehens in einem Film gelandet: Überall sah man die typischen gelben Taxis, riesige Geländewagen und die Straßenmarkierungen waren gelb und nicht weiß wie bei uns. Chris zog unsere beiden Koffer hinter sich her und lief zielsicher vorneweg in eines der Parkhäuser. Wenig später saßen wir in einem riesigen schwarzen Chevrolet Suburban mit verdunkelten Scheiben und weichen Lederpolstern. Melike setzte sich nach vorne neben Chris, Joana und ich teilten uns die Rückbank. Das Auto war so groß, dass locker noch zwei Leute neben uns Platz gefunden hätten.

»Wir bleiben zwei Tage in der Stadt, bevor wir raus auf die Farm fahren«, sagte Joana, die aus Rücksicht auf uns extra langsam sprach. »Mom ist noch an der Westküste und kommt erst übermorgen zurück.«

»Oh, das ist ja toll!« Melike war begeistert von der Aussicht, New York kennenzulernen. »Wo ist unser Hotel? Ist es von dort aus weit bis zur Fifth Avenue mit den ganzen Superläden?«

Natürlich hatte sie wieder mal nur das Einkaufen im Kopf!

»Ihr wohnt doch nicht im Hotel, sondern bei uns«, erwiderte Joana. »Meine Großeltern haben genug Platz. Und die Fifth Avenue ist gleich um die Ecke. Es gibt aber noch viel coolere Stadtviertel zum Shoppen.«

Sie zwinkerte Melike zu. Eine Shopping-Süchtige hatte die andere erkannt. Das konnte ja heiter werden! Die Aussicht, zusammen mit Joanas Großeltern ein paar Tage in einer Wohnung zu hocken, erschien mir wenig verlockend, aber so, wie es aussah, würden wir wohl ohnehin nicht viel Zeit mit den alten Leutchen verbringen, denn Joana und Melike quatschten jetzt schon über Klamotten- und Schuhläden. Weil mich das nicht sonderlich interessierte, fragte ich Chris nach Quintano.

»Dem geht es sehr gut«, antwortete Chris. »Er hat erst letzte Woche ein 1,45-Springen gewonnen. Brenda hofft, dass er der Nachfolger von Temporize wird.«

Das freute mich. Quintano war hochsensibel und ein wenig speziell, Christian und Papa waren damals überhaupt nicht mit ihm zurechtgekommen. Umso schöner zu hören, dass er mit Brenda eine passende Reiterin gefunden hatte, unter der er sich wohlfühlte.

»Reitest du eigentlich auch?«, fragte Melike Joana.

»Hin und wieder«, sagte Joana und grinste schief, als sie unsere verblüfften Gesichter sah. »Mein Bruder und ich reiten Western.«

»Aber deine Mom hat erzählt, du würdest auch Springturniere reiten«, sagte ich.

»Früher mal. Ich hab den Spaß dran verloren.«

Ich bemerkte den Blick, den Chris ihr im Rückspiegel zuwarf und sie drehte den Kopf zur Seite und schaute aus dem Fenster.

»Auf der Oaktree-Farm werden sehr gute Quarterhorses gezüchtet«, sagte Chris nun. »Brendas Vater ist einer der erfolgreichsten Züchter Amerikas. Seid ihr beiden schon mal Western geritten?«

»Nein«, erwiderte Melike.

»Dann solltet ihr das mal ausprobieren.«

Klar, das wollten wir auf jeden Fall.

Joana war für den Rest der Fahrt ziemlich schweigsam, aber das fiel kaum auf, denn Melike fragte Chris ungeniert Löcher in den Bauch. Sie wollte wissen, wie man die Art der Straße nannte, auf der wir gerade fuhren, wie schnell man fahren und wieso man rechts überholen durfte. Für unsere Begriffe waren die Autos hier wirklich schneckenlahm unterwegs und das trotz der breiten Straßen. Chris beantwortete alle Fragen, so gut er eben konnte.

»Da vorne könnt ihr übrigens jetzt die Skyline von Manhattan sehen!«, bemerkte er plötzlich und wies nach links. Und tatsächlich! In der Ferne glitzerten die Wolkenkratzer im hellen Sonnenlicht.

»Das ist ja Wahnsinn!«, rief Melike. »Im Vergleich dazu ist Frankfurt ein Dorf!«

Chris und Joana grinsten, amüsiert über unsere Begeisterung.

Wenig später überquerten wir den East River, Chris musste kurz an einer Mautstation stoppen und dann waren wir in Manhattan. Melike redete munter weiter, aber mir hatte diese Riesen-Monster-Stadt die Sprache verschlagen. Stumm blickte ich aus dem Fenster und verrenkte mir bei dem Versuch, ein Stück des blauen Himmels zu sehen, beinahe den Hals. Ich bewunderte Chris, der uns lässig durch den chaotischen Verkehr chauffierte. Durch die geschlossenen Fenster drang der Verkehrslärm, den Busse, Unmengen von gelben Taxis, Lkws und normale Autos produzierten, ins angenehm klimatisierte Wageninnere, und ich fand es einfach unvorstellbar, hier leben zu müssen oder gar zu wollen! Wir bogen rechts ab in die Third Avenue und gleich darauf wieder links, dann bremste Chris vor einem Gebäude und ein livrierter Portier kam sofort angesprungen und hielt Joana die Tür auf.

»Danke, Barney«, sagte sie zu ihm.

»You are very welcome, Miss Channing«, erwiderte er höflich.

Ich stieg ebenfalls aus und stand auf einem roten Teppich, der unter einem Baldachin bis zu einer Eingangstür führte.

»Was ist mit unseren Koffern?«, fragte ich, als Joana Richtung Tür ging. Chris hatte sogar einfach den Autoschlüssel stecken lassen – und das mitten in New York!

»Barney kümmert sich darum, dass es hochgebracht wird«, sagte Joana. »Komm, Grandma wartet schon auf uns. Sie ist ganz neugierig, euch kennenzulernen, denn sie stammt selbst aus Deutschland.«

Benommen taumelte ich hinter Joana und Melike her und das lag nicht an der schwülen Hitze, sondern eher an dem spiegelblanken Fußboden in der riesigen Eingangshalle. Sogar die Wände waren mit Marmor verkleidet! Erst jetzt fiel mir auf, dass Chris nicht mitgekommen war, wahrscheinlich machte er sich auf die Suche nach einem Parkplatz für den großen Wagen.

»Das Haus wurde 1929 eröffnet«, erklärte Joana, als wir in einem Aufzug, der aus poliertem Holz und glänzendem Messing bestand, aufwärtsglitten. »Jackie Kennedy ist hier aufgewachsen!«

»Aha«, murmelte ich und blickte Melike an, die vorübergehend auch mit Stummheit geschlagen war. Der Aufzug hielt mit einem leisen Läuten, die Türen öffneten sich und vor uns stand eine etwas ältere Version von Brenda mit kurzem, dunklem Haar und einem herzlichen Lächeln im Gesicht.

»Herzlich Willkommen in New York City!«, sagte sie in fast akzentfreiem Deutsch. »Immer hereinspaziert in die gute Stube!«

8. Kapitel

»Ich stehe unter Schock«, stöhnte Melike. »Kneif mich bitte, damit ich merke, dass ich das alles nicht nur träume!«

»Du träumst nicht«, erwiderte ich trocken und ließ mich auf eines der breiten Queen-Size-Betten fallen. »Ich kann's auch nicht fassen. Als Joana sagte, wir würden ein paar Tage bei ihren Großeltern wohnen, dachte ich, wir hocken mit zwei alten Leutchen in einer kleinen Wohnung herum, in der dauernd irgendein Rollator im Weg herumsteht.«

Ich kriegte einen Lachanfall, als mir klar wurde, wie sehr ich mich geirrt hatte!

Während wir mit Grandma Barbara in einem der zahllosen Salons dieser zweistöckigen Riesenwohnung mit Eistee und herrlichen Sandwiches verwöhnt worden waren und aufgezählt hatten, was wir am liebsten in New York anschauen wollten, mussten dienstbare Geister unser Gepäck über geheime Hintertreppen hochgeschafft und in das Gästezimmer, in dem wir schlafen sollten, gebracht haben. Aber nicht nur das: unsere Kleider waren sogar ausgepackt und in den begehbaren Kleiderschrank gehängt worden! Der Raum war so groß wie unser ganzes Wohnzimmer zu Hause, hatte ein eigenes Badezimmer, zwei Boxspringbetten und einen kleinen Balkon, von dem aus man über den Central Park auf die Hochhäuser an der Upper West Side blickte. Das ganze Mobiliar schien aus Antiquitäten zu bestehen, die unter Garantie schweineteuer waren, und die Bilder an den Wänden stammten sicherlich nicht aus dem Baumarkt.

»Wir müssen das alles fotografieren.« Melike kam langsam wieder zu sich. »Das glaubt uns sonst kein Mensch!«

Natürlich gab es WLAN, das hier in Amerika Wi-Fi genannt wurde. Grandma Barbara hatte uns einen Zettel mit der Nummer gegeben und ich tippte sie nun in mein Smartphone ein, um im Internet nach Richard und Barbara Baxter zu googeln.

»Der Portier hat Joana eben ›Miss Channing‹ genannt«, sagte ich zu Melike, die sich nur langsam erholte. »Brenda heißt mit Nachnamen ›Murray‹ und ihre Eltern ›Baxter‹. Verstehst du das?«

»Keine Ahnung, wie sie das in Amerika mit den Nachnamen halten.« Melike richtete sich auf und schwankte zum Badezimmer hinüber. »Oh Mann, Elena, wir sitzen in einem Luxusappartement in der Park Avenue in New York City, nur zwei Blocks von der Fifth Avenue entfernt!«

»Und vom Central Park«, ergänzte ich und tippte die Namen von Joanas Großeltern in die Suchmaske von Google. Bei Wikipedia wurde ich auf Anhieb fündig. Wer auch immer mir erzählt hatte, Brendas Vater besitze einen Fernsehsender, hatte gewaltig untertrieben! Richard Baxter gehörte ein Medienkonzern, den er selbst aufgebaut hatte, und er war einer der reichsten Männer Amerikas. Barbara – *Grandma* – stammte aus einer deutschen Bankiersfamilie, die 1939 vor den Nazis aus Deutschland nach Amerika geflüchtet war. Brenda war ihre einzige Tochter und ich las, dass ich mich im Bezug auf ihr Alter leicht verschätzt hatte. Sie war nicht etwa Ende zwanzig, sondern Ende dreißig, aber vielleicht alterte man nicht so schnell, wenn man ein solches Luxusleben führen konnte. Nun wunderte ich mich nicht mehr länger darüber, dass sie es sich leisten konnte, auf der ganzen Welt Turniere zu reiten und teure Pferde zu kaufen!

Melike kehrte aus dem Bad zurück, frisch frisiert und geschminkt. Sie hatte Jeans und T-Shirt gegen ein knallgrünes kurzes Kleid getauscht und ähnlich hohe Sandalen angezogen, wie Joana sie getragen hatte.

»*So* willst du durch die Stadt laufen?«, fragte ich sie und schüttelte den Kopf. »Du spinnst ja!«

Melike zog die Stirn kraus und betrachtete kritisch ihr Spiegelbild.

»Sieht abgefahren aus, könnte aber unbequem sein, stimmt.« Sie machte auf dem Absatz kehrt und suchte in dem begehbaren Kleiderschrank nach einem bequemeren Paar Schuhe. Ich schrieb Tim noch rasch eine WhatsApp, dann zog ich mir auch frische Klamotten an, allerdings entschied ich mich für eine helle Leinenhose und ein T-Shirt.

Pünktlich um zwölf trafen wir Joana wie verabredet im unteren Stockwerk der Wohnung in einem der Salons.

»Hey, was für ein cooles Kleid!«, rief sie, als sie Melike erblickte, und klatschte begeistert in die Hände. »Du siehst aus wie ein Model!«

Sie hatte recht. Ich war daran gewöhnt, dass meine Freundin mit ihrem braunen Teint, den sie dem Erbe ihrer türkischen Vorfahren verdankte, ihrem glänzend schwarzen Haar und den großen dunkelbraunen Augen immer alle Blicke auf sich zog. Sie hatte nie schmutzige Fingernägel wie ich und lackierte regelmäßig ihre Zehennägel, was mir im Traum nicht eingefallen wäre.

»Seid ihr fit genug, die Stadt zu erkunden?« Grandma Barbara kam herein und stieß einen Pfiff aus, als sie Melike sah. Dann zwinkerte sie mir zu. »Na, da haben sich zwei Modeverrückte gesucht und gefunden. Du hast wohl eher meinen praktischen Kleidergeschmack, hm?«

Ich wurde knallrot und nickte. Zwar trug Joanas Großmutter auch eine Leinenhose und ein kurzärmeliges Shirt, aber sicher nicht vom Wühltisch bei H&M. Wenig später zogen wir los, allerdings nicht zu Fuß, sondern in einer schwarzen Limousine mit Chauffeur. Ich war schon ein bisschen enttäuscht, weil ich gehofft hatte, etwas Großstadtatmosphäre zu erleben, als das Auto ein paar Blocks weiter stoppte und wir ausstiegen.

»So, Ladies«, sagte Grandma Barbara. »Das hier ist die Grand Central Station, der größte Bahnhof der Welt, was die Anzahl der Gleise betrifft. Es gibt auf zwei Ebenen 44 Bahnsteige, an denen 67 Gleise enden. Und er feiert in diesem Jahr seinen 100. Geburtstag, denn er wurde am 2. Februar 1913 eingeweiht. Über 500.000 Menschen benutzen den Bahnhof – und zwar nicht pro Jahr, sondern jeden Tag!«

»Wenn Grandma dabei ist, braucht man keinen Reiseführer«, kommentierte Joana belustigt. »Sie kennt jedes Bauwerk in der Stadt!«

Wir betraten eine gigantische Halle, die angenehm klimatisiert war.

»Beachtet die Deckenbemalung!« Grandma Barbara wies nach oben. »Sie soll einen Sternenhimmel darstellen. Den Baustil des Gebäudes nennt man übrigens *Beaux Arts.*«

Unser eigentliches Ziel war jedoch nicht der Bahnhof, wie sich herausstellte, sondern das Oyster Bay Restaurant im Untergeschoss, einer riesigen Halle mit gewölbten Decken, in der ein unglaublicher Lärm herrschte. Melike und ich schlürften die ersten Austern unseres Lebens und aßen Seafood und French Fries. Anschließend fuhren wir mit der U-Bahn an die Südspitze Manhattans, besichtigten das 9/11-Memorial, liefen durch die berühmte Wallstreet und machten eine Schiffsrundfahrt zu der Insel, auf der die Freiheitsstatue stand. Ich war überwältigt von den vielen Eindrücken und hatte sicherlich 100 Fotos mit meinem Handy gemacht. Alsich schon dachte, die Stadtbesichtigung sei vorbei, fuhren wir mit der U-Bahn zurück nach Midtown Manhattan.

»Oh, ich glaub's ja nicht! Da ist Macy's!«, quiekte Melike verzückt. »Das größte Kaufhaus der Welt!«

»Völlig überschätzt.« Grandma Barbara verzog das Gesicht. »Wenn ihr shoppen wollt, warte ich irgendwo.«

An meinem nicht besonders begeisterten Blick bemerkte sie wohl, dass ich genauso wenig Lust auf einen Kaufhausbesuch hatte wie sie selbst.

»Was haltet ihr davon, wenn Elena und ich aufs Empire State Building fahren, während ihr Mr Macy noch ein wenig reicher macht?«, schlug sie vor.

Melike und Joana nickten begeistert.

»Denk dran, dass wir noch sechs Wochen hier sind, bevor du da drin jetzt deine ganze Kohle auf den Kopf haust«, warnte ich meine Freundin.

»Klaro. Ich will ja auch nur mal gucken«, behauptete sie.

So kam es, dass Grandma Barbara und ich das zurzeit höchste Gebäude Manhattans alleine besichtigten und das nicht wie normale Touristen. Grandma Barbara war nämlich im Kuratorium irgendeiner Gesellschaft für New Yorker Bauwerke. Ein Anruf reichte und jemand kam, um uns an der langen Schlange der Warteten vorbei zu einem anderen Aufzug zu schleusen, der so schnell nach oben raste, dass ich einen ähnlichen Druck auf meinen Ohren verspürte wie beim Start des Flugzeuges. Der Blick über die Stadt von der Aussichtsplattform war jedoch einfach atemberaubend. Joanas Großmutter zeigte mir die verschiedenen Wolkenkratzer und Bauwerke – das Chrysler Building mit seiner Art-deco-Spitze, das Flatiron Building, das genau an der Stelle stand, an der sich Broadway und Fifth Avenue trafen und das so hieß, weil es aussah wie ein Bügeleisen. Sie machte mich auf das MetLife-Building und das Rockefeller Center aufmerksam und auf das One World Trade Center, das wir vorhin von unten gesehen haben.

»Oh, da ist ja auch die Freiheitsstatue! Und da drüben die Brooklyn Bridge!«, rief ich. »Ach, Mrs Baxter, könnten Sie wohl ein Foto von mir machen?«

»Sehr gerne, meine Liebe!« Sie lächelte und ergriff mein Handy. »Aber nenn mich bitte Barbara, das tun alle meine Freunde!«

Sie machte ein paar Bilder, die ich später Mama, Tim und Lajos schicken wollte, dann fuhren wir wieder nach unten, um Melike und Joana wie verabredet vor einem der Eingänge von Macy's aufzugabeln. Wahre Menschenmassen wälzten sich durch die Straßen, es war heiß, und man musste aufpassen, nicht von einem Radfahrer oder einem Auto niedergemäht zu werden. Besonders rücksichtsvoll benahmen sich die Leute hier nicht! Sosehr mich New York auch beeindruckte, so war ich eindeutig kein Stadtmensch und freute mich auf die Oaktree-Farm, auf die Stille, die Natur und die Pferde! Ein junger Typ mit verkehrt herum aufgesetzter Basecap kurvte auf einem Skateboard um uns herum und rempelte Barbara so grob an, dass sie gegen mich stieß und beinahe hinfiel.

»Mein Tasche!«, rief sie erschrocken. »Er hat meine Tasche geklaut!«

Niemand der Vorbeigehenden nahm Notiz von ihr, deshalb spurtete ich ohne lange nachzudenken los, denn ich hatte den Kerl genau im Blick. Er bemerkte nicht, dass ich ihn verfolgte und das war mein Glück. Ich holte ihn ein und versetzte ihm einen so heftigen Stoß, dass er das Gleichgewicht verlor und von seinem Skateboard stürzte.

»Gib sofort die Tasche wieder her!«, schrie ich ihn an.

Ein paar Leute blieben stehen, aber niemand kam mir zu Hilfe. Der Typ war höchstens so alt wie ich, ein dünnes Kerlchen, ungesund blass im Gesicht. Er starrte mich verdutzt an und wollte aufstehen, um sich aus dem Staub zu machen, doch ich hinderte ihn mit einem Tritt gegen die Schulter daran. Erst dann merkte ich, dass ich ihn vor lauter Aufregung auf Deutsch angebrüllt hatte.

»Give the purse back!«, stammelte ich auf Englisch. In diesem Moment hielt ein schwarz-weißes Polizeiauto direkt neben uns und die Sirene heulte auf. Zwei Polizisten sprangen heraus und kamen auf uns zugerannt. Das Bürschchen versuchte ein zweites Mal zu flüchten, doch wieder konnte ich ihn daran hindern. Dann waren die Polizisten da und Barbara auch und als sie ihren Arm um mich legte, merkte ich, dass mir vor Aufregung die Knie zitterten.

9. Kapitel

Ich war die Heldin des Tages, vor allen Dingen nachdem die Polizisten festgestellt hatten, dass der Handtaschendieb ein Messer dabeigehabt hatte, mit dem er den Schulterriemen von Barbaras Tasche im Vorbeifahren durchtrennt hatte. Die Polizisten machten ein großes Trara und wollten meinen Namen und meine Adresse wissen, und wurden beinahe ehrfürchtig, als sie kapierten, wer die Besitzerin der von mir geretteten Handtasche war.

Joanas Großvater, der natürlich schon von Barbara erfahren hatte, was passiert war, lobte mich abends für meinen Mut und meinen selbstlosen Einsatz, bis es mir richtig peinlich wurde.

»In New York schauen die Leute lieber weg, wenn etwas passiert«, sagte er ernst. »Obwohl sich in den letzten Jahren in puncto Sicherheit sehr viel getan hat, ist Zivilcourage noch immer etwas sehr Seltenes. Gut, dass die Polizei so schnell da war.«

Barbara hatte sich tausend Mal bei mir bedankt und sich selbst für ihre Leichtsinnigkeit, die Tasche einfach über der Schulter zu tragen, gescholten.

»Wenn man so lange in New York lebt und nie etwas passiert, dann nimmt man die Gefahr nicht ernst«, sagte sie.

»Meine Freundinnen werden mir nie und nimmer glauben, dass ich Opfer eines Taschendiebstahls geworden bin!«

Joana sah mich mit neuem Respekt an und ihr Großvater öffnete mir zu Ehren eine Flasche mit echtem Champagner, von dem wir Mädchen ein winziges Gläschen trinken durften, obwohl man in Amerika extrem streng war, was den Alkoholgenuss von Minderjährigen betraf. Dieser schwerreiche Mann, vor dem ich mich fast ein wenig gefürchtet hatte, entpuppte sich als ausgesprochen nett und vor allen Dingen als ein echter Pferdenarr. Er hatte zwar weiße Haare, aber er sah nur wenig großväterlich aus. Noch immer schwang er sich in den Sattel, wenn es seine Zeit erlaubte. Auch er bevorzugte die Westernpferde, war aber der größte Fan seiner Tochter und hatte viel Ahnung vom Springreiten. Er fand es jedoch beachtlich, dass ich, ein damals vierzehnjähriges Mädchen, das Pferd, mit dem seine Tochter nun internationale Erfolge feierte, trainiert hatte.

Melike konnte es natürlich nicht lassen, beim Abendessen, bei dem Chris wieder nicht dabei war, von Fritzi zu erzählen und wie ich ihn mit Tims und ihrer Hilfe heimlich ausgebildet hatte. Sie zeigte Richard, Joana und Barbara auf ihrem Smartphone ein Video von Fritzi, als er letztes Jahr mit Papa auf der Hessenmeisterschaft in Eschwege die Qualifikation zum Bundeschampionat mit einer Traumwertnote von 9,5 gewonnen hatte.

»Wie mir scheint, hast du sehr viel Talent«, sagte Richard, den wir auch beim Vornamen und nicht »Mr Baxter« nennen sollten.

»Na ja.« Ich wurde wieder mal rot und zuckte die Schultern.

»Klar hat sie das!« Melike nickte eifrig. »Und sie hat vor keinem Pferd Angst!«

Sie erzählte von Lenzi und Skyfall und dass ich vor ein paar Wochen mein erstes S-Springen geritten hatte.

»Ich bin zu feige zum Springen«, gab Melike freimütig zu. »Das ist mir alles zu schnell. Ich denke schon beim Anreiten an ein Hindernis: Hoffentlich stolpert mein Pferd jetzt nicht oder rutscht weg!«

Es entspann sich eine Diskussion um die Risiken beim Springreiten, der ich kaum folgen konnte, denn ich war plötzlich todmüde. Ich kämpfte krampfhaft dagegen an, dass mir die Augen zufielen. Zu Hause war es jetzt vier Uhr nachts und der Tag war lang und aufregend gewesen. Barbara bemerkte es und beendete die Runde. Wir sagten Gute Nacht und gingen hoch in unser Zimmer.

»Ich weiß jetzt *alles*«, verkündete Melike, als wir im Badezimmer standen und uns für die Nacht fertig machten.

»Hätte mich auch gewundert, wenn nicht«, erwiderte ich gähnend.

»Chris ist Brendas zweiter Mann«, sagte meine Freundin. »Der Vater von Luke und Joana ist wohl so eine Art Cowboy und hat keinen festen Wohnsitz. Er fährt mit einem Trailer und seinen Pferden kreuz und quer durchs Land.«

»Cool.« Ich drückte Zahnpasta auf die Zahnbürste und begann mir die Zähne zu putzen.

»Idiotisch!«, fand Melike. »Eine Frau mit so viel Kohle wie Brenda zu verlassen, ist doch total bescheuert!«

»Du denkst nur ans Geld!«, nuschelte ich. »Vielleicht hat er sie nicht mehr geliebt oder ihm ist der ganze Luxus zu viel geworden.«

»Wie kann einem das zu viel werden?« Melike rollte die

Augen und schminkte sich ab. »Überleg dir mal, du müsstest nichts mehr selbst machen! Joana hat eine *schwarze* American-Express-Kreditkarte!«

»Na, ganz toll.« Ich wischte mir den Mund mit einem flauschigen weißen Handtuch ab. »Warum war Chris eigentlich nicht beim Abendessen?«

»Keine Ahnung.« Melike zuckte die Schultern. »Vielleicht hat er eine eigene Wohnung in der Stadt. Joana hat mir erzählt, dass er mal an der Wall Street gearbeitet hat. Wahrscheinlich hat er selbst Kohle bis zum Abwinken.«

Wir gingen zurück ins Schlafzimmer. Ich legte mich ins Bett und rekelte mich behaglich. Noch nie hatte ich in einem so herrlich bequemen Bett gelegen. Eigentlich hatte ich noch die Fotos an Tim schicken wollen, aber ich war plötzlich so müde, dass ich in Sekundenschnelle eingeschlafen war.

Am nächsten Morgen hatte ich dafür genug Zeit, denn ich wachte um halb sechs ausgeschlafen auf. Um Melike nicht zu wecken, öffnete ich leise die Schiebetür und schlüpfte hinaus auf den Balkon. Ich machte ein paar Fotos und checkte dann meine Nachrichten. Mama hatte mir geschrieben, und Tim natürlich auch. Ich antwortete ihnen, verschwieg Mama aber die Taschendiebstahls-Aktion, dann schickte ich ihnen und auch Lajos jede Menge Fotos. Meine Freundin schlief noch immer wie ein Murmeltier, wahrscheinlich träumte sie von einer schwarzen Kreditkarte, denn sie lächelte im Schlaf selig vor sich hin.

Ich ging ins Badezimmer und stellte fest, dass der Duschkopf fest an der Wand montiert war. Eigentlich hatte ich meine Haare nicht unbedingt waschen wollen, aber es ließ sich nicht vermeiden, dass sie nass wurden. Heute hatten wir wieder ein volles Programm, auf dem der Central Park, das Metropolitan- und das Guggenheim-Museum, der Times Square und andere Dinge, wie eine Rundfahrt mit einem Doppeldeckerbus, standen, die Joana etwas spöttisch als »Touristenkram« bezeichnet hatte.

Etwas später aß ich mein erstes amerikanisches Frühstück mit Rührei, Speck und Würstchen, süßen Pfannkuchen mit Ahornsirup und frisch gepresstem Orangensaft.

»Oh mein Gott, schmeckt das gut!«, schwärmte Melike. »Würstchen zum Frühstück habe ich schon immer geliebt.«

»Du wirst zehn Kilo zunehmen, wenn du jeden Morgen so isst.« Joana, die nur frischen Obstsalat und ein kleines Schälchen mit Müsli gegessen hatte, grinste.

»Nein, werde ich nicht«, entgegnete Melike. »Ich kann essen, was ich will.«

»Dann hast du Glück mit deinem Stoffwechsel.« Barbara gesellte sich zu uns. »Ich muss ein Stück Schokolade nur anschauen und habe schon ein Kilo zugenommen.«

Eine halbe Stunde später brachen wir auf und waren den ganzen Tag in der Stadt auf Achse. Am Abend war ich völlig benommen von all den Eindrücken, die auf mich eingeprasselt waren, und ich war insgeheim froh, dass wir am nächsten Tag endlich zur Farm fahren würden. Es kam mir so vor, als sei ich seit mindestens einer Woche in New York.

Der Abschied von Richard und Barbara war herzlich und beide luden uns ein, jederzeit gerne wieder bei ihnen zu Gast zu sein.

Chris wartete vor dem Haus mit dem schwarzen Riesenauto, er lud unser Gepäck in den Kofferraum und erkundigte sich, wie es uns gefallen und was wir alles gesehen hätten.

»Wie weit ist es bis zur Farm?«, wollte ich wissen, nachdem wir ihm alle Sehenswürdigkeiten aufgezählt und Joana ihm die Story von dem Taschendieb und meiner Rettungsaktion erzählt hatte. Diesmal saß ich vorne, Melike und Joana hatten hinten Platz genommen.

»Nicht so weit«, erwiderte Chris und setzte den linken Blinker. »Knapp 190 Meilen.«

»190 Meilen? Das sind doch ... äh ... über 250 Kilometer, oder?«, fragte ich.

»Korrekt.« Chris grinste. »Und da wir Amerikaner gemütlich Auto fahren, brauchen wir für die Strecke etwa dreieinhalb Stunden.«

Wir fuhren auf der Interstate 95 Nord Richtung Boston die Küste entlang. Anders als in Deutschland gab es kaum Zielbezeichnungen auf den Hinweisschildern, die in Amerika grün und nicht blau waren; man richtete sich nach den Himmelsrichtungen. Melike und Joana quatschten über alles Mögliche, ich blickte aus dem Fenster und freute mich immer mehr auf unser Ziel. Ich war gespannt auf Joanas Bruder Luke und auf die Pferde, von denen es über hundert auf der Oaktree-Farm gab. Nach etwas mehr als drei Stunden verließen wir den Highway. Die Landschaft ähnelte der bei uns zu Hause – sanfte Hügel mit Wiesen und Wäldern – die Häuser sahen jedoch ganz anders aus. Ein paar Meilen hinter dem Städtchen Fall River bog Chris in eine schmale, von Bäumen bestandene Allee ein, die als Sackgasse gekennzeichnet war. Ein großes Warnschild vor einem schmiedeeisernen Tor verkündete, dass man sich ab hier auf Privatbesitz befand, auf dem man als Unbefugter nichts verloren hatte. Sattgrüne, von weißen Holzzäunen umgebene Wiesen reichten bis zum Waldrand und nach ein paar Minuten Fahrt tauchten die ersten Farmgebäude auf. Das zweistöckige weiß gestrichene Wohnhaus mit einer umlaufenden Veranda und weißen Säulen vor dem Eingang stand zwischen hohen Bäumen und blühenden Büschen und sah aus wie die Häuser in den Reiseführern.

»Wow!«, entfuhr es mir.

»Home sweet home«, bemerkte Joana mit einem leicht sarkastischen Unterton. »Was hab ich mich drauf gefreut!«

In der Mitte eines Rasenrondells stand ein einziger gewaltiger Baum, ein Norwegischer Ahorn, wie Chris erklärte.

»Hier stand einmal ein so genannter Liberty Tree«, sagte er. »Diese Bäume waren Treffpunkte für die ›Minutemen‹, eine Eliteeinheit der Miliz im Unabhängigkeitskrieg von 1775 bis 1783, als sich die amerikanischen Kolonien von England lossagten. 1925 wurde der Baum von einem Blitzschlag getroffen und zerstört, aber die damaligen Besitzer dieses Anwesens zogen aus einem Ableger des Baumes dann diesen hier. Er ist immerhin auch schon über 100 Jahre alt.«

»Chris kennt lauter solche Märchen.« Joana lachte geringschätzig. »Hier in der Gegend wandelt man im Prinzip überall auf geschichtsträchtigem Boden.«

»Das sind keine Märchen«, erwiderte Chris und öffnete den Kofferraum.

Joana zog nur die Augenbrauen hoch und ergriff ihre Reisetasche. Auf einmal hatte ich das Gefühl, dass sie ihren Stiefvater nicht sonderlich gut leiden konnte, und das tat mir leid, denn ich mochte Chris Murray.

Plötzlich hörten wir das Getrappel von Pferdehufen und wandten uns um. Ein Pferd näherte sich in rasendem Galopp, im Sattel saß ein waschechter Cowboy mit fransenbesetzten Lederchaps und einem Cowboyhut.

»Oh Gott, der reitet uns über den Haufen!«, rief Melike und brachte sich hinter mir in Sicherheit. Nur wenige Meter von uns entfernt stoppte der Reiter das Pferd, das noch ein Stück auf dem Schotter schlitterte, bevor es in einer Staubwolke stehen blieb.

»Puh!«, machte Joana verächtlich. »So ein Angeber!«

Der Junge lüftete kurz seinen Hut und nickte uns zu. Er hatte schulterlange dunkle Haare, schokoladenbraune Augen und sah ziemlich gut aus.

»Das«, sagte Joana, »ist mein Bruder Luke.«

»Hi, Luke!« Melike wagte sich wieder hinter mir hervor.

»Hi!«, sagte auch ich und war etwas verwundert, weil er keine Anstalten machte, von seinem Pferd abzusteigen. Ich hatte noch nie ein richtiges Westernpferd aus der Nähe gesehen und betrachtete neugierig den hübschen Fuchs mit der breiten Blesse. Er war kaum größer als Lenzi, der Vollblüter, den der Aknefrosch herablassend als »das Pony« zu bezeichnen pflegte, aber viel kräftiger. In dem Moment ging die Haustür auf. Mehrere Hunde sprangen freudig bellend die Treppenstufen der Veranda hinab und schwänzelten um Chris herum, der ihre Köpfe tätschelte und sie begrüßte. Lukes Pferd zuckte nicht einmal mit dem Ohr. Es stand gelassen am langen Zügel da, ohne sich zu rühren.

»Was ist denn das für eine Rasse?«, fragte Melike erstaunt. Auch ich hatte solche Hunde noch nie gesehen. Sie waren etwa kniehoch, grau, rötlich oder bläulich gesprenkelt, mit spitzen Katzenohren und kurzem Fell.

»Das sind Australian Cattle Dogs«, antwortete Chris und deutete auf ein rötliches Exemplar. »Das hier ist Lissy.

Brenda und ich haben sie vor ein paar Jahren aus Australien mitgebracht und wussten nicht, dass sie trächtig ist. Sechs Wochen später hatten wir sieben Hunde.«

Er lachte und es war nicht zu übersehen, wie sehr er die Hunde mochte. Brenda kam nun auch die Treppenstufen hinab und hieß uns herzlich willkommen, dann gab sie ihrer Tochter einen Kuss auf die Wange und umarmte Chris. Ich bemerkte, wie Luke kurz das Gesicht verzog, dann wendete er sein Pferd und trabte davon. Offenbar hatte er kein großes Interesse an seinem Stiefvater und zwei Mädchen aus Deutschland.

»Kommt herein!« Brenda lächelte. Ihr schien das unhöfliche Benehmen ihres Sohnes nichts auszumachen. »Ich zeige euch euer Zimmer.«

»Alle Zimmer im Haus sind nach einem unserer Pferde benannt«, erklärte Joana. »Ihr bekommt den *Smart Jack-Room*.«

»Ich trage eure Koffer hoch«, bot Chris an, als er sah, dass Melike ihr Monstrum kaum auf die erste Treppenstufe hieven konnte.

»Danke, das ist echt voll nett«, erwiderte Melike. »Ich hab wohl wirklich etwas viel eingepackt.«

Wir folgten Joana und Brenda neugierig ins Haus und gingen eine breite Holztreppe hinauf in den ersten Stock. Joana öffnete die Tür am Ende des Flurs und wir betraten den großen Raum, den Melike und ich uns teilen sollten. Er war auf eine gemütliche Art und Weise altmodisch – eine blau und golden gestreifte Tapete, schwere Samtvorhänge vor den bodentiefen Sprossenfenstern, ein bunter Flickenteppich auf dem glänzenden Parkettfußboden mit einem wuchtigen Kleiderschrank aus dunklem Holz, einem Tisch mit zwei Stühlen und einer Anrichte. An den Wänden hingen viele gerahmte Bilder, die alle ein und dasselbe Pferd darstellten: nämlich Smart Jack. Der schicke Fuchshengst mit der schmalen Blesse und zwei weißen Fesseln war allerdings keines von Brendas Springpferden, sondern ein Quarter Horse. Eine Verbindungstür führte in unser eigenes Badezimmer, das ganz in Weiß gehalten war.

»Jack war eines der besten Pferde, das je auf der Oaktree-Farm gezüchtet wurde«, erklärte Joana stolz. »Er war zwei Mal *World Cup Reining Champion* und seine Nachkommen haben mehr als 3 Millionen Dollar gewonnen. Damit steht er in der Bestenliste der *National Reining Horse Association* auf dem neunten Platz! Die Pferde von der Oaktree-Farm sind auf der ganzen Welt berühmt.«

»Ich dachte, ihr hättet hier vor allem Springpferde«, wandte ich erstaunt ein.

»Das ist Moms Ding. Eigentlich ist die Oaktree-Farm für ihre Quarter-Horse-Zucht berühmt«, erwiderte Joana achselzuckend.

»Leider teilt Jo meine Leidenschaft fürs Springreiten nicht mehr«, lächelte Brenda. »Aber sie hat recht: unsere Quarter Horses sind im ganzen Land bekannt. Mein Dad lebte als junger Mann eine Weile in Texas und entdeckte dort seine Leidenschaft für diese Pferderasse. Und als er später genug Geld hatte, baute er die Oaktree-Farm, um selbst zu züchten.«

»Aha.«

»Wir haben zwei Reitanlagen auf der Farm.« Chris kam zur Tür herein und wuchtete Melikes Koffer auf eine von zwei flachen Bänken, die extra als Kofferablagen gedacht waren, meinen auf die andere. »Die eine gehört den Springpferden, die andere den Quarter Horses. Platz genug ist ja da.«

Wir bedankten uns.

»Ich hoffe, ihr werdet euch hier wohlfühlen«, sagte Brenda. »Wenn ihr wollt, könnt ihr eure Koffer auspacken und dann zeigen wir euch die Farm.«

»Die Koffer können wir später auspacken«, erwiderte ich. »Ich würde am liebsten gleich Quintano besuchen.«

»Aber natürlich!« Brenda lachte. »Dann sehen wir uns in fünf Minuten unten. Okay?«

Brenda, Joana und Chris gingen hinaus und ich versuchte vergeblich das Fenster zu öffnen, bis ich kapierte, dass man es hochschieben musste. Der Blick reichte über die Koppeln und einen kleinen See bis zum Wald. Hier auf dem Land war es längst nicht so heiß wie in New York, die Luft war frisch und süß.

»Weißt du was«, sagte ich zu Melike. »Ich glaube, wir sind im Paradies gelandet.«

»In einem Paradies mit Schatten.« Sie trat neben mich. »Joana und Luke können Chris nicht leiden. Und Joana ist wohl früher mal Springen geritten, jetzt aber nicht mehr. Ich würde zu gerne wissen, warum nicht.«

»Wie ich dich kenne, wirst du das in spätestens vierundzwanzig Stunden herausgefunden haben«, erwiderte ich trocken.

10. Kapitel

Unser Amselhof war schon groß und weitläufig, aber er hätte mitsamt seiner beiden Reitplätze und aller Koppeln in einer kleinen Ecke der Oaktree-Farm Platz gefunden. Wie Lajos gesagt hatte, war in Amerika tatsächlich alles viel größer! Wir gingen nicht zu Fuß, sondern fuhren mit einem Golfcart mit Elektromotor die asphaltierten Wege entlang. Überall standen Wegweiser und zwischen den beiden Reitanlagen gab es einen großen Parkplatz, auf dem jedoch nur wenige Autos standen. Brenda und Joana erklärten uns im Vorbeifahren die einzelnen Gebäude und zählten die Namen von zig Leuten auf, die ich mir unmöglich alle merken konnte. Auf der Oaktree-Farm gab es Stallmanager und Trainer, Bereiter und Pferdepfleger, Stallpersonal, Gärtner und Farmarbeiter, die sich um die Landwirtschaft kümmerten, einen eigenen Schmied, eine Haushälterin, eine Sekretärin und sogar ein Hausmädchen.

»Oh mein Gott!« Melike rollte die Augen. »Das sind ja Hunderte von Leuten!«

»Na, ganz so viele dann doch nicht«, erwiderte Brenda. »Insgesamt haben wir vierzehn Mitarbeiter und heute Abend werdet ihr sie alle kennenlernen, denn wir veranstalten euch zu Ehren ein großes Barbecue.«

»Ein *was?*«, flüsterte ich fragend.

»Ein Grillfest«, übersetzte Melike.

Alles war so gepflegt wie in einem Park, die weiten Rasenflächen perfekt gemäht. Es gab kunstvoll beschnittene Buchsbaumhecken, Büsche und Beete voll mit blühenden Blumen. Die großen Reithallen seien im Winter beheizt, sagte Brenda, selbst die Wege zwischen den Stallungen hatten eine Fußbodenheizung, damit die Pferde bei Eis und Schnee nicht ausrutschen und sich verletzen konnten.

Über so viel Luxus konnte ich nur staunen. »Davon träumen meine Eltern nur«, sagte ich zu Melike.

»Ich glaube eher, davon würden sie Albträume kriegen«, erwiderte meine Freundin skeptisch. »Was meinst du, was das alles für ein Geld verschlingt! Ich kann mir nicht vorstellen, dass die hier mit den Pferden genug Geld verdienen, um allein die ganzen Leute zu bezahlen, geschweige denn die Stromrechnung!«

Solche pragmatischen Gedanken waren mal wieder typisch Melike!

»Was ist das da drüben für ein Gebäude?«, fragte ich und wies auf ein zweistöckiges graues Haus mit umlaufender Veranda.

»Das ist das Gästehaus«, antwortete Brenda. Sie bog nach rechts ab und stellte das Golfcart vor dem Eingang der vorderen Reitanlage ab, auf der die Springpferde untergebracht waren. Nur elf Pferde standen in dem U-förmigen Stall in großen, hellen Boxen, die Stallgasse war breit und mit rutschfestem Belag versehen. Ein gefliester Waschplatz mit warmem und kaltem Wasser, ein Solarium mit Warmluftdusche, ein Laufband und eine große Sattelkammer, die eher wie ein Reitgeschäft aussah, befanden sich am Kopfende des Stalles. In der Mitte des »U« lag ein zu allen Seiten offener überdachter Reitplatz, an den sich die Reithalle anschloss. Dahinter gab es zwei weitere Reitplätze: einen mit Sand und einen anderen mit Grasboden. Welch ein Luxus für elf Pferde!

»Da drüben steht Quintano«, sagte Brenda zu mir und wies auf eine der Boxen. »Ruf ihn doch mal!«

Das tat ich und mein Herz machte einen Satz, als mir ein helles Wiehern antwortete und der Kopf des Pferdes über der halbhohen Boxenwand erschien. Quintano spitzte die Ohren und wieherte noch einmal. Plötzlich hatte ich Tränen in den Augen.

»Er kennt mich noch!«, stellte ich gerührt fest und lief los. Ich öffnete die Boxentür und ging zu ihm hinein. Der braune Wallach mit der schmalen Blesse, mit dem ich im letzten Sommer meine ersten M-Springen geritten und gewonnen hatte, sah unverändert aus. Ihm ging es gut und er fühlte sich wohl, das konnte man ihm ansehen. Ich liebkoste sein Gesicht und streichelte seinen Hals.

Der Schweizer Pferdehändler Gerhard Nötzli hatte Quintano eigentlich bei Papa in Beritt gegeben, aber der war mit dem hochsensiblen Pferd nicht zurechtgekommen. An dem Tag, an dem Papa auf dem Turnier in Heidelberg gewesen war, war Herr Nötzli zufällig bei uns in die Reithalle gekommen und hatte gesehen, wie ich mit Fritzi gesprungen war. Anschließend hatte er mich gebeten, mich mal auf Quintano zu setzen und mit ihm einen Parcours zu springen. Das hatte super geklappt und seitdem hatte ich den Braunen geritten und auf Turnieren vorgestellt. Dafür hatte Herr Nötzli mir, einem vierzehnjährigen Mädchen,

Berittgeld gezahlt und ich hatte zehn Prozent vom Verkaufspreis erhalten, als Brenda Quintano gekauft und mit nach Amerika genommen hatte. Ihn nun wiederzusehen fühlte sich für mich so an, als ob plötzlich ein Stückchen vom Amselhof auf der Oaktree-Farm wäre.

»Du kannst ihn später gerne reiten«, sagte Brenda hinter mir und lächelte, als ich erfreut nickte. Temporize und Quite Magic, die beiden Pferde, mit denen Brenda schon erfolgreich bei Weltmeisterschaften und Olympischen Spielen geritten war, standen in den Nachbarboxen und guckten ein wenig eifersüchtig.

»Ach, es ist so toll, hier zu sein!«, sagte ich. »Ich träum das doch nicht, oder?«

»Nein, das tust du nicht.« Brenda lachte. »Schön, euch zwei hier zu haben.«

Wir verließen den Stall und überquerten den Parkplatz.

»Wie kommt es, dass du Springreiterin geworden bist?«, wollte Melike von Brenda wissen.

»Ich habe natürlich auch das Reiten auf Westernpferden gelernt«, erwiderte diese. »Aber eines Tages besuchte ich mit einer Schulfreundin das Internationale Turnier im Madison Square Garden in New York und sah zum ersten Mal in meinem Leben eine Springprüfung. Danach lag ich meinem Vater so lange in den Ohren, bis er mir ein Springpferd kaufte. Durch glückliche Umstände kam ich zu George Morris, der mich viele Jahre lang trainierte. Dads Herz gehört nach wie vor den Reiningpferden, aber er ist trotzdem mein größter Fan.«

»Was bedeutet eigentlich ›Reining‹?«, fragte Melike.

»Beim Westernreiten gibt es viele verschiedene Disziplinen: Pleasure, Halter, Cutting, Trail und einige andere mehr. Die Königsklasse ist jedoch die Reining, die Dressur der Westernreiter, die ausschließlich im Galopp geritten wird. Es gibt verschiedene Manöver wie Galoppwechsel, Rollback, Spin und Sliding Stopps. Das sind alles Aufgaben, die das Pferd ursprünglich bei der Arbeit mit den Rindern beherrschen musste. Seit 2002 ist Reining übrigens die einzige Westernreitdisziplin, die bei Weltmeisterschaften vertreten ist.«

Die Reitanlage, die den Westernpferden vorbehalten war, war größer als die, auf der Brendas Springpferde untergebracht waren. Hier standen über 100 Pferde – Deckhengste, Zuchtstuten, Jungpferde, aber auch Showpferde und Pferde, die anderen Leuten gehörten und hier ausgebildet und trainiert wurden. Wir betraten die Reithalle, die mindestens doppelt so groß war wie unsere neue Halle auf dem Amselhof und ringsum Tribünen hatte. Zwei Reiter, ein junger Mann und ein Mädchen, das ein paar Jahre älter war als wir, waren gerade in der Bahn und wir sahen ihnen eine Weile zu. Die Pferde schlurften für meine Begriffe am langen Zügel dahin, in einem langsamen Trab oder einem zeitlupenähnlichen Galopp.

»Genau wie beim Englischreiten gibt es im Westernreitsport spezielle Blutlinien, die für die unterschiedlichen Disziplinen besonders gut geeignet sind«, erklärte Brenda weiter. »Hier, auf der Oaktree-Farm, werden in erster Linie Reiner gezüchtet und ausgebildet. Unsere Pferde stammen von Hengsten wie Topsail Whiz, Hollywood Dun it, Smart Chic Olena oder Colonels Smoking Gun ab, das sind absolute Topvererber, vergleichbar mit einem Quidam de Revel oder einem For Pleasure in der Springpferdezucht.«

Ein Mann mit einem weißen Cowboyhut auf dem Kopf betrat die Halle und nickte uns grüßend zu. Er trug eine verwaschene Jeans, Cowboystiefel und Sporen, die bei jedem Schritt leise klirrten.

»Ist es nicht krass, dass die hier echt so herumlaufen?«, flüsterte ich Melike zu. »Bei uns zu Hause würde man sich höchstens an Fasching so anziehen!«

»Ich find's total cool«, antwortete meine Freundin, die sich sehr schnell für neue Dinge und Menschen begeistern konnte. Im Gegensatz zu ihr war ich immer zuerst etwas skeptisch.

»Das ist J.J. Coleman, unser Trainer«, sagte Brenda. »Er ist einer der besten Ausbilder für Reiningpferde im ganzen Land und hat schon ein paar Mal das wichtigste Turnier der Westernreiter, die *AQHA World Championship Show* in Oklahoma City gewonnen.«

»Aha«, meinte ich höflich.

Brenda grinste, als sie merkte, dass uns das überhaupt nichts sagte.

»Ihr könnt ihn mit Ludger Beerbaum vergleichen«, fügte sie deshalb hinzu. »Und Oklahoma City mit Aachen.«

J.J. setzte sich auf einen von mehreren Hochstühlen, die am Rande der großen Reitbahn standen – wie ein Richter bei einem Tennisturnier – und gab dem blonden Mädchen, das auf einem hübschen Falben saß, ein paar Anweisungen.

»Was sind denn das für komische Zügel?«, fragte Melike.

»Das sind *Romal reins*«, erklärte Brenda, aber bevor sie mehr sagen konnte, klingelte ihr Handy und sie entschuldigte sich. Die Blonde ritt nun im schnellen Galopp schnurgerade durch die Reitbahn, sie saß aufrecht im Sattel, hielt die Zügel in einer Hand.

»Whoa!«, sagte sie halblaut und das Pferd stoppte aus vollem Tempo, schlitterte noch ein paar Meter und stand dann am langen Zügel reglos da. Nach einer ganzen Weile legte die Reiterin leicht den Zügel an den Hals des Pferdes und es begann, sich auf der Hinterhand zu drehen, in einem Affenzahn! Danach stand es wieder völlig gelassen da und blickte mit gespitzten Ohren zum Halleneingang, ohne sich jedoch von der Stelle zu rühren.

»Cool!« Melike war begeistert. »Das gefällt mir!«

Joana schien das alles nicht sonderlich zu interessieren. Sie hatte sich auf einen der Tribünenplätze gesetzt und tippte in ihr Smartphone.

Ein Mädchen führte einen schicken Fuchs mit einer breiten Blesse und zwei hellblauen Augen in die Halle. J.J. kletterte von seinem Hochsitz und schwang sich in den Sattel.

»Hallo!«, grüßte uns das Mädchen auf Deutsch, als es wieder hinauskam. »Ihr seid der Besuch aus Deutschland, oder?«

»Ja.« Ich nickte. »Ich bin Elena und das ist Melike, meine Freundin.«

»Hi! Ich heiße Gloria.« Sie lächelte und reichte uns beiden die Hand. »Eigentlich komme ich aus Freiburg, aber ich arbeite seit drei Monaten hier als *working student.*«

»Was ist das denn?«, erkundigte sich Melike neugierig.

»Bei uns in Deutschland nennt man das Praktikantin«, erwiderte Gloria. »Ich kriege hier ein Taschengeld, hab Wohnen und Essen frei und arbeite im Stall und mit den Pferden.«

»Kannst du auch so reiten wie das Mädchen da?«, wollte meine Freundin wissen.

»Linda reitet ziemlich gut, aber ich bin auch nicht schlecht.« Gloria grinste ein bisschen verlegen. »Ich bin zu Hause schon Western geritten, aber es ist toll, bei jemandem wie J.J. trainieren zu können. Und ich darf hier echt viel reiten. Vorher hatte ich einen Job in einem anderen Stall, da musste ich nur Boxen misten und Pferde putzen.«

»Das Pferd ist voll süß«, schwärmte Melike. »Echt coole Farbe.«

»Die nennt man Buckskin«, erklärte Gloria. »Friday ist ein sehr gutes Pferd mit einer Super-Abstammung. Linda war letztes Jahr mit ihm zweite bei den *Youth World Cup Reining Championships* in Kanada.«

Der junge Mann in der Halle ließ sein Pferd im ruhigen Tempo auf einem großen Zirkel galoppieren und wechselte bei X mit einem fliegenden Galoppwechsel die Hand. Direkt vor uns stoppte er und auch sein Pferd stand ganz ruhig da, mit durchhängenden Zügeln. Dann schnalzte er mit den Lippen und das Pferd galoppierte aus dem Stand an.

Bisher hatte ich mit Westernreiten Rodeos assoziiert, oder die Cowboys in Westernfilmen, die ihren Pferden grob im Maul herumrissen, über Stock und Stein galoppierten und sie dann vor einem Saloon anbanden, um sich zu betrinken. Das hier war jedoch etwas völlig anderes. Die Pferde strahlten eine Ruhe und Gelassenheit aus, wie ich es von unseren Pferden nicht kannte. Sie gingen locker und losgelassen, reagierten auf für mich unsichtbare Hilfen. Und die Reiter rissen ihnen weder im Maul, noch benutzten sie die Sporen.

»Wo ist Brenda eigentlich?« Ich blickte mich um und sah sie durch die Fenster auf dem Parkplatz. Sie sprach mit einer Frau, die eine Basecap und eine Spiegelsonnenbrille trug, und machte eine besorgte Miene. Linda, die Blondine, kam angeritten.

»Hi Joana«, sagte sie, von uns nahm sie nicht mal Notiz. Sie saß von ihrem Pferd ab, zückte sofort ihr Smartphone und stolzierte mit klirrenden Sporen in den Stall. Gloria hatte Fridays Zügel ergriffen.

»Na, die hält sich aber auch für was Besseres«, bemerkte Melike und verließ die Tribüne, um das Pferd zu streicheln. Ich folgte ihr. Friday war erstaunlich klein, höchstens eins fünfzig hoch.

»Die Eltern von ihr haben ziemlich viel Kohle«, sagte Gloria mit leiser Stimme. »Wie die meisten Leute, die hier ihre Pferde in Beritt geben.«

Da Brenda noch immer mit der Basecap-Lady sprach und Joana intensiv mit ihrem Telefon beschäftigt war, folgten Melike und ich Gloria in den Stall. Hier herrschte bedeutend mehr Betrieb als drüben auf Brendas Anlage: Pferde wurden herumgeführt und geputzt, der Hufschmied arbeitete draußen unter einem Vordach an den Hufen eines Braunen und in einer überdachten Freilaufführmaschine trotteten ein paar Pferde in einem weiten Oval.

»Wer kommt denn wohl auf solche Namen?«, wunderte sich Melike, die die Schilder an den Boxen las. »Freezin Peppy Dun, Hez a fast dude, Chocolate Five Bar, One nite with chrome, Shine wiz a twist …«

»Bei den Quarter Horses muss man nach der Geburt eines Fohlens bis zu sechs Namensvorschläge bei der *American Quarter Horse Association* einreichen und die überprüfen dann, ob es den Namen schon gibt oder nicht«, erklärte Gloria. »Oft werden die Namen von Vater und Mutter kombiniert. Friday heißt übrigens eigentlich ›Fridee nite in Hollywood‹. Seine Mutter hieß Dun it Fridee nite und deren Vater hieß Hollywood Dun it.«

Sie grinste belustigt, als sie unsere erstaunten Gesichter sah. Melike hielt Friday fest, während Gloria den schweren Westernsattel und das bunte Pad vom Pferderücken zog. Der Wallach bekam ein Halfter angezogen und die Gamaschen mit den Hufglocken abgenommen, danach führte Gloria ihn in eine von mehreren Waschboxen und spritzte ihn von Kopf bis Fuß ab. Ich bemerkte, dass er vorne gar nicht beschlagen war und an den Hinterhufen mit komischen, flachen Hufeisen, wie ich sie noch nie gesehen hatte.

»Das sind spezielle Sliding Eisen«, sagte Gloria als sie Friday mit einem Schweißmesser das Wasser aus dem Fell zog. »Die brauchen Reining-Pferde, damit sie diese Sliding Stopps machen können.«

»Reitet Joana auch Turniere?«, erkundigte ich mich.

»Nein. Sie ist wohl früher ziemlich erfolgreich Springen geritten, aber das hat sie aufgegeben.« Gloria flocht geschickt Fridays Schweif ein. »Gelegentlich reitet sie etwas in der Halle oder raus ins Gelände. Ihr Bruder war aber …«

Brenda bog um die Ecke und Gloria brach mitten im Satz ab.

»So, da bin ich wieder.« Die besorgte Miene war verschwunden und sie machte nicht den Eindruck, als ob sie irgendetwas bedrückte. »Ah, ich sehe, ihr habt euch schon mit Gloria bekannt gemacht.«

»Und wir haben von ihr schon jede Menge übers Westernreiten gelernt«, erwiderte Melike und streichelte Fridays Gesicht. »Ich würde es zu gerne mal ausprobieren.«

»Nichts leichter als das. Pferde haben wir ja genug da«, lachte Brenda und warf einen Blick auf ihre Armbanduhr. »Ich muss jetzt meine Pferde reiten, heute Morgen bin ich nicht dazu gekommen. Ach, da ist ja auch Luke!«

Wir wandten uns um und mir wäre beinahe der Mund aufgeklappt. Der hübsche dunkelhaarige Junge, der seiner jüngeren Schwester so ähnlich sah, saß in einem Rollstuhl und ein Pferd trottete am Halfter neben ihm her.

11. Kapitel

Wieder einmal war es Melike, die die Situation rettete.

»Hey Luke«, sagte sie, als Brenda gegangen war und für einen Moment verlegenes Schweigen geherrscht hatte. »Können wir hier irgendetwas tun? Nur so herumstehen ist nicht unser Ding.«

Luke musterte uns misstrauisch. »Wenn ihr unbedingt wollt«, sagte er mürrisch und zuckte die Achseln. Das klang nicht gerade so, als ob er sich darüber freuen würde, aber Melike ließ sich nicht abschrecken.

Wir folgten ihm in den Stall und sahen zu, wie er das Pferd in seine Box brachte. Dann gingen wir neben ihm her über den Hof zu einer großen überdachten Freilaufführmaschine. Fasziniert sah ich zu, wie Luke von seinem Rollstuhl aus die Maschine anhielt, das Tor öffnete und das erste Pferd herausholte. Er klinkte den Führstrick in das Halfter, ließ die Maschine ein Stück weiterlaufen und holte das zweite Pferd heraus. Melike nahm ihm die Pferde ab und reichte mir einen der beiden Stricke. Zurück im Stall zeigte Luke uns die Boxen, in die die Pferde gehörten. Das braune Pferd, das ich führte, hieß Looks like dad, Melikes heller Fuchs hatte den irrsinnigen Namen I'm a smart pilot.

»Welches ist das Pferd, das du vorhin geritten hast?«, erkundigte sie sich.

»Das ist Dude.« Luke nickte zu einer Box hinüber und ich erkannte den schönen Kohlfuchs mit der breiten Blesse, der laut Boxenschild Hez a fast dude hieß, wieder.

»Reitest du mit ihm auch Turniere?«

»Vielleicht ist es dir nicht aufgefallen«, entgegnete Luke sarkastisch. »Aber ich sitze im Rollstuhl. Und zwar nicht, weil's so gemütlich ist.«

»Na und? Du bist doch vorhin auch geritten.«

Melikes Antwort schien ihn zu verwirren. Luke starrte sie an, dann verzog er den Mund.

»Ich muss meine Beine an den Steigbügeln festbinden, wenn ich schneller als Schritt reiten will«, erwiderte er grimmig. »Das ist auf einer Show verboten.«

Er wendete den Rollstuhl und fuhr davon. Wir blieben unschlüssig vor der Box seines Pferdes stehen.

»Ach, hier seid ihr ja!« Joana tauchte in der Stallgasse auf. »Mom hat mich angerufen und gefragt, ob du noch Quintano reiten willst.«

»Oh ja, gerne! Ich muss mir aber erst Reitklamotten anziehen und meine Reitkappe holen«, erwiderte ich.

»Ich fahre dich rüber zum Haus«, bot Joana an. »Wir nehmen das Golfcart.«

»Ich bleibe hier, wenn's okay ist«, sagte Melike.

Also fuhr ich mit Joana zum Haus hinüber und war beeindruckt, wie lässig sie das Elektrofahrzeug steuerte.

»Das konnte ich schon mit sieben oder acht Jahren«, erklärte sie mir. »Nächstes Jahr darf ich endlich den Führerschein machen und Auto fahren.«

»Mit sechzehn?«

»Ja. Ein Jahr darf man dann zwar nur mit einem Erwachsenen nebendran fahren, aber nicht mehr lange und ich muss nicht mehr jedes Mal betteln, damit ich hier mal rauskomme.«

»Wieso willst du hier denn rauskommen?«, fragte ich überrascht.

»Drei Monate hier abzuhängen, ist nicht besonders lustig«, entgegnete sie. »Die Alternative wäre, mit meiner Mom von Turnier zu Turnier zu tingeln, aber das habe ich satt. Ich kenne wohl so ziemlich jeden Turnierplatz zwischen Florida und Kalifornien.«

Sie rollte die Augen und lachte, aber das Lachen klang nicht fröhlich.

»Wieso reitest du selbst keine Springen mehr?«, wagte ich zu fragen.

»Keine Lust«, antwortete Joana knapp und zuckte die Schultern. »Es gibt auch noch was anderes als Turniere.«

So etwas Ähnliches hatte mein Bruder Christian im vergangenen Jahr gesagt, nachdem er auf den Hessischen Meisterschaften den Titel gewonnen hatte. Zwar ritt er noch immer zu Hause ein bisschen, aber er hatte den Spaß am Turnierreiten komplett verloren. Eigentlich kam er nur noch in den Stall, wenn Tim oder Niklas da waren.

Eine Viertelstunde später schwang ich mich auf den Rücken von Quintano und ritt mit ihm auf den Springplatz, der umgeben von herrlichen alten Bäumen auf der anderen Seite der Reitanlage lag. Brenda ritt ein junges Pferd, das sie in Frankreich gekauft hatte, und Sharon, Brendas Bereiterin, saß auf einem hochbeinigen braunen Holsteiner namens Camelot, der im Herbst erste internationale Springen gehen sollte. Es war ein vertrautes Gefühl, auf Quintano zu sitzen, er war locker und ausgeglichen und es machte große Freude, ihn zu reiten. Anschließend begleitete ich Sharon hinaus auf die breite, von weißen Rails eingezäunte Galoppierbahn, die sich in einem weiten Oval über das große Grundstück zog.

»Hier reiten wir vor allen Dingen die jungen Pferde, damit sie ihr Gleichgewicht finden«, erklärte Sharon mir. »Aber es ist auch toll als Konditionstraining.«

»Warum reitet Brenda in diesem Jahr eigentlich keine Turniere in Europa?«, fragte ich. »Letztes Jahr war sie doch in Aachen, oder?«

»Sie muss hier ein paar Sichtungsturniere reiten, wenn sie ins amerikanische Team für die Weltmeisterschaften in Frankreich im nächsten Jahr kommen will«, erklärte Sharon mir. »Und sie hat gute Chancen, nicht zuletzt auch dank Quintano.«

Zu gerne hätte ich erfahren, was wirklich der Grund dafür war, weshalb Joana keine Turniere mehr ritt und auch sonst offenbar kaum noch in den Sattel stieg, aber ich traute mich nicht, Sharon danach zu fragen. Wir trabten nebeneinanderher die weiche Sandbahn entlang und ich genoss die geschmeidigen Bewegungen des braunen Wallachs. Welch eine Freude müsste es sein, hier mit Fritzi galoppieren zu können!

»Ist das da vorne schon das Meer?«, fragte ich und wies auf die Wasserfläche, die in der Ferne silbern schimmerte.

»Nein, das ist der Fall River Sound, ein Meeresarm, der sich tief ins Land hineinzieht«, erwiderte die Bereiterin. »Von hier aus sind es zu Pferd aber nur zehn Minuten dorthin und am Strand kann man fantastisch galoppieren.«

Sie lachte, als sie meine erstaunte Miene sah.

»Wenn du willst, können wir irgendwann mal dorthin reiten«, bot sie an und ich nickte erfreut. Schon immer hatte ich heimlich davon geträumt, einmal in meinem Leben am Strand entlangzureiten! Das musste herrlich sein.

Nicht weniger herrlich war die Rennbahn, die zwischen den weitläufigen Koppeln hindurch, an einem See vorbei und durch ein Waldstück führte. So etwas fehlte noch auf dem Amselhof. Plötzlich wünschte ich sehnlichst, Tim könnte das alles sehen – diese wunderschöne, gepflegte Reitanlage und die herrliche Landschaft. Die Oaktree-Farm war zweifellos ein Paradies für Menschen und für Pferde!

Das Barbecue am Abend fand im Garten statt. Zwischen den mächtigen alten Eichen, denen die Farm ihren Namen verdankte, brutzelten Spareribs, Hamburgerscheiben und Hähnchenschenkel auf zwei großen Kugelgrills. Es duftete nach Holzkohle, gebratenem Fleisch und anderen Köstlichkeiten. Ähnlich wie vor ein paar Tagen auf dem Amselhof saßen die Leute an langen Tischen und ließen sich gegrillte Auberginen mit Tomaten, Salat mit Feta und Nüssen, gebackene Kartoffeln und allerhand andere Köstlichkeiten schmecken. Zum Fleisch gab es fantastische Soßen und ich musste, nachdem ich einen Riesenhamburger, ein Sparerib und einen Berg Salat verdrückt hatte, unauffällig den Knopf meiner Jeans öffnen, weil er sonst wahrscheinlich abgesprungen wäre.

Melike und ich saßen mit Gloria, Sharon und Joana an einem Tisch und Brenda und Chris stellten uns immer wieder jemanden vor. Wäre Gloria nicht gewesen, die uns die Namen wiederholte und ein paar Sätze zu jedem sagte, wäre es für mich absolut unmöglich gewesen, mir all die Namen und Gesichter zu merken! Da gab es Hugh Sinclair, den Stable Manager, einen finster dreinblickenden Mann Anfang fünfzig, der den Eindruck machte, als ob er zum Lächeln in den Keller ging. Declan, Pat und Jamie arbeiteten als Bereiter, Garcia, Dee und Walter waren Stallarbeiter. Susan, eine dicke Rothaarige, war Brendas Turnierpflegerin und die Lady mit der Basecap stellte sich als Dr. Debbie Kline, die Tierärztin und Brendas älteste und beste Freundin heraus. Ihr gehörte eine Klinik in der Nähe von Fall River und sie behandelte alle Pferde auf der Oaktree-Farm. Ich war richtig benommen, so viele Hände hatte ich geschüttelt und immer wieder dieselben Fragen höflich beantwortet. *Gefällt es dir hier? Ach, du bist das Mädchen, das Quintano ausgebildet hat! Ist es hier anders als in Deutschland? Bist du schon einmal Western geritten?* Jeder wünschte uns eine schöne Zeit und viele waren schon einmal in Europa oder sogar in Deutschland gewesen und erzählten davon. Die überschwängliche Freundlichkeit der Leute war auf der einen Seite schön, denn ich fühlte mich wirklich willkommen, auf der anderen Seite war es nach einer Weile aber auch ziemlich anstrengend.

»Ach, ihr werdet sie schon alle kennenlernen«, tröstete Gloria mich, als ich behauptete, ich würde niemals durchblicken, wer hier was zu tun hatte. Die Sonne war längst untergegangen und der Mond stand am samtschwarzen Himmel, derselbe, den ich noch vor ein paar Tagen auf dem Amselhof gesehen hatte. Sharon und Joana standen auf und setzten sich an einen anderen Tisch, und wir blieben mit Gloria allein zurück.

»Hast du Luke irgendwo gesehen?«, flüsterte mir Melike zu.

Ich blickte mich um und schüttelte mit vollem Mund den Kopf. Mittlerweile war ich bei den absolut köstlichen gegrillten Marshmallows angelangt, die es zum Dessert gab.

»Wahrscheinlich hab ich ihn heute Nachmittag gekränkt.« Meine Freundin seufzte, war aber deswegen nicht sonderlich niedergeschlagen. »Sag mal, Gloria, wer ist denn der Typ, der neben der arroganten Linda sitzt?«

Mein Blick wanderte über die redenden und essenden Menschen, bis ich die blonde Linda sah, die mit gelangweilter Miene neben ihren Eltern und einem ziemlich gut aussehenden Jungen von etwa sechzehn Jahren saß. Ihn hatten wir heute Morgen mit Linda in der Halle gesehen. Er war der Einzige, der uns nicht begrüßt hatte.

»Das ist Brody«, erklärte Gloria. »Der Sohn von Hugh Sinclair und Lindas Freund. Er kann super reiten, aber sonst ist er leider total eingebildet.«

»Dann passt er ja zu der blonden Schnecke.« Melike schnaubte verächtlich. »Schade, dass der süße Friday ausgerechnet ihr gehört.«

»Außer Friday haben die Presslers hier noch drei andere Pferde im Training stehen«, sagte Gloria. »Vor ein paar Wochen haben sie auf einer Auktion in Gainesville in Texas ein Vermögen für zwei Dreijährige ausgegeben, die J.J. ausbilden soll.«

»Was kostet so ein Westernpferd eigentlich?«, erkundigte Melike sich.

»Ich hab gehört, dass sie für Fred zweihunderttausend Dollar bezahlt haben sollen«, antwortete Gloria mit gesenkter Stimme. »Und Runner soll angeblich noch mehr gekostet haben.«

»Wow, das ist echt 'ne Menge Kohle«, fand Melike.

»Die richtig guten Pferde kosten halt richtig viel Geld«, bestätigte Gloria.

»War Friday auch so teuer?«, fragte Melike.

»Vermutlich.« Gloria nickte. »Er hat eine Superabstammung und war mit zwei Jahren schon dritter bei den American Futurities.«

Es war also bei den Westernpferden genauso wie bei Renn-, Spring- oder Dressurpferden. Papa hatte damals für seinen Lagunas, mit dem er 50 S-Springen gewonnen hatte, so viel Geld bekommen, dass er damit die Hälfte aller Schulden bezahlen konnte, die mein Opa auf dem Amselhof angehäuft hatte. Mich langweilte das ständige Gerede vom Geld, außerdem war ich müde und hatte viel zu viel gegessen. Linda und ihre Eltern brachen auf, auch Brody und sein Vater verschwanden und nach und nach trollten sich alle. Wir halfen beim Aufräumen und ich war heilfroh, als ich endlich im Bett lag.

»Weißt du was«, sagte ich in die Dunkelheit. »Hier ist es irgendwie genauso wie bei uns zu Hause. Diese Linda kommt mir vor wie Ariane.«

»Hm.« Melike gähnte. »Ach, Elena, ich glaub, ich hab mich verliebt …«

»*Waaas*? In wen?« Ich fuhr hoch und drückte auf den Lichtschalter. »Ich denke, du liebst Niklas!« Plötzlich war ich wieder hellwach.

»Oh Mann, Elena!« Meine Freundin kicherte und gähnte wieder. »Ich hab mich in ein *Pferd* verliebt. In Friday.«

»Ach so.« Erleichtert sank ich zurück auf mein Kissen.

»Fridee nite in Hollywood«, sagte Melike träumerisch. »So ein tolles Pferd! Morgen will ich unbedingt mal ein Westernpferd reiten. Das muss ich lernen!«

»Joana ist früher Springen geritten, aber jetzt hat sie angeblich keine Lust mehr.« Ich drehte mich auf die Seite und stützte meinen Kopf in die Hand. »Sie kann es kaum noch erwarten, endlich den Führerschein zu machen, damit sie von hier weg kann. Kannst du dir das vorstellen?«

»Na ja, wenn sie nicht mehr reitet und keinen Spaß mehr an Pferden hat, dann dürfte es hier ziemlich öde für sie sein.« Melike gähnte wieder und zog die Bettdecke bis zum Hals hoch. »Was für ein traumhaftes Bett! So eins will ich auch zu Hause haben.«

»Verstehe ich nicht«, sagte ich.

»Dass ich so ein supertolles, gemütliches Bett haben will?«

»Quatsch! Wie man den Spaß an Pferden verlieren kann!«

»Mach das Licht aus, sonst kommen lauter Schnaken rein«, murmelte Melike. »Ach, wenn ich doch nur reich wäre … ich würde der doofen Linda das Pferd sofort abkaufen …«

Ihre Stimme klang undeutlich, dann seufzte sie und begann leise vor sich hin zu schnarchen. Irgendwo im Haus rauschte eine Toilettenspülung. Jemand kam die Treppe hoch, dann klappte eine Tür und alles war ruhig. Ich lag noch eine Weile wach im Bett, dachte über das nach, was Joana gesagt hatte, und lauschte auf das Zirpen der Grillen, bis ich schließlich auch einschlief.

12. Kapitel

Wie Lajos es mir prophezeit hatte, ließ mich die Zeitumstellung früh aufwachen. Ein Blick auf mein Handy sagte mir, dass es erst zwanzig nach fünf war. Die Sonne war noch nicht einmal aufgegangen und die ersten Vögel in den Bäumen rings um das Haus stimmten ihr Frühkonzert an. Ein paar Minuten wälzte ich mich im Bett von rechts nach links, dann beschloss ich aufzustehen und einen Spaziergang zu machen. Frühstück gab es erst um acht Uhr und solange würde Melike sicher wie ein Murmeltier schlafen. Ich trat ans Fenster und sah zu meiner Überraschung Luke, der mit seinem Rollstuhl das Haus verlassen hatte und nun den Weg zu den Reitanlagen entlangfuhr. Was machte er so früh morgens wohl da draußen? Rasch schlüpfte ich in Reithose und T-Shirt, streifte eine Kapuzenjacke über und zog meine Turnschuhe an. So leise wie möglich schlich ich die Treppe hinunter, aber die hölzernen Stufen knarrten ziemlich laut. Die Haustür war nicht abgeschlossen, die Fliegengittertür quietschte vernehmlich in der Stille. Einen Moment lang blieb ich auf dem Rasen vor dem Haus, der feucht war vom Tau der Nacht, stehen und blickte mich um. Im Osten zeigte sich über dem Horizont ein schmaler rötlicher Streifen, im Westen war es hingegen noch stockdunkel. Tief atmete ich die frische, kühle Luft ein und lief dann denselben Weg entlang, den Luke eben genommen hatte. Ich liebte es, so früh am Morgen im Stall zu sein. Selbst in den Ferien schlief ich selten länger als bis um halb sieben. In den Ställen der Westernreitanlage war noch alles dunkel, aber drüben, bei Lindas Pferden, brannte schon Licht. Ich überquerte den Parkplatz und betrat den Stall.

»Good morning!« Susan, die fröhliche Rothaarige, kam mir mit einer Schubkarre entgegen. »Du bist ja schon so früh auf den Beinen!«

»Guten Morgen«, grüßte ich zurück. »Ich bin eine Frühaufsteherin. Kann ich hier irgendetwas helfen?«

»Oh ja, gerne! Wenn du magst, kannst du mir beim Heu geben und füttern helfen und dann das Morgentraining mitreiten.«

Eifrig half ich ihr, das Heu zu verteilen. Anschließend wurden Kraftfutter und Hafer gefüttert. Um halb sieben tauchte eine verschlafene Sharon im Stall auf. Wir brachten sechs Pferde an die Führmaschine und sattelten dann Quintano und Quite Easy.

Es war herrlich, so früh morgens die Galoppierbahn entlangzutraben. Im Gras funkelten Millionen Tautropfen im Licht der Morgensonne, die Luft war frisch und klar. Dort, wo wir gestern links abgebogen waren, ritten wir heute geradeaus weiter. Die Strecke führte weit in den Wald hinein. In der Ferne zwischen den Baumstämmen erblickte ich einen See, an dessen Ufer ein Haus stand, ganz ähnlich wie das Forsthaus, in dem Lajos wohnte.

»Was ist das?«, fragte ich Sharon.

»Eine Scheune für Heu und Stroh«, erwiderte sie. »Im

Winter stehen dort manchmal die Zuchtstuten, wenn die Boxen auf der Reitanlage alle belegt sind.«

Seltsam, mitten in den Wald eine Scheune zu bauen, wenn man so viel Platz hatte! Ich dachte jedoch nicht weiter darüber nach, denn wir überholten Declan und Jamie, die im Schritt mit zwei Quarter Horses auf der Bahn unterwegs waren und uns freundlich winkten. Die Pferde sahen aus, als hätten sie schon ordentlich gearbeitet; ihr Fell war schweißnass und dampfte in der kühlen Morgenluft.

»Hey Elena!«, rief Jamie. »Wenn du Lust hast, komm später mal vorbei! Du und deine Freundin wollt doch das Westernreiten lernen!«

»Ja, gerne!«, rief ich zurück.

Um acht Uhr saßen Melike und ich mit Chris und Brenda am Frühstückstisch und ich langte ordentlich zu. Die beiden staunten nicht schlecht, als ich erzählte, dass ich Susan beim Füttern geholfen und mit Quintano und Sharon bereits eine Runde auf der Rennbahn geritten war.

»Davon sollte sich Jo mal eine Scheibe abschneiden«, sagte Brenda. »Sie und Luke sind absolute Langschläfer. In den Ferien stehen sie nur selten vor zehn Uhr auf.«

Beinahe hätte ich gesagt, dass ich Luke heute Morgen dabei beobachtet hatte, wie er um kurz vor fünf das Haus verlassen hatte, aber ich ließ es bleiben. Vielleicht sollten es seine Eltern nicht wissen.

»He, das ist aber nicht nett!« Joana kam in die offene Küche. »Ich hab mir heute extra den Wecker gestellt!«

Sie setzte sich gähnend an den Tisch. »Hi, Mom«, sagte sie, Chris beachtete sie überhaupt nicht. Brenda hatte heute einen Arzttermin in Boston und wünschte uns viel Spaß bei unserer ersten Westernreitstunde. Auch Chris stand auf und die Hunde, die in einer Reihe nebeneinandergelegen hatten, erhoben sich ebenfalls.

»Ich habe noch etwas Büroarbeit zu erledigen«, sagte er. »Aber ich komme später mal rüber und schaue euch zu.«

Chris verschwand, gefolgt von der Hundemeute.

»Wieso magst du Chris nicht?«, fragte Melike.

»Dir entgeht auch gar nichts, was?« Joana grinste schief und rührte in ihrem Kaffee. »Chris und ich hatten … ein paar Differenzen, was das Reiten angeht. Er trainiert Mom, und für sie mag das super sein, aber ich kam nicht mit ihm klar.«

Das war keine Antwort, mit der Melike sich zufriedengeben würde, aber für den Moment ließ sie das Thema auf sich beruhen.

»In Turnschuhen könnt ihr aber nicht reiten«, sagte Joana, als wir ihr erzählten, dass wir gleich zum ersten Mal auf Westernpferden reiten sollten. »Kommt, wir schauen mal im Keller, ob ich was Passendes für euch finde.«

Am Tag zuvor hatten wir bereits festgestellt, dass die Westernreiter keine Reithosen und Reitstiefel trugen, sondern ganz normale Jeans und Cowboystiefel. Wir folgten Joana die Treppe hinunter in einen Raum, der voller Reitklamotten war – Jeans, Chaps, Reithosen, Turnierjacketts, Westen und Jacken hingen ordentlich in Plastikhüllen in Schränken und an Kleiderstangen. Ehrfürchtig betrachtete ich das rote Turnierjackett mit der amerikanischen Flagge auf der Brust.

»Das hat Mom bei den Weltmeisterschaften 2006 getragen, als sie Einzelsilber gewonnen hat«, erklärte Joana und deutete auf ein anderes. »Und das dort bei ihrem Sieg im Weltcupfinale in Las Vegas.«

Bevor sie uns die Geschichte jeder einzelnen Klamotte erzählen konnte, erinnerte ich sie daran, dass wir nur Stiefel brauchten. Joana wühlte in ein paar Kisten und reichte Melike ein Paar schwarze Cowboystiefel mit pinkem Schaft, die meiner Freundin sofort gefielen und auch passten. Für meine Quadratlatschen musste sie etwas länger suchen, aber schließlich fand sich ein Paar recht abgelaufene schlichte Boots.

»Die gehörten mal meinem Bruder, aber dem passen sie nicht mehr«, sagte Joana.

Mein Blick fiel in einen geöffneten Karton, der in einer Ecke auf dem Boden stand. Er war randvoll mit Pokalen, Schleifen und gerahmten Fotos. Alles war recht lieblos in die Kiste gestopft worden.

»Wow!«, sagte ich. »Sind das alles deine?«

»Nein, die sind von Luke«, erwiderte Joana. »Er wollte sie nicht mehr in seinem Zimmer haben.«

»Warum denn nicht?«

»Weil es ihn immer daran erinnert, dass er nicht mehr auf Turnieren reiten kann.«

»Darf ich mal gucken?«, bat ich. »Ich verrate es auch nicht.«

»Okay. Aber beeil dich.«

Ich zog eines der Fotos heraus. Das Glas war staubig und hatte einen Sprung. Es zeigte Luke auf einem prächtigen Fuchs bei einem Sliding Stop. Ein anderes zeigte ihn bei einer Siegerehrung mit einem Pokal in der Hand, sein Pferd trug eine blaue Siegerschleife. Luke lachte glücklich in die Kamera und mir wurde plötzlich bewusst, wie bitter es für ihn sein musste, nie mehr so reiten zu können. Trotzdem lebte er auf der Farm und sah jeden Tag, wie andere Leute ritten und herumliefen, während er im Rollstuhl sitzen musste.

»Was ist eigentlich passiert?«, fragte Melike. »Wieso ist er gelähmt?«

Joana nahm mir das Bild aus der Hand, steckte es zurück zu den anderen Sachen und schloss den Karton.

»Ein Unfall«, sagte sie vage. »Kommt jetzt, lasst uns gehen.«

13. Kapitel

Chris hatte J.J. angerufen und der Trainer erwartete uns bereits im Stall A der Westernreitanlage. Er zeigte Melike und mir die Pferde, die er uns zugedacht hatte, und danach die Sattelkammer, die hier »Tack-Room« genannt wurde. Ich brach fast unter dem Gewicht des schweren Westernsattels zusammen. Bei jedem Schritt schlugen mir die Steigbügel gegen die Schienbeine. Melike erging es nicht viel besser.

»Wartet!«, rief jemand. »Ich helfe euch!«

Mit einem breiten Grinsen schulterte Declan unsere beiden Sättel und trug sie lässig zum Putzplatz.

»Danke«, sagte ich erleichtert. »Da lobe ich mir doch unsere leichten Springsättel.«

Wir holten die Pferde aus ihren Boxen und banden sie in der großen hellen Putzhalle an. Mir hatte J.J. Arizona Resolve zugeteilt, eine vierzehnjährige braune Stute mit sanften Augen. Wahrscheinlich hätte ich sie nicht einmal anbinden müssen, denn sie stand wie festgewachsen da und ließ sich putzen und satteln, ohne auch nur einen Huf vom Fleck zu bewegen. Shiner, der Fuchswallach, den Melike reiten sollte, rührte sich ebenfalls nicht einen Millimeter von der Stelle.

»Quarter Horses haben ein ausgeglichenes Wesen«, erklärte Declan. »Aber sie werden auch vom Tag der Geburt an erzogen, deshalb sind sie sehr menschenbezogen und gehorsam.«

Er zeigte uns, wie man das dicke Pad richtig auflegte und hob uns die Sättel auf die Pferderücken. Ich hatte in meinem Leben sicher schon tausend Mal ein Pferd gesattelt, aber jetzt kam ich mir vor wie die totale Anfängerin. Alles war anders!

»Das lerne ich nie!«, stöhnte auch Melike. »Diese ganzen Lederriemen! Und wie verschnallt man überhaupt die Steigbügel? Die sind viel zu lang!«

Der freundliche rothaarige Declan hatte eine Engelsgeduld mit uns beiden und zeigte uns jeden Handgriff mehrfach, bis wir es mehr schlecht als recht alleine konnten. Die Pferde bekamen Gamaschen mit Sprungglocken an die Vorderbeine.

Joana tauchte mit einem gesattelten Pferd auf und hob die Augenbrauen, als sie Declan neben uns stehen sah.

»Hi, Jo«, sagte der junge Mann erstaunt. »Reitest du mal wieder?«

»Sieht so aus, oder?«, entgegnete sie spitz.

»Ihr braucht noch Sporen«, wandte er sich wieder an uns. »Ich bringe welche mit in die Halle.«

Wir folgten Joana mit unseren Pferden hinüber in die große Halle, die *Show Arena*. Dort ritt Jamie einen goldfarbenen Buckskin und Pat einen Grauschimmel.

J.J. betrat die Halle. Er musterte uns und zog die Augenbrauen hoch, als er Melikes Stiefel sah.

»Stimmt was nicht?«, erkundigte sich meine Freundin.

»Nein, nein, alles okay.« Der Trainer grinste. »Ihr seht auf jeden Fall schon aus wie echte Cowgirls. Und jetzt hört mir gut zu, Girls! Am besten vergesst ihr alles, was ihr jemals über das Reiten gelernt habt. Sitzt einfach im Sattel, lasst die Beine hängen und habt Spaß!«

Wir lernten, wie man auf ein Westernpferd aufsteigt und dass man es nach dem Aufsitzen erst einmal eine Weile ruhig stehen lässt. J.J. zeigte uns die Zügelbrücke, denn auch Westernpferde – vor allen Dingen die jungen – wurden beidhändig und mit einer Trense, die man *Snaffle Bit* nannte, geritten. Ich fühlte mich erstaunlich wohl im Westernsattel. Gewöhnungsbedürftig waren für mich die eher schwunglosen Bewegungen des Westernpferdes im Vergleich zu den Warmblütern, die ich normalerweise ritt. J.J. zählte uns die verschiedenen Gangarten auf: *Walk* war der Schritt, *Jog* ein langsamer Trab, *Trot* der normale Trab, *Lope* ein langsamer Galopp und *Canter* schließlich der Arbeitsgalopp.

Westernreiten war Impulsreiten. Eine Hilfe reichte, danach wurde nicht weiter getrieben. Unsere Pferde brauchten ständige Anlehnung am Maul, Westernpferde nicht.

»Ein gutes Westernpferd ist so ausgebildet, dass man es auch ohne Zügel reiten kann«, sagte J.J. »Es reagiert auf die Stimme, auf Gewichtshilfen und das *Neck-Reining*, also das Anlegen des Zügels an eine Halsseite. Ein Westernpferd lernt, Druck auszuweichen.«

Jamie demonstrierte es uns, indem er seinem Pferd nur ganz leicht den Zügel an die rechte Halsseite legte und dieses vollführte daraufhin eine Volte nach links. Zum Angaloppieren legte man den äußeren Schenkel ein Stück nach hinten und musste mit den Lippen »Küsschen geben«, was ich total albern fand, aber es funktionierte! Überhaupt sprach man viel mehr mit seinem Pferd, als es bei uns der Fall war: *Easy, Back up, Whoa!*

J.J. schien mit uns zufrieden zu sein. Er ließ uns Übergänge reiten, Handwechsel, anhalten und rückwärtsrichten. Bei Melike sagte er häufig »Gut so« und »Prima«, ich bekam mehr Kritik ab. Weniger mit Schenkel und Oberkörper machen, ruhig sitzen, Bein lang!

»Hey, reiten macht Spaß, Elena!«, rief J.J. »Sitz ganz locker!«

Ich schielte immer wieder nach den anderen Reitern und betrachtete mich dann selbst in dem großen Spiegel an der langen Seite und fand, dass es für das allererste Mal auf einem Westernpferd erheblich besser aussah, als es sich anfühlte. Chris erschien an der Bande und hob den Daumen, als ich an ihm vorbeitrabte.

»Es trifft sich ganz gut, dass ihr hier seid«, sagte J.J. nach der Stunde zu uns. »Momentan haben wir ziemlich viele Pferde im Training, aber zu wenig Leute. Also, wenn ihr wollt, könnt ihr gerne etwas im Stall mithelfen.«

»Klar. Super!«, erwiderten Melike und ich wie aus einem Mund.

»Übrigens: Fürs erste Mal habt ihr das beide richtig gut gemacht«, meinte er, dann stapfte er durch die Reitbahn und verließ gemeinsam mit Chris die Halle.

»Macht es dir Spaß?«, fragte ich meine Freundin.

»Ja, ich find's total geil!« Melike war hellauf begeistert. »Zum ersten Mal in meinem Leben hab ich das Gefühl, ich könnte reiten!«

»Du *kannst* doch reiten!«, erwiderte ich verwundert.

»Ich kann auf einem Pferd sitzen«, verbesserte Melike mich. »Aber im Gegensatz zu dir bin ich die totale Loserin.

Ich hab einfach kein Talent zum Englischreiten und die Hosen voll, wenn es ans Springen geht. Aber das hier, das könnte ich lernen!«

Ihre Augen leuchteten und sie strahlte über das ganze Gesicht.

Wir durften mit den Pferden noch rausgehen und die Rennbahn entlangreiten, nachdem ich versichert hatte, ich würde den Weg kennen. Joana hatte keine Lust, uns zu begleiten, deshalb ritten wir alleine los.

Als wir zurückkamen, war im Stall keine Menschenseele. Wir sattelten unsere Pferde ab, spritzten ihnen die Beine ab, so, wie Gloria das gestern mit Friday getan hatte, und brachten sie in ihre Boxen. Dann schleppten wir die Sättel in den Tack-Room, besser gesagt, wir versuchten es, denn jetzt baumelten nicht nur die schweren Steigbügel herunter, sondern auch noch der Sattelgurt.

»Ihr müsst den Gurt auf der rechten Seite am Strap Holder festschnallen.« Luke kam die breite Stallgasse entlang. Er demonstrierte es uns an Melikes Sattel. »Jetzt geht's besser.«

»Danke«, sagte sie und lächelte.

»Bitte.« Er wendete seinen Rollstuhl und wollte wegfahren.

»Hey, Luke, warte doch!«, rief meine Freundin ihm nach.

»Was ist denn?« Er musterte Melike misstrauisch.

»Du warst gestern Abend nicht beim Barbecue«, erwiderte sie. »Wenn ich dich gekränkt habe, tut es mir leid. Das wollte ich nicht.«

»Schon okay.« Der Junge wischte sich eine Haarsträhne aus dem Gesicht und zuckte die Schultern. »Das hatte nichts mit euch zu tun. Es gibt eine paar Leute, auf die hab ich keinen Bock.«

Er sah erst Melike, dann mich an. Sein Blick fiel auf meine Stiefel.

»Joana hat sie mir gegeben«, beeilte ich mich zu sagen.

»Kein Thema. Die hatte ich mit vierzehn an. Mittlerweile passen sie mir nicht mehr.« Ein unfrohes Lächeln flog über sein Gesicht, erlosch aber sofort wieder. »Offenbar hat euch niemand vorgewarnt, dass ich ein Krüppel bin. Das hab ich gestern an euren überraschten Gesichtern gesehen. Sie tun hier alle so, als wäre es ganz normal. Ist mir auch recht, denn ich will kein Mitleid oder so was. Ich komm nämlich ziemlich gut klar. Also fangt bloß nicht an, mir helfen zu wollen, okay?«

»Okay.« Melike und ich nickten.

»Und um eure Neugier zu befriedigen: Ich bin seit einem Unfall vor zwei Jahren querschnittsgelähmt. Ein Pferd ist auf mich draufgefallen.«

Die Bitterkeit in seinen dunklen Augen tat mir in der Seele weh. Wie furchtbar musste es sein, mit fünfzehn Jahren zu erfahren, dass man für den Rest seines Lebens in einem Rollstuhl sitzen musste?

»Alles klar?«, fragte er. »Noch Fragen?«

»Ja«, sagte Melike. »Was machst du, wenn du aufs Klo musst?«

Mir stockte der Atem und ich rechnete schon damit, dass Luke meine Freundin mit seinem Rollstuhl über den Haufen fahren und kein Wort mehr mit uns reden würde, aber zu meiner Überraschung fing er erst an zu grinsen, dann lachte er. Dieses Lachen veränderte sein sonst so mürrisches Gesicht auf eine geradezu wunderbare Weise.

»Oh Mann! Das hat mich ja noch niemand gefragt«, erwiderte er. »Und erst recht kein Mädchen! Ehrlich gesagt ist es ziemlich umständlich, aber mein Grandpa hat hier überall Behindertentoiletten einbauen lassen. Cool, oder?«

»Ziemlich cool«, bestätigte Melike. »Warum hast du keinen elektrischen Rollstuhl? Ist doch ganz schön anstrengend, wenn man sich so fortbewegen muss.«

»Besser als jedes Fitnessstudio«, entgegnete Luke. »Aber ich hab natürlich auch noch andere Rollstühle. Mein liebster ist der ›Genny‹, ein Segway, auf dem man sitzen kann. Den steuert man nur mit Gewichtsverlagerungen, so ähnlich wie beim Reiten.«

»Das würde ich total gerne mal ausprobieren.« Melike war sofort Feuer und Flamme.

»Den Genny oder das Reiten?« Luke grinste amüsiert.

»Das Reiten hab ich jetzt ja schon probiert«, antwortete Melike schlagfertig. »Ich meine den Rollstuhl.«

Das Eis war gebrochen und ich beneidete meine Freundin wieder einmal um die Leichtigkeit, mit der sie auf andere Menschen zugehen konnte.

Aus dem Nichts tauchte Hugh Sinclair auf, der Vater des arroganten Brody.

»He! Die Sättel gehören nicht auf den Boden!«, blaffte er uns an. »So ein Sattel kostet viel Geld. Hängt sie gefälligst nach dem Reiten auf!«

»Das hatten wir ja gerade vor!«, erwiderte Melike furchtlos. »Luke hat uns nur gezeigt, wie man den Sattelgurt festmacht.«

»Ist schon okay, Hugh«, sagte Luke.

Der Mann stieß ein schnaubendes Geräusch aus und marschierte verärgert davon. Luke lachte leise.

»Macht euch nichts draus«, beruhigte Luke uns. »Hugh ist eigentlich ein netter Kerl. Er hat nur Angst, jemand könnte das merken.«

»Puh! Was für ein Typ!« Meine Freundin wuchtete den Sattel wieder hoch. »Ich dachte, die Amerikaner wären alle so freundlich.«

»Hugh ist Ire«, erwiderte Luke, als sei das eine Erklärung.

»Mit Iren haben wir keine guten Erfahrungen gemacht, nicht wahr, Elena?«, kicherte Melike.

»Wieso das?«, fragte Luke neugierig und wir erzählten ihm die Geschichte von Andy Collins, der im letzten Sommer unter dem falschen Namen Liam O'Brien als Vertretung für den Aknefrosch auf den Amselhof gekommen war und Fritzi gestohlen hatte.

»Er hat dein Pferd gestohlen?«, vergewisserte Luke sich ungläubig.

»Ja. Und nicht nur meins, sondern noch ziemlich viele andere«, bestätigte ich. »Aber wir haben die gestohlenen Pferde gefunden und die Polizei konnte die ganze Bande verhaften.«

»Elena ist nachts durch die Felder galoppiert und einer von den Pferdedieben hat auf sie geschossen«, sagte Melike. »Dabei hat er aber Tim getroffen, Elenas Freund.«

»Wow, das klingt echt spannend!«, staunte Luke. »Und? Was war mit Tim?«

»Ihm geht's wieder gut«, versicherte ich. »Es war nur ein Streifschuss. Aber sein Vater war auch einer der Pferdediebe und sitzt deshalb jetzt im Gefängnis.«

»Das ist ja eine irre Geschichte.« Luke rollte neben uns her zum Tack-Room. Nachdem wir das Sattelzeug ordentlich weggehängt hatten, zeigte er uns den Aufenthaltsraum, in dem ein Getränkekühlschrank stand. Wir nahmen uns jeder eine Dose Coke, Melike und ich ließen uns in die gemütlichen Ledersessel fallen und erzählten Luke noch mehr über uns und den Amselhof.

»Vielleicht lernst du ja Niklas kennen«, sagte Melike schließlich, nachdem wir ihm jede Menge Fotos auf unseren Handys gezeigt hatten. »Er ist ab nächster Woche mit seiner Familie in Boston.«

»Ruf ihn doch an und frag ihn, ob er uns besuchen kommen will«, schlug Luke vor. »Oder wir könnten zu ihm nach Boston fahren! Das wäre mal etwas anderes, als immer nur auf der Farm herumzuhängen.«

14. Kapitel

Die Tage vergingen wie im Flug. Am 4. Juli, dem amerikanischen Unabhängigkeitstag, hatten wir eine Parade in Fall River besucht und abends das Feuerwerk am Hafen gesehen, aber sonst verbrachten wir unsere ganze Zeit bei den Westernpferden. Manchmal hatte ich fast ein schlechtes Gewissen. Hatte Brenda mich nicht eingeladen, damit ich ihre Pferde ritt und mit ihr trainierte? Sie schien es jedoch nicht zu stören, dass ich nur selten nach Quintano sah. Vielleicht freute sie sich auch einfach darüber, dass Joana wieder jeden Tag in den Sattel stieg und wir uns mit Luke angefreundet hatten, der sonst nur selten das Haus verließ und hauptsächlich in seinem Zimmer am Computer hockte. Wir hatten Gloria besucht, die, genau wie Declan, Jamie, Pat und die anderen Stallmitarbeiter, ein Zimmer in einem schlichten gelb gestrichenen Haus in der Nähe der Reitanlagen bewohnte. Das schöne große Gästehaus, hinter dem ein leerer Swimmingpool vor sich hingammelte, stand seit Jahren leer. Früher hatte es wohl im Sommer Lehrgänge und Sommercamps gegeben, aber seitdem die nicht mehr stattfanden, wurde das Gästehaus nicht mehr genutzt.

Mittlerweile kannten wir alle Leute, die auf der Farm arbeiteten, und auch die Pferde mit ihren echten und ihren

Spitznamen. Wir putzten und wuschen den lieben langen Tag Pferde, flochten Mähnen und Schweife ein, brachten Pferde auf die Koppeln oder in die Führmaschine und holten sie zurück in den Stall. Etwa die Hälfte aller Pferde gehörte irgendwelchen Leuten, die sich nur selten blicken ließen. Besitzer wie Linda, die auch selbst ritten, waren eher die Ausnahme. Aber wenn jemand kam, musste sein Pferd tiptop aussehen. J.J. ließ uns bald auch die besseren Pferde reiten und wir lernten, was *Pull and Slack* bedeutete, wie man Tempowechsel, Spins, Stopps, Rollbacks und Run Downs ritt. Auch Gloria unterrichtete uns und das war für mich erheblich besser, denn ich hatte oft Probleme zu verstehen, was J.J. meinte.

Jeden Abend schickte ich Tim Fotos und Filme, die ich tagsüber mit meinem Handy gemacht hatte, und er argwöhnte bald, dass ich wohl mit dem Springreiten aufhören und stattdessen zukünftig nur noch Westernreiten wollte. Auch Mama und Lajos wurden mit Fotos versorgt.

Linda taute ein wenig auf und wurde fast nett. Bevor sie mit ihren Eltern demnächst für zwei Wochen nach Kalifornien flog, gestattete sie Melike, in dieser Zeit hin und wieder Friday zu reiten, was meine Freundin in einen wahren Begeisterungstaumel versetzte. Der Einzige, der nach wie vor kein Wort mit uns wechselte, war Brody; er starrte durch uns hindurch, als ob wir Luft wären.

Ich war inzwischen auch ein echter Fan der Quarter Horses geworden. Selbst die Deck- und Junghengste waren immer anständig und leicht zu händeln, sie blieben sogar ruhig, wenn Stuten in der Nähe waren. Am liebsten ritt ich Frozen Fire, einen grauen Wallach und eine Fuchsstute namens Mainly Mathilda. Meine Reithose und die Stiefel verstaubten im Schrank, denn zum Reiten trug ich wie alle anderen nur Jeans und Lukes alte Cowboystiefel.

Am Wochenende sollte auf der Farm die *Oaktree Youth Reining Challenge*, ein Turnier mit Jugendprüfungen, stattfinden. Wir freuten uns darauf und waren gespannt, mal eine solche »Show«, wie Turniere in Amerika hießen, live mitzuerleben und andere Reiter zu sehen. Drei Tage vorher überraschte J.J. Melike und mich mit der Ankündigung, dass wir beide in der Greener-than-Grass-Klasse für Turnierneulinge starten sollten.

»Aber … aber ich kann das doch noch gar nicht gut genug«, stotterte ich. »Was muss man denn da überhaupt machen?«

»Dasselbe, was du hier tust.« J.J. grinste breit. »Die Pattern, die verlangt wird, bist du schon ein Dutzend Mal geritten.«

»Die – *was*?«

»Eine Pattern ist eine Aufgabe. Genau wie beim Dressurreiten«, mischte Gloria sich ein. »Die kannst du auswendig lernen.«

Melike und ich sahen uns an. Was konnte schon schiefgehen? Hier kannte uns niemand, wenn wir uns blamierten, interessierte es keine Menschenseele.

»Okay«, nickte ich dann. »Ich versuch's.«

»Versuchen gibt's bei uns nicht«, sagte J.J. und grinste. »Wir sagen nie: ›Ich versuch's‹, sondern: ›Ich mache es‹.«

»Alles klar. Ich mache es.« Ich grinste auch. »Wen sollen wir reiten?«

»Oh, du reitest Sugar und Hilda. Und Melike Shiner und Choco.«

Ich hatte erst ein paar Mal auf Mainly Mathilda gesessen, und Freckles Sugar Doc hatte ich überhaupt noch nie geritten. Ob ich mit den beiden Pferden, die schon von Profis in Open-Klassen geshowt worden waren, überhaupt zurechtkommen würde? Melikes größte Sorge hingegen war, dass sie kein gescheites Show-Outfit hatte, und sie jammerte Joana so lange die Ohren voll, bis die uns daraufhin in die größte Shopping Mall in Providence schleifte. Wir deckten uns mit Jeans, T-Shirts und einem Haufen Abercrombie & Fitch-Klamotten ein, die hier spottbillig waren. In einem Laden für Westernklamotten erstand ich für sechzig Dollar megacoole Ferrini-Boots in Schlangenlederoptik und einen schwarzen Cowboyhut, Melike kaufte sich ähnliche Stiefel, allerdings in Pink mit Strasssteinchen verziert und einen weißen Hut, der ihr fantastisch stand. Abends betrachtete sie sich mit ihren neuen Kleidern und Stiefeln im Spiegel und kicherte aufgeregt.

»Ich bin noch nie auf einem Turnier geritten!«, sagte sie. »Oh Mann, und dann starte ich gleich in einer Reining-Prüfung in *Amerika!* Wie geil ist das denn?«

Wir fotografierten uns gegenseitig und schickten unsere Fotos an Niklas und Tim. Nur drei Minuten später bekamen wir beide gleichzeitig Antwort – Melike von Niklas und ich von Tim. Es war ein Foto, ein Selfie, das Niklas und Tim grinsend und mit erhobenen Daumen am Flughafen zeigte. Im Hintergrund war ein gelbes Taxi zu sehen. Sekunden später folgte eine nächste Nachricht: *Auf dem Weg zu unseren Cowgirls! c See you on Saturday!*

»Hä?«, machte ich verständnislos. »Kapierst du das?«

Statt mir zu antworten stieß Melike einen Schrei aus und tanzte durchs Zimmer.

»*Yeeehaa!* Es hat geklappt!«

»Was hat geklappt?« Ich begriff noch immer gar nichts.

Melike fiel mir um den Hals und lachte wie eine Irre.

»Ich durfte es dir nicht verraten, weil sie nicht wussten, ob es funktioniert«, gestand sie mir. »Aber offensichtlich hat Tim es irgendwie hingekriegt!«

»Was denn? Mann, Melike …« Ich packte meine Freundin an den Schultern und schüttelte sie. Dann fiel bei mir endlich der Groschen.

»Nein!«, flüsterte ich fassungslos. »Tim ist mit Niklas nach Amerika geflogen!«

»Genau!« Melike strahlte wie ein Honigkuchenpferd. »Seine Mutter fand die Idee erst nicht so toll, aber sein Opa hat ihm den Flug geschenkt, da konnte sie nicht mehr Nein sagen!«

Es klopfte an der Tür und Joana streckte den Kopf herein.

»Alles okay bei euch?«, erkundigte sie sich besorgt.

Melike und ich zogen sie ins Zimmer, umarmten sie und tanzten herum. Wir redeten gleichzeitig auf sie ein, bis sie anfing zu lachen.

»Stopp! Stopp! Redet bitte Englisch mit mir!« Sie hob hilflos die Arme. »Ich verstehe kein Wort, wenn ihr Deutsch redet!«

Am Abend telefonierten wir vom Festnetztelefon aus mit Niklas und Tim, die in der Wohnung von Niklas' Eltern auch ein Telefon hatten. Das war bedeutend billiger, als von einem deutschen Handy aus ein anderes deutsches Handy anzurufen. Die Jungs waren erst am späten Vormittag gelandet und gingen jetzt mit Schützes zum Essen in ein Restaurant. Am liebsten wäre ich auf der Stelle zu Tim hingefahren, aber ich musste meine Ungeduld bis Samstag bezähmen.

Auf dem Turnier gab es eine nur schwer überschaubare Anzahl von Prüfungen, aber Melike und ich starteten um 15:00 Uhr, so viel hatten wir mittlerweile herausgefunden. Niklas versprach, dass sie spätestens gegen Mittag auf der Oaktree-Farm eintreffen würden, denn Boston war nur knapp hundert Meilen entfernt.

In den Tagen bis zum Wochenende saßen wir fast nur noch im Sattel und übten die verschiedenen Manöver, die bei den Einsteigerklassen laut Ausschreibung verlangt wurden. Jeder meinte, uns gute Ratschläge geben zu müssen, und jeder sagte etwas anderes.

»Ihr müsst dran denken, dass ihr auf keinen Fall mehr als vier Spins auf jeder Seite reitet«, sagte Pat. »Für Über- oder Unterdrehen gibt's Punktabzüge!«

»Beim Run Down müsst ihr dieselbe Geschwindigkeit wie in den großen Zirkeln haben«, warnte Declan. »Wenn das Pferd von selbst beschleunigt, wird das von den Richtern als Kontrollverlust gewertet und es gibt Abzüge.«

»Und wenn das Pferd vor dem vorgeschriebenen Punkt stoppt, gibt's sogar zwei Punkte Abzug«, rief Jamie. »Ach ja, beim Rollback darf das Pferd vorher nicht rückwärtstreten, sonst werdet ihr disqualifiziert.«

»Beim Rückwärtsrichten müsst ihr unbedingt darauf achten, dass euer Pferd nicht zur Seite wegspringt, weil es denkt, es müsse einen Rollback machen«, fügte Declan noch hinzu.

Melike war bald das reinste Nervenbündel.

»Ich werde versagen!«, rief sie theatralisch. »Wie soll ich gleichzeitig an das alles denken?«

»Du sollst nicht die amerikanischen Meisterschaften gewinnen, sondern eine Anfängerprüfung reiten«, sagte ich zu ihr. »Mach es einfach so gut, wie du kannst.«

»Ich kapiere gar nicht mehr, worum es überhaupt geht«, jammerte sie, den Tränen nahe. »Was soll das mit den Punkten und den Abzügen bedeuten?«

Gloria lenkte ihr Pferd neben unsere.

»Ein perfekter Ritt mit optimalen Bewertungen in allen Manövern ergibt einen Punktestand von 70«, erklärte sie. »Mit diesem Score startet jeder. Für Fehler gibt's Abzüge zwischen 0,5 und 1,5 Punkten. Aber man kann auch Pluspunkte von 0,5 bis 1,5 Punkten bekommen, zum Beispiel für Eleganz, Haltung, Schnelligkeit und die Art der Ausführung.«

»Kannst du uns das mal übersetzen?« Melike kramte einen Zettel, auf dem sie die verlangte Aufgabe notiert hatte, aus der Tasche ihrer Jeans und reichte ihn Gloria. Sie überflog ihn und nickte.

»Einreiten im schnellen Galopp auf der Mittellinie bis zur entgegengesetzten Seite«, sagte sie. »Ein Rollback nach links und ohne anzuhalten im Galopp zurück. Am Ende der Mittellinie wieder ein Rollback, diesmal nach rechts. In der Mitte des oberen Zirkels ein Sliding Stop, drei Meter rückwärtsrichten bis X, dann muss das Pferd still stehen. Daraus folgt der Spin. Vier Drehungen nach rechts, still stehen. Viereinviertel Drehungen nach links, sodass das Pferd zur Bande schaut. Stehen lassen.«

Wir hörten aufmerksam zu.

»Im Linksgalopp auf den Zirkel. Der erste Zirkel muss

groß und schnell geritten werden, der zweite klein und langsam, der dritte wieder groß und schnell. Bei X fliegender Galoppwechsel und dasselbe dann im Rechtsgalopp auf dem oberen Zirkel. Wieder ein fliegender Wechsel bei X. Dann geradeaus auf dem Hufschlag im schnellen Galopp und ein Sliding Stop ungefähr sechs Meter vor der Bande. Pferd still stehen lassen und – das war's!«

»Klingt nicht so schwer«, fand ich.

»Ist es auch nicht.« Gloria grinste. »Aber es gibt eben zig Möglichkeiten, Fehler zu machen. Eure Pferde sind supererfahren und schon viele Shows gegangen, aber das kann auch ein Nachteil sein, denn manchmal ›antizipieren‹ sie, das heißt, sie machen etwas, weil sie denken, das wäre jetzt gefordert. Zum Beispiel machen sie gerne beim Rückwärtsrichten einen Rollback, wenn der Reiter nicht die richtigen Hilfen gibt.«

Melike und ich wechselten einen Blick.

»Habt ihr die Pattern schon mal komplett durchgeritten?«, wollte Gloria wissen. Wir schüttelten den Kopf.

»Dann ist jetzt die beste Gelegenheit.« Sie richtete sich im Sattel auf und rief Jamie und Declan zu, sie sollten mal als Richter fungieren.

»Ich bin der dritte Richter!«, rief jemand von der Tribüne aus. Das war Luke. Ich sah ihn heute zum ersten Mal in der Reithalle.

»Dann los!« Gloria nickte. »Elena, du fängst an!«

Die anderen verzogen sich mit ihren Pferden in die Ecken der großen Reitbahn und ich ritt mit Hilda, der erfahrenen zehnjährigen Stute, nach draußen. Mir schossen alle möglichen Anweisungen durch den Kopf. Gerade sitzen, Hand tief und unabhängig vom Körper, Kontrolle behalten!

Hilda, die sonst eher phlegmatisch war, schoss im Galopp nach vorne und ich merkte schon Sekunden später, dass ich nicht optimal im Gleichgewicht saß, denn sie vollführte den Rollback nach rechts, nicht nach links und donnerte gleich wieder los. Der nächste Rollback gelang mir besser, der Sliding Stop missriet, weil ich nach vorne kippte. Beim Spin zählte ich falsch und die Stute machte fünf Drehungen nach rechts statt der vorgeschriebenen vier, bei den Drehungen nach links vergaß ich die letzte Vierteldrehung und musste korrigieren. Dafür gelang das so genannte ›hesitating‹, das Stillstehen, sehr gut. Die Zirkel gerieten auch recht ordentlich, schnell – langsam – schnell, die fliegenden Wechsel klappten, genauso wie der Run Down an der langen Seite. Beim letzten Stop dachte ich an das, was J.J. uns gesagt hatte, und visierte die eine Stelle oberhalb der Bande an. So blieb mein Kopf oben und ich kippte nicht wieder im Sattel nach vorne.

Das Urteil des Richtergremiums war allerdings vernichtend, auf einem Turnier wäre ich ausgeschieden. Nun war Melike an der Reihe. Sie ritt auf Shiner etwas zurückhaltender vom Tempo, als ich das getan hatte und machte dadurch weniger Fehler. Alle Manöver gelangen einwandfrei und die Richter bemängelten anschließend nur, dass sie zu wenig Unterschied zwischen dem schnellen und dem langsamen Galopp gesehen hätten. Zufrieden ritten wir aus der Halle und saßen draußen ab. Jetzt wussten wir wenigstens, was auf uns zukam, und konnten noch ein bisschen trainieren, um uns nicht total zu blamieren.

Luke kam herangerollt und erklärte uns noch einmal, was wir falsch gemacht hatten und besser machen konnten.

In diesem Moment kamen Brody und Pat von der anderen Seite in den Stall. Luke verstummte und seine Miene wurde finster, als sein Blick auf die Pferde der beiden fiel. Sie waren klatschnass geschwitzt und stolperten mehr, als dass sie liefen. Er sagte irgendetwas zu Brody, was ich nicht verstehen konnte, dann drehte er seinen Rollstuhl um und rollte davon.

»Könnt ihr mir ein bisschen helfen, bevor ihr wieder reitet?« Gloria kam ebenfalls aus der Halle und sah plötzlich gestresst aus. »Linda hat angerufen. Sie und ihre Mutter kommen früher als geplant und ich habe ihre Pferde noch nicht geputzt.«

»Machen die das nicht selbst?«, wunderte Melike sich.

»Nein, nie.« Gloria schüttelte den Kopf.

»Wir helfen dir«, versicherte Melike ihr. »Wir bringen nur noch schnell die Pferde weg.«

Ich blickte Luke nach. Hatte es mit Brody, dem Sohn des Stallmanagers, zu tun, dass er nicht beim Begrüßungs-Barbecue für uns gewesen war? Was war da los zwischen den beiden?

»Elena!«, rief Melike und ich folgte ihr.

Ich sattelte Hilda ab, spritzte der Stute die Beine ab und führte sie in ihre Box. Später würde ich sie noch für eine Stunde auf den Paddock stellen, damit sie sich wälzen und etwas frei bewegen konnte.

Melike putzte natürlich Friday, Gloria wies mir Lil Cool Runner, den einen teuren Dreijährigen zu, einen hübschen Braunen mit einer weißen Blesse und vier weißen Beinen, der mich ein wenig an Fritzi erinnerte. Das Fell des jungen Pferdes war von getrocknetem Schweiß verklebt und es war ein hartes Stück Arbeit, Runner wieder sauber zu kriegen.

Freezin Peppy Dun, der andere Dreijährige, war ein Buckskin wie Friday und sah nicht viel besser aus als Runner.

»Was haben sie denn mit den beiden gemacht?«, staunte ich.

»Sie waren auf der Rennbahn«, erwiderte Gloria. »Konditionstraining. Im September will Linda sie beide in Fort Worth beim *National Young Reiners Championship* showen.«

»Die müssen dreijährig schon Reining-Prüfungen gehen?« Ich schüttelte den Kopf. »Das sind doch noch Babys!«

»Tja, so ist das hier.« Gloria schrubbte mit einem Striegel Peppys Fell.

»Aber geht das nicht wahnsinnig auf die Beine? Besonders das Spinnen und die Rollbacks!«

Gloria zuckte nur die Schultern und antwortete nicht.

Melike war glücklich. Sie bürstete pfeifend den prächtigen schwarzen Schweif von Friday. Ich fettete noch die Hufe von Runner ein und dachte an das, was Papa immer über den zu frühen Turniereinsatz von jungen Pferden sagte. Er hielt nichts davon, mit Drei- und Vierjährigen schon auf Turniere zu fahren und stand auch den Bundeschampionaten im Herbst und den Körungen zweijähriger Hengste kritisch gegenüber. Auf dem Amselhof wurde den jungen Pferden viel Zeit gegeben. Bis sie drei waren, durften sie ihre Jugend auf den Koppeln genießen, erst dann wurde behutsam mit der Ausbildung angefangen. Das zahlte sich aus, denn sehr viele der Pferde, die Papa selbst gezüchtet und ausgebildet hatte, gingen lange und gesund im Sport, im Gegensatz zu denen, die aus falschem Ehrgeiz und Profitdenken zu früh eingesetzt wurden. Er war der Meinung, dass man als gewissenhafter Ausbilder nicht nur die körperliche Eignung eines Pferdes, sondern vor allen Dingen auch dessen Psyche berücksichtigen musste. Sehr oft bekam er Pferde in Beritt, die »über die Uhr« geritten oder turniersauer waren, weil man sie zu früh überfordert hatte. Es war eine sehr langwierige und oft vergebliche Arbeit, ein solchermaßen verdorbenes Pferd wieder reitbar zu machen. Häufig genug waren diese Pferde nie mehr im Sport einsetzbar und auch als Freizeitpferde unbrauchbar, weil sie übernervös und schreckhaft waren.

Lil Cool Runner hatte auf der Auktion, auf der Lindas Eltern ihn gekauft hatten, sehr viel Geld gekostet. Er musste sich also sehr gut gezeigt haben, und das wiederum ließ den Schluss zu, dass er mit knapp 2 Jahren ins Training gekommen war.

»Armer Junge«, sagte ich leise zu dem Pferd, das ganz still dastand. Es hob nicht einmal neugierig den Kopf, als J.J. mit Hot Smoking Chex, dem wertvollen Deckhengst, quer durch die Putzhalle ging.

War der Ausdruck in den Augen vieler Pferde hier etwa gar nicht »sanft«, wie ich das angenommen hatte, sondern viel eher – gleichgültig? Ich verscheuchte diesen unangenehmen Gedanken und führte den braunen Wallach zurück in seine Box. Gloria kam bereits mit Fridays Sattel angekeucht.

»Wir machen das schon«, sagte ich zu ihr. »Kümmere du dich um Bob.«

Bob war das zweite Showpferd von Linda, ein neunjähriger gescheckter Wallach, der in Wirklichkeit Bueno Chex Kaweah hieß.

»Danke!« Gloria konsultierte ihre Uhr. »In zehn Minuten sind sie da.«

Melike sattelte den Buckskin-Wallach, ich ergriff die Gamaschen mit den integrierten Sprungglocken und die Skid-Boots, die ähnlich wie Streichkappen an den Fesselgelenken der Hinterbeine befestigt wurden. Ich hockte mich hin und fuhr mit den Händen über Fridays linkes Vorderbein.

»Autsch!« Ein heißes Prickeln schoss durch meine Finger, wie ein elektrischer Schlag, und ich zuckte erschrocken zurück.

»Was ist?«, fragte Melike besorgt.

Sie wusste von meiner seltsamen Gabe, die ich zum ersten Mal vor ein paar Jahren bemerkt hatte, als ich meinen jungen Hengst Fritzi, der sich als Jährling bei einem Zusammenstoß mit einem Auto schwer verletzt hatte, gepflegt hatte. Ich konnte mit meinen Händen Schmerzen und Entzündungen erspüren, aber das hatte ich nie richtig begriffen, bis Melike Lajos davon erzählt hatte. Er hatte mich einige Male auf die Probe gestellt und war begeistert, denn ich lag nie falsch.

Blue Fire Lady, eine wertvolle Vollblutstute, die in Europa alle wichtigen klassischen Rennen gewonnen hatte, war bei ihm gelandet, nachdem die Schulmedizin aufgegeben hatte. Auch Lajos war am Ende mit seinem Latein gewesen, er fand einfach nicht die Ursache dafür, dass die Fuchsstute beim Decken nicht aufnahm, schlecht fraß und apathisch herumstand. Ich war es, die ihn schließlich auf die richtige Fährte gebracht hatte, denn ich hatte dieses Kribbeln in meinen Händen bemerkt, als ich eine Stelle am Kopf zwischen den Ohren und den Ganaschen der Stute berührt hatte. Tatsächlich hatte sich herausgestellt, dass Blue Fire Lady einen Tumor an der Ohrspeicheldrüse gehabt hatte, der in einer OP entfernt worden war. In diesem Jahr hatte sie ihr erstes Fohlen bekommen. Auch bei Tims bestem Springpferd Tanot du Chardin hatte ich einen Schaden des Fesselträgers erspürt und Lajos zog mich immer wieder zurate, wenn er zweifelte oder nicht auf die Ursache der Erkrankung eines Pferdes kam.

»Mit seinem Bein stimmt irgendetwas nicht«, sagte ich leise. Kein vernünftiger Mensch greift ein zweites Mal an einen Elektrozaun, aber ich berührte erneut Fridays Bein und wieder kribbelte es in meinen Händen. Ich schloss die Augen und ließ meine Finger das Bein hinauf- und hinabgleiten und lokalisierte schließlich die Stelle, an der ich die Entzündung am deutlichsten spürte.

»Es fühlt sich so ähnlich an wie bei Tanot.« Ich hob den Kopf und blickte Melike an. »Auf der Hinterseite ein Stück unterhalb des Karpalgelenks. Die tiefe Beugesehne scheint okay zu sein, aber ich fürchte, es könnte auch etwas mit dem Fesselträger sein.«

»Oh nein!« Melike schlug betroffen die Hand vor der Mund.

Gloria bog um die Ecke.

»Was habt ihr?«, fragte sie als sie unsere Gesichter sah. »Ist irgendetwas?«

»An seinem linken Vorderbein ist irgendetwas nicht in Ordnung.« Ich richtete mich auf. »Das sollte man mal untersuchen lassen.«

»Ach so.« Gloria lächelte. »Das ist chronisch. Friday hatte mal einen Sehnenschaden, danach stand er ein halbes Jahr auf der Koppel.«

»Nein, das ist nichts Chronisches.« Ich schüttelte den Kopf. »Da ist ein frischer, akuter Schaden.«

»Woher willst du das denn wissen?« Die junge Frau blickte mich zweifelnd an.

»Elena kann das mit ihren Händen spüren«, sagte Melike. »Sie hat eine besondere Gabe und arbeitet bei uns zu Hause mit Dr. Lajos Kertészy zusammen, vielleicht hast du seinen Namen schon mal gehört.«

Eine steile Falte erschien zwischen Glorias Augenbrauen.

»Ja, klar hab ich schon von Dr. Kertészy gehört«, erwiderte sie. »Wer kennt ihn nicht?«

»Er hat seine Klinik auf dem Hof meiner Eltern«, erklärte ich nun. »Und ich kann tatsächlich mit meinen Händen spüren, wenn es einem Pferd oder einem Hund irgendwo wehtut. Ich dachte zuerst auch, das sei Quatsch, aber es hat sich jedes Mal als richtig herausgestellt, wenn ich was gefühlt habe. Bitte, Gloria, du musst Linda sagen, dass sie wenigstens mal einen Ultraschall von Fridays Bein machen lässt!«

»*Ich*? Niemals!« Gloria schüttelte heftig den Kopf. »Ich bin hier nur eine Praktikantin. Wenn überhaupt, dann sage ich das J.J. oder Hugh.«

Sie ging selbst in die Knie und fühlte an Fridays Bein herum, aber erwartungsgemäß konnte sie nichts feststellen.

»Da ist nichts.« Gloria war unsicher. »Echt, Elena, die halten mich doch für komplett irre, wenn ich behaupte, du hättest das *gefühlt!*«

»Dann sage ich es ihr«, erwiderte ich entschlossen. »Mir ist's egal, wenn sie mich für komplett irre halten.«

15. Kapitel

Dr. Debbie Kline setzte ihre Spiegelsonnenbrille ab und warf mir denselben halb misstrauischen, halb spöttischen Blick zu wie zuvor Gloria, Linda, ihre Mutter, J.J. und Hugh Sinclair. Mrs Pressler, Lindas Mutter, hatte darauf bestanden, sofort die Tierärztin anzurufen, nachdem ich ihr von meiner Entdeckung berichtet hatte.

»Du *fühlst* mit deinen Händen, ob ein Pferd eine Entzündung im Körper hat?«, vergewisserte sich Dr. Kline skeptisch.

»Ja.« Ich nickte, innerlich zitternd. Noch immer war es mir ein wenig peinlich, über meine ungewöhnliche Gabe zu sprechen. Ich deutete mit dem Finger auf die Stelle an Fridays Bein, an der ich nach wie vor das Kribbeln spürte. Der goldfarbene Wallach stand geduldig auf der breiten Stallgasse vor seiner Box und rieb seine Nase an Melikes Arm. Die Tierärztin hockte sich neben das Pferd und tastete das Bein ab, dann ließ sie es sich im Schritt und im Trab draußen vor dem Stall vorführen.

»Nichts zu sehen«, kommentierte Hugh. »Das Pferd läuft einwandfrei.«

»Aber da ist etwas nicht in Ordnung«, beharrte ich. »Ich bin mir ziemlich sicher, dass Friday einen Schaden an der

Sehne hat. Vielleicht könnten Sie eine Ultraschalluntersuchung machen.«

»Das ist ja das Verrückteste, was ich je gehört habe.« Die Tierärztin schüttelte den Kopf und auch Hugh Sinclair verzog herablassend sein Gesicht.

»Klein-Mädchen-Zirkus«, murmelte er. »Lächerlich.«

»Friday war nicht einen Tag lahm«, wandte nun auch J.J. ein.

»Ich möchte trotzdem, dass das Pferd untersucht wird«, sagte Lindas Mutter bestimmt. »Und zwar auf der Stelle.«

»Na gut, wenn Sie wollen.« Dr. Kline zuckte die Schultern. »Ich habe das Gerät im Auto dabei.«

Sie verschwand und kehrte mit einem Ultraschallgerät auf Rollen und ihrem Koffer zurück. Die Stelle an Fridays Bein wurde rasiert, dann hockte Dr. Kline sich hin, trug durchsichtiges Gleitgel auf und fuhr mit dem Schallkopf des Gerätes über das Pferdebein.

Linda stand mit Bob am Zügel neben ihrer Mutter und kaute auf ihrem Kaugummi.

»Wie lange wird das dauern?«, wollte sie wissen. »Ich muss mit Friday auch noch die Pattern für Samstag reiten.«

Das Schicksal ihres Pferdes schien sie nicht besonders zu beschäftigen.

Die Tierärztin antwortete nicht. Mittlerweile hatte sich die Zahl der Zuschauer noch vergrößert, Pat, Jamie und Joana waren hinzugekommen. Es hatte sich wohl herumgesprochen, was ich angeblich entdeckt hatte, denn alle sahen mich komisch an.

Ich beobachtete aufmerksam die Miene der Tierärztin, die mit zusammengekniffenen Augen auf den Monitor starrte, und ich ahnte, dass ich recht gehabt hatte, als sie ein zweites, drittes und viertes Mal den Schallkopf über die kritische Stelle bewegte, ganz so, als wolle sie es nicht wahrhaben. Schließlich stand sie auf und wischte das Gerät mit einem Papiertuch ab.

»Und?«, fragte Lindas Mutter besorgt.

Dr. Kline zögerte. Ihr Blick flog zu mir. »Das Mädchen hat leider recht«, sagte sie dann zu meiner Erleichterung. »Da ist tatsächlich ein ziemlich großer akuter Schaden am Fesselträger und Fesselträgerursprung sowie an der oberen Beugesehne.«

Auf der Stallgasse herrschte für einen Moment Totenstille. Irgendwo schnaubte ein Pferd und Friday legte seinen Kopf auf Melikes Arm.

»Was … was hat das zu bedeuten?« Lindas Mutter war schockiert. »Heilt das wieder aus?«

»Ich will mit ihm im Oktober die *Youth Reining Championships* reiten«, fügte Linda hinzu.

»Das wirst du leider nicht können.« Dr. Kline strich Friday bedauernd über den Hals. »Eine solche Verletzung ist eine ausgesprochen langwierige Angelegenheit. Ich würde jetzt eine medizinische Behandlung und ein paar Wochen kontrollierte Bewegung im Schritt auf festem Boden empfehlen. Danach sollte das Pferd für mindestens ein halbes Jahr auf die Koppel gehen und danach kann man es – wenn alles gut verläuft – langsam wieder antrainieren.«

»Das klingt jetzt nicht so dramatisch.« Mrs Pressler, Lindas Mutter, schöpfte Hoffnung, aber die wurde mit dem nächsten Satz der Tierärztin zerstört.

»Als Sportpferd wird dieses Pferd nicht mehr zu gebrauchen sein«, sagte Dr. Kline. »Die Belastung der Reiningmanöver hält eine derart vorgeschädigte Sehne nicht aus. Das Pferd ist sportuntauglich.«

Melike und ich sahen uns betroffen an. Das war ein endgültiges Urteil.

»So 'ne Scheiße!«, explodierte Linda wütend. »Das gibt's doch gar nicht! Mummy, jetzt steh ich mit einem *einzigen* Pferd für die Meisterschaften da!«

Ich konnte nicht fassen, was sie da sagte. Sie tat gerade so, als ob Friday sich mit Absicht verletzt hatte, um sie im Stich zu lassen!

»Beruhige dich, Darling«, sagte Mrs Pressler. »Vielleicht ist es ja doch nicht so schlimm, wie es auf den ersten Blick aussieht. Bis Oktober ist ja noch etwas Zeit.«

Linda schnaubte zornig. Sie wandte sich ab und verschwand mit Bob in Richtung Reithalle.

»Danke für Ihre Meinung, Dr. Kline.« Mrs Pressler hatte den Schock der Diagnose bereits überwunden. »Können Sie mir die Bilder zur Verfügung stellen? Ich würde sie gerne noch einem anderen Tierarzt zeigen, um eine zweite Meinung einzuholen.«

»Natürlich.« Dr. Kline zuckte die Achseln. »Ich schicke sie Ihnen heute Nachmittag gleich per E-Mail.«

Lindas Mutter ging in die Reithalle, die Zuschauer zerstreuten sich, bis auf Gloria, Melike und mich.

»Gut gemacht, Mädchen«, sagte die Tierärztin zu mir. »Mit etwas Glück und viel Geduld kann aus dem Pferd noch ein nettes Reitpferd werden. Wäre der Fesselträger erst einmal abgerissen, so wäre das sein Todesurteil gewesen.«

»Was passiert jetzt mit ihm?«, fragte Melike mit belegter Stimme. Sie streichelte Fridays Kopf. Ich sah, dass ihr die Tränen in den Augen standen.

»Ihr habt gehört, was ich der Besitzerin geraten habe«, erwiderte Dr. Kline und packte ihre Sachen zusammen. »Ob sie meinen Rat befolgt, kann ich nicht sagen.«

Für den Rest des Tages war Melike sehr schweigsam und auch ich war bedrückt. Es war immer furchtbar und niederschmetternd, wenn sich ein noch so junges Pferd so schlimm verletzte. Sehnenschäden waren besonders tückisch. Sie heilten nur langsam aus und oft blieb die angegriffene Sehne ein Schwachpunkt, weil das Narbengewebe, das sich dort bildete, nicht mehr so elastisch war wie eine gesunde Sehne. Damit sich erst gar kein Narbengewebe bildete, gab es natürlich Medikamente und Behandlungsmethoden, das wusste ich.

Beim Abendessen, an dem diesmal sogar Luke teilnahm, war Fridays Verletzung und die Rolle, die ich bei der Entdeckung gespielt hatte, das einzige Gesprächsthema. Offenbar hatte Dr. Kline ihre Freundin Brenda sofort angerufen und ihr brühwarm erzählt, was vorgefallen war.

»Debbie ist schwer beeindruckt«, sagte Brenda. »Und ehrlich gesagt: Wir sind es auch. Wie machst du das, Elena?«

»Keine Ahnung«, gab ich zu. »Ich kann so ein Kribbeln in meinen Händen spüren, wenn ich eine Stelle berühre, an der ein Tier eine Verletzung oder einen Schmerz hat. Früher habe ich das nicht begriffen, aber unser Tierarzt Dr. Kertészy hat mir erzählt, dass er so etwas hier in Amerika schon mal erlebt hat. Er kannte einen indianischen Medizinmann, der auch mit seinen Händen erfühlen konnte, wo Menschen oder Tiere Schmerzen oder Blockaden hatten. Der Medizinmann konnte sogar Krankheiten erfühlen, von denen man vorher gar nichts gewusst hatte.«

Chris, Brenda, Luke und Joana starrten mich fassungslos an.

»Das glaube ich jetzt ja nicht«, brach Joana schließlich das Schweigen. Sie griff nach meiner rechten Hand und betrachtete sie. »Die sieht ganz normal aus, finde ich.«

»Das ist sie ja auch.« Ich lächelte verlegen.

»Und was genau spürst du?« Brenda legte ihr Besteck wieder hin.

»Es fühlt sich ein bisschen so an wie ein Stromschlag«, erwiderte ich. »So, wie wenn man an einen Elektrozaun greift.«

»Elena hat bei einem wertvollen Rennpferd einen Tumor an der Ohrspeicheldrüse erfühlt«, mischte sich nun Melike ein. »Die Stute war vorher in jeder Top-Klinik in Europa gewesen, aber niemand hat etwas gefunden.«

»Nicht zu fassen!« Chris lachte ungläubig. »Wer ist der Tierarzt, den du eben erwähnt hast?«

»Dr. Lajos Kertészy. Er ist ein alter Freund meiner Eltern, der unter anderem an einer Klinik in Kentucky gearbeitet hat. Außerdem ist er Osteopath und Chiropraktiker.«

»Viele Leute bringen ihre Pferde zu ihm, wenn die Schulmedizin am Ende ist«, ergänzte Melike. »Er ist ein Zauberer! Und er hat schon ein paar Bücher zu dem Thema geschrieben.«

Brenda und Chris wechselten einen Blick.

»Debbie hat recht: Das ist wirklich eine verrückte Geschichte«, sagte Brenda. »Aber nun esst erst mal, sonst wird alles kalt.«

»Was passiert jetzt mit Friday?«, wollte Melike wissen.

»Ich denke, dass Presslers sich noch eine zweite Meinung einholen werden«, antwortete Chris. »Friday ist immerhin ein sehr wertvolles Pferd. So schnell werden sie ihn nicht aufgeben.«

»Quatsch!«, sagte Luke heftig. »Sie werden ihn an die Versicherung geben und die Kohle einsacken. Das Pferd ist denen doch völlig egal! Sie kaufen einfach ein anderes!«

Das vermutete ich insgeheim auch. Linda hatte sich überhaupt keine Gedanken um ihr Pferd gemacht, als sie die Diagnose der Tierärztin gehört hatte, stattdessen hatte sie sich bloß darum gesorgt, dass sie nur noch ein einziges Pferd hatte, um auf Turnieren zu starten. Sie war wahnsinnig ehrgeizig und hatte garantiert keine Lust, ein krankes Pferd, das womöglich nie mehr richtig belastbar sein würde, gesund zu pflegen.

»Und was macht die Versicherung mit einem solchen Pferd?«, fragte Melike.

»Die versuchen, noch so viel Geld wie möglich dafür zu bekommen«, erwiderte Luke, bevor Chris oder Brenda etwas sagen konnten. »Vielleicht wird er irgendwo Schulpferd. Oder er landet beim Schlachter. Das ist am wahrscheinlichsten.«

»Aber … aber er ist doch erst sieben Jahre alt!«, stammelte Melike entsetzt.

»Das durchschnittliche Alter, in dem Pferde in den USA sportuntauglich werden, liegt bei 6 Jahren«, sagte Luke. »Wobei die Rennpferde diese Quote natürlich nach unten ziehen, denn bei den meisten ist die Karriere ja mit 4 oder 5 Jahren ohnehin vorbei.«

»Wo hast du denn solche Zahlen her?«, fragte Chris ein wenig ungehalten. Es war das erste Mal, dass er seinen Stiefsohn so direkt ansprach. »Das ist doch Unsinn!«

»Ist es nicht!«, widersprach Luke. »Es stand im Jahresbericht der *American Equine Insurance Group*, den ich im Internet gefunden habe. Und ehrlich gesagt wundert mich das nicht bei den Ausbildungsmethoden heutzutage!«

Seine Augen blitzten, er hob das Kinn und sah Chris so hasserfüllt an, dass ich erschrak.

»Es geht doch nur um Profit!«, fuhr er fort. »Den jungen Pferden wird überhaupt keine Zeit gelassen …«

»Luke, es reicht!«, unterbrach Brenda ihren Sohn. »Wir kennen deine Ansichten zur Genüge.«

»Aber ihr handelt nicht danach«, entgegnete Luke aufgebracht. »Dass es anders geht, zeigt Dad ja wohl überall und immer wieder!«

»Es reicht!« Brendas Stimme klang plötzlich eisig.

»Okay.« Luke legte Messer und Gabel hin. »Noch einen guten Appetit allerseits. Mir ist er vergangen.«

Niemand sagte etwas, als er nun aus dem Esszimmer hinausrollte. Der Rest des Essens verlief in einer angespannten Stimmung. Brenda und Chris versuchten, höflichen Small Talk zu machen, aber alle waren froh, als die Teller leer waren und wir aufstehen konnten.

16. Kapitel

Am Freitagabend war alles hergerichtet worden für das eintägige Turnier: Der Boden der Halle war sauber abgezogen worden, uns zu Ehren hing neben der amerikanischen Flagge und der Flagge des Bundesstaats Massachusetts auch die deutsche Fahne in der Halle. Auf einer der frisch gemähten Koppeln sollten Anhänger und Trailer der Teilnehmer parken, die Meldestelle war eingerichtet und ein Partyservice aus Fall River hatte einen mobilen Imbissstand auf dem Parkplatz abgestellt, an dem es Getränke, Hamburger und andere Verpflegung geben würde.

Ich schlief schlecht in dieser Nacht. Immer wieder schlich sich Friday in meine Träume – und Lukes zornige Stimme. Gestern hatte es fast so geklungen, als ob er seinen Stiefvater regelrecht hassen würde, und das bekümmerte mich, denn ich mochte Chris, der immer nett und hilfsbereit war. Was konnte der Grund dafür sein, dass Luke und Joana den Mann ihrer Mutter so sehr ablehnten? Warum wollte Joana keine Turniere mehr reiten? Und weshalb hatte Brenda Luke gestern Abend den Mund verboten, als er seinen Vater erwähnt hatte? Welche Geheimnisse lauerten hinter der schönen Fassade der Oaktree-Farm? Heute würden Tim und Niklas herkommen! Meine Vorfreude auf die beiden verscheuchte die düsteren Gedanken und die Erinnerung an den Streit gestern Abend beim Essen. Ich konnte verstehen, weshalb Luke so bitter war. Es musste wirklich die Hölle sein, nie mehr laufen und reiten zu können.

»Elena?«, fragte Melike, als ich gerade wieder am Eindösen war. »Bist du wach?«

»Ja«, flüsterte ich.

»Bist du aufgeregt wegen morgen?«

»Du meinst, weil Niklas und Tim kommen?«

»Nein, wegen unserem ersten Westernturnier!«

Morgen sollten wir unsere erste Reiningprüfung reiten! Das hatte ich ja völlig vergessen!

»Nö, da mache ich mir keinen Kopf. Wir haben schließlich nichts zu verlieren«, erwiderte ich. »Ich frage mich, wieso Luke und Joana Chris nicht leiden können.«

»Darüber hab ich auch schon nachgedacht«, gab Melike zu. »Vielleicht hat sich Brenda wegen Chris von Lukes und Joanas Vater getrennt und das nehmen sie ihm übel.«

»Möglich.« Ich nickte in der Dunkelheit. »War auch irgendwie komisch, dass er in New York gar nicht mit bei Brendas Eltern war, oder?«

»Stimmt«, murmelte Melike. »Aber die Familienprobleme von denen gehen uns nichts an. Vielmehr interessiert mich, was mit Friday passiert. Ich wünschte, ich hätte genug Geld, um ihn kaufen zu können.«

»Das kann ich verstehen«, antwortete ich. »Aber ich fürchte, Luke hat recht. Sie werden ihn an die Versicherung geben und einen Haufen Geld bekommen.«

»Das ist so ungerecht!« Melike seufzte. »Das arme kleine Pferd! Das hat es echt nicht verdient.«

Unten klappte eine Tür und durch das geöffnete Fenster hörten wir das Knirschen von Reifen im Schotter. Ich warf die Bettdecke zurück, sprang aus dem Bett und eilte ans Fenster.

»Das ist Luke!«, flüsterte ich. »Ich habe ihn neulich schon mal so früh morgens wegfahren sehen. Was macht er nur um diese Uhrzeit da draußen?«

»Wie? Du hast ihn schon mal gesehen?« Melike stand auch auf und trat neben mich. »Wieso hast du mir nichts davon gesagt?«

»Ich hab's vergessen.«

Wir beobachteten, wie Luke mit seinem Rollstuhl in der Dunkelheit Richtung Stallungen verschwand, und sahen uns an.

»Komm! Wir gehen ihm mal nach. Das interessiert mich jetzt«, sagte meine Freundin, die noch vor ein paar Minuten behauptet hatte, die Familienprobleme der Murrays gingen uns nichts an.

In wenigen Minuten waren wir angezogen und schlichen auf Zehenspitzen die knarrende Holztreppe hinunter. Das Schlafzimmer von Brenda und Chris lag auf der anderen Seite des Hauses im ersten Stock, die Fenster gingen Richtung Garten hinaus. Und Joana pennte wie ein Murmeltier, meistens bis neun oder zehn Uhr. Die Hunde, die in ihren Körben in der Eingangshalle schliefen, kannten uns mittlerweile so gut, dass sie keinen Mucks von sich gaben, als wir an ihnen vorbei zur Haustür und hinaus in die Dunkelheit gingen. Ein Korb war leer. Lissy, Chris' Lieblingshund, fehlte. Vielleicht durfte die Hündin bei Chris und Brenda am Bett schlafen.

»Wo mag er bloß hin sein?« Melike blickte sich um und

fröstelte in der Kühle des Morgens. »Und warum steht er so früh auf?«

»Keine Ahnung.« Ich zuckte die Schultern. »Lass uns mal rüber zu den Ställen gehen. Wo soll er sonst hin sein?«

Die Stalltür stand halb offen, nur in der vorderen breiten Stallgasse brannte eine Reihe Lampen, in den abzweigenden Ställen war es dunkel. Die meisten Pferde lagen noch und schliefen, aber manche knabberten an ihrem Stroh oder dösten im Stehen. Es gab auf der ganzen Welt wohl kaum etwas Friedlicheres als einen Pferdestall am frühen Morgen.

»Schau mal!« Ich blieb vor einer Box stehen. »Peppy ist nicht da!«

Melike trat neben mich.

»Luke wird hoffentlich nicht in der Dunkelheit draußen herumreiten!« Sie blickte in die Box von Smart Little Peppy, einem 2-jährigen fuchsfarbenen Wallach. »Und das mit einem so jungen Pferd!«

»Unsinn, er kann doch gar nicht alleine satteln«, erwiderte ich. Zwar kam Luke alleine aufs Pferd, dafür war extra eine Betonrampe im großen Vorraum der Reithalle gebaut worden, von der aus er sich in den Sattel ziehen konnte, aber dafür musste das Pferd gesattelt sein.

»Apache ist auch nicht da«, stellte Melike fest. Tatsächlich! Die Box des 2-jährigen Schecken stand ebenfalls leer. »Die werden ja wohl nicht geklaut worden sein, oder?«

Nach unseren Erfahrungen mit den Pferdedieben, die im letzten Jahr Fritzi aus dem abgeschlossenen Stall gestohlen und unserem Berner Sennenhund sogar ein Schlafmittel verpasst hatten, hielten wir alles für möglich. Sämtliche Pferde hier im Stall waren wertvoll, deshalb durften sie auch nachts nicht auf der Weide bleiben, selbst die Mutterstuten mit Fohlen und die Jährlinge wurden jeden Abend hereingeholt.

»Da stimmt etwas nicht!« Melike stemmte die Hände in die Seiten. »Wir müssen Hugh Bescheid sagen!«

»Der reißt uns den Kopf ab, wenn wir ihn morgens um 5 Uhr wecken«, entgegnete ich.

»Ich denke eher, er wird saufroh sein.«

Meine Freundin marschierte bereits entschlossen Richtung Stalltür. Das Kutscherhäuschen, eine Miniaturausgabe von Brendas Haus, in dem Hugh und sein arroganter Sohn Brody wohnten, lag ein paar Minuten Fußmarsch entfernt auf dem weitläufigen Grundstück, verborgen hinter einer Baumgruppe und einem riesigen Rhododendron. Mir war nicht wohl bei dem Gedanken, den unfreundlichen Stallmeister aus dem Schlaf zu schrecken, aber Melike war nicht aufzuhalten. Sie betrat die Veranda und klopfte erst zaghaft, dann immer energischer an die Haustür, doch im Innern des Hauses regte sich nichts.

»Mr Sinclair!«, rief sie und lief auf der Veranda herum, dabei stieß sie einen Blumentopf um, der scheppernd zu Boden ging. Der Lärm hätte selbst Tote wieder zum Leben erweckt.

»Hör auf!«, wisperte ich und ergriff Melikes Arm.

»Ist ja seltsam.« Meine Freundin blickte sich um. »Wo sind die beiden irischen Stinkstiefel nur? Weggefahren sind sie nicht, Hughs Auto steht unterm Carport.«

Ich schauderte plötzlich.

»Vielleicht haben sie die Pferde selbst gestohlen und sich mit ihnen aus dem Staub gemacht«, flüsterte ich. »Nichts gegen die Iren im Allgemeinen, aber denk doch nur an Liam!«

»Quatsch!« Melike schüttelte den Kopf. »Der setzt doch nicht so einen Superjob aufs Spiel, indem er Pferde stiehlt!«

»Was machen wir jetzt?«

»Wir gehen zurück in den Stall und schauen nach. Vielleicht fehlen ja noch mehr Pferde!«

Wir nahmen die Abkürzung über den Rasen, liefen unter einer riesigen Zeder hindurch, vorbei an weiß und violett blühenden Hibiskusbüschen. Der Himmel färbte sich im Osten hellrosa, bald würde die Sonne aufgehen. In dem Moment, als wir auf die Stalltür zugingen, hörten wir im Stall Stimmen und Melike zog mich zur Seite.

»… schon wieder herumgeschnüffelt hat!« Das war J.J. und er klang sauer. »Sag mir bitte, wie ich meine Arbeit machen soll, wenn der uns dauernd …«

»Beruhige dich!«, unterbrach Chris ihn. »Ich werde dafür sorgen, dass ihr eure Ruhe habt.«

Ich zuckte erschrocken zusammen, als plötzlich ein Hund vor uns stand. Der Hund war wohl genauso erschrocken wie wir, in der nächsten Sekunde begann er, uns anzubellen.

»Hey Lissy, wir sind's doch nur«, sagte Melike zu der Hündin, die sofort aufhörte zu bellen und stattdessen mit dem Schwanz wedelte. Chris trat aus der Stalltür. Er sah zuerst gar nicht freundlich aus, doch dann lächelte er.

»Was macht ihr denn schon so früh hier draußen?«, erkundigte er sich.

»Ach, wir waren so aufgeregt«, antwortete Melike schlagfertig. »Heute ist unser erstes Turnier, da konnten wir kaum schlafen.«

»Das kann ich verstehen.« Chris nickte, seine weißen Zähne schimmerten in der Dunkelheit. »Wollt ihr mit mir zum Haus zurückfahren?«

»Hey, girls!« J.J. tauchte neben Chris auf.

»Im Stall fehlen zwei Pferde«, sagte ich nun. »Peppy und Apache sind nicht in ihren Boxen. Deshalb wollten wir Hugh Bescheid sagen, aber er hat nicht aufgemacht.«

Mir entging nicht der rasche Blick, den Chris und J.J. wechselten.

»Hugh und Brody sind schon im Stall«, erwiderte Chris. »Wenn wir hier auf der Anlage eine Show haben, sind den ganzen Tag die Reithallen belegt, deshalb müssen unsere Pferde vorher raus.«

Das leuchtete mir ein.

»Die Pferde sind an der Führmaschine«, ergänzte J.J. »Am besten, ihr geht jetzt ordentlich frühstücken. Das hilft sehr gut bei Nervosität.«

»Okay.« Ich kam mir so dämlich vor wie damals, als Melike und ich Lajos zu Unrecht verdächtigt hatten, ein Pferdedieb zu sein.

»Na, kommt!« Chris ging zu dem Golfcart hinüber, das auf dem Parkplatz stand. »Wir machen uns ein schönes Frühstück. Das wird heute ein langer Tag, außerdem kommen eure Freunde aus Deutschland.«

Ich kletterte auf die Rückbank des Golfcarts, Melike setzte sich neben Chris. Ihr brannte die Frage, wo Luke wohl war, sicher genauso auf der Zunge wie mir, aber wir hielten beide lieber die Klappe. Wir trafen gleichzeitig mit Paula, Brendas Haushälterin, ein, die jeden Morgen mit ihrem klapprigen Auto aus Fall River kam und die gute Seele im Hause Murray war. Sie war ungefähr Mitte fünfzig und kümmerte sich um das Essen, die Wäsche und den ganzen Haushalt. Normalerweise lagen um 6 Uhr, wenn sie ankam und das Haus durch die Hintertür betrat, noch alle in ihren Betten und schliefen tief und fest, deshalb war sie einigermaßen überrascht, uns zu sehen.

»Nanu, ist irgendetwas passiert?«, fragte sie besorgt.

»Nein, nein«, beruhigte Chris sie. »Die jungen Damen konnten vor lauter Aufregung nicht mehr schlafen. Sie reiten doch heute ihr erstes Turnier und bekommen Besuch aus Deutschland.«

Er zwinkerte uns zu.

»Wir sehen uns gleich beim Frühstück.«

Paula ging in die Küche, machte Licht und nahm eine Schürze aus dem Schrank.

»Soll ich euch ein paar leckere Sandwiches machen?«, bot sie an und öffnete den Kühlschrank. »Was haben wir denn hier noch? Hm … Was haltet ihr von einem Lammsandwich mit Minze und Koriander?«

Geschäftig räumte sie die Lebensmittel auf die Arbeitsplatte, die sich wie eine Kochinsel in der Mitte der offenen Küche befand.

»Oder lieber Hühnchen mit Salat und Mayonnaise?«

»Oh ja, für mich bitte Hühnchen!«, sagte ich.

»Und für mich das Lamm, wenn es keine Umstände macht.«

»Das tut es sicherlich nicht.« Paula lächelte und machte sich an die Arbeit. Wir deckten den Frühstückstisch im angrenzenden Esszimmer, dann setzten wir uns auf zwei Barhocker, die an der Arbeitsplatte standen, und sahen zu, wie Paula Weißbrotscheiben in den Toaster steckte, Hühnchen und kaltes, rosa gebratenes Lamm in dünne Scheiben schnitt, Salat wusch und Tomaten viertelte. Dabei erzählte sie uns von ihrer Tochter Nicole, die nächste Woche mit ihrem Mann und ihren beiden Kindern, Paulas heiß geliebten Enkeln Cass und Polly, aus Arizona zu Besuch kommen würde. Nicoles Mann arbeitete bei einer Ölfirma und Nicole war Krankenschwester. Paula genoss es, in uns ein aufmerksames Publikum gefunden zu haben. Joana wechselte mit ihr so gut wie nie ein Wort, sie und Luke waren an Hausangestellte gewöhnt und nahmen das, was sie für sie taten, als Selbstverständlichkeit hin, für die sie sich nicht bedanken mussten. Melike und ich bedankten uns hingegen dauernd bei Paula, denn wir konnten es noch immer kaum fassen, dass Kleider, die man am Abend in die Wäsche tat, am nächsten Tag frisch gewaschen und gebügelt wieder im Schrank hingen. Auf unseren Dank antwortete Paula nur mit einem verlegenen »Dafür bin ich schließlich da«, aber wir merkten, dass ihr unsere Anerkennung guttat. Im Laufe der vergangenen drei Wochen hatten wir alle möglichen Details über ihre komplette Familie, ihre Haustiere und ihre gesundheitlichen Beschwerden erfahren.

»Ach, was werde ich das vermissen!«, murmelte Melike.

»Was, die Geschichten?« Ich grinste.

»Nein, diese fantastischen Sandwiches«, erwiderte sie.

»So, ihr Mädchen, dann lasst es euch mal schmecken.« Paula stellte uns die Teller hin, legte Servietten daneben und schenkte uns Multivitaminsaft in Gläser.

»Was macht deine Schulter?«, erkundigte ich mich.

»Die Schmerzen sind völlig weg«, antwortete Paula und strahlte. »Ich kann noch immer nicht fassen, was du getan hast, Elena!«

Ich hatte bei ihr einen gottähnlichen Status erreicht, nachdem ich ihr die Ursache ihrer beständigen Schulterschmerzen, die sie für Herzbeschwerden gehalten hatte, erklärt hatte. Mit meinen Händen hatte ich den genauen Schmerzpunkt unterhalb ihres linken Schulterblatts erfühlt und vermutet, dass sie einen eingeklemmten oder entzündeten Nerv hätte. Ihr Arzt hatte das bestätigt und ihr mit ein paar Spritzen geholfen und seitdem hielt Paula mich für eine Art Medium mit übersinnlichen Fähigkeiten. Sie glaubte an Geistheilung, Wahrsagerei und sogar an Außerirdische.

»Gestern hat Elena übrigens einen Sehnenschaden bei einem Pferd entdeckt – und zwar ausgerechnet bei Friday«, bemerkte Melike. »Die Tierärztin hat bestätigt, dass es sehr lange dauern wird, bis das ausgeheilt ist und er wohl nie mehr auf Turnieren gehen kann.«

»Oh! Dein Liebling Friday! Das tut mir aber leid!« Paula wusste, dass meine Freundin das Pferd heiß und innig liebte, und tätschelte nun mitfühlend Melikes Hand. »Was passiert jetzt mit dem Pferd?«

»Luke meint, die Besitzer werden es der Versicherung geben«, sagte Melike düster. »Niemand macht sich Arbeit mit einem Pferd, das nie mehr im Sport gehen kann. Deshalb wird es womöglich … geschlachtet.«

»Wahrscheinlich hat er recht.« Paula nickte bekümmert. »Die Menschen haben keinen Respekt vor der Kreatur. Gerade die, die viel Geld haben. Die besorgen sich einfach einen Ersatz.«

Sie begann, Eier in ein Glas zu schlagen, um Rühreier zu machen.

Mir fiel wieder ein, was Luke gestern gesagt hatte, als es um die Ausbildungsmethoden der Pferde gegangen war. *Dass es auch anders geht, zeigt Dad ja wohl immer und überall …*

»Hast du eigentlich Lukes und Joanas richtigen Vater gekannt?«, wollte ich wissen.

»Chad Channing. Natürlich.« Paulas Augen leuchteten auf und sie nickte eifrig. »Ein großartiger Mann! Und ein richtiger Pferdeflüsterer! Als er noch hier war, war richtig Leben in der Bude! Die Leute kamen von überall her, um von ihm mit ihren Pferden geholfen zu kriegen und in den Schulferien gab es Camps für Jugendliche. Das war herrlich!«

»Warum hat er sich von Brenda getrennt?« Melike ließ ihr Sandwich sinken.

Paula hielt inne und zögerte. Schritte knarrten auf der Holztreppe.

»Das ist eine lange und traurige Geschichte«, erwiderte sie mit gesenkter Stimme, ihr Blick wanderte in Richtung Tür. »Aber ich kann sie euch leider nicht erzählen. Das könnte mich meinen Job kosten.«

»Kein Problem«, sagte ich schnell, bevor Melike weiterbohren konnte.

Brenda betrat die Küche, begrüßte uns lächelnd und nahm sich einen Kaffee. Jetzt, wo wir den Namen von Lukes und Joanas Dad kannten, würde es nicht schwer sein, Informationen über ihn im Internet zu finden.

17. Kapitel

Gegen zehn Uhr trafen die ersten Turnierteilnehmer ein. Einige transportierten ihre Pferde mit Pferdehängern, viele kamen aber auch mit großen Trailern, die auf Pick-up-Trucks auflagen. Lkws, wie bei uns in Deutschland, gab es hier überhaupt nicht. Ansonsten war es nicht viel anders als bei den Turnieren, wie wir sie kannten. Aufgeregte junge Reiter und noch aufgeregtere Eltern, wunderbar gepflegte Pferde, Gedränge an der Meldestelle. Weiße Reithosen und Jacketts gab es jedoch ebenso wenig wie Reitkappen. Geritten wurde in Jeans oder Lederchaps, langärmeligen Hemden, Cowboystiefeln und mit einem Hut auf dem Kopf.

Melike und ich liefen genauso herum und meine Freundin erntete Lob und bewundernde Blicke für ihre pinkfarbenen Ferrini-Boots. Jeder schien sich zu kennen, aber uns behandelte man ebenfalls so, als würden wir seit Jahren dazugehören.

An der Meldestelle sprach mich ein sommersprossiges Mädchen an, das höchstens zwölf war, aber so blasiert tat, als sei sie mindestens fünfundzwanzig.

»Du bist die, die Hilda reitet!«, stellte sie mit einem leicht neidischen Unterton fest, nachdem sie die Startliste für die Greener-than-Grass-Klasse gelesen hatte. »Wow! Was musstest du dafür tun?«

Um sie herum standen noch ein paar andere Mädchen, die mich argwöhnisch musterten und wohl versuchten, mich einzuschätzen. Dank meines Pferdes betrachteten sie mich als Konkurrentin!

»Hilda war Lukes Pferd. Er hat sie selbst ausgebildet«, sagte eine andere. »Mit der musst du ja gewinnen! Sie ist einfach toll!«

»Ich glaube nicht, dass ich gewinne«, erwiderte ich. »Ich reite ja erst seit drei Wochen Western. Wegen mir müsst ihr euch echt keine Sorgen machen.«

»Hilda gewinnt sogar mit einem Kartoffelsack im Sattel«, behauptete Miss Sommersprosse und zog verächtlich die Nase kraus. »Ich kann nicht verstehen, dass Luke sie von einer Anfängerin reiten lässt! Stellt euch vor, sie reitet erst seit *drei Wochen* – und dann gleich bei einer Show!«

»Ich reite, seitdem ich laufen kann«, erwiderte ich nun. »Zu Hause in Deutschland reite ich aber Springen.«

»Ach was?« Die Sommersprosse riss die Augen auf und die anderen blöden Hühner kicherten.

»Ich habe Quintano ausgebildet. Das neue Pferd von Brenda.«

Wenn ich geglaubt hatte, bei diesen kleinen arroganten Tussis damit Eindruck zu schinden, dann hatte ich mich getäuscht. Die Welt der Springreiter war den Westernreitern so fremd wie es umgekehrt der Fall war. Sie kicherten, zuckten die Schultern und trollten sich Richtung Show-Arena.

»Blöde Kühe!«, sagte ich auf Deutsch und beschloss in dieser Sekunde, die Prüfung ernst zu nehmen. Ich hatte keine Ahnung gehabt, dass Mainly Mathilda Lukes Pferd gewesen war! Das hatte mir niemand gesagt. Wenn ich genau darüber nachdachte, gab es sehr viel, was man uns verschwieg. Alle waren zwar supernett zu uns, aber trotzdem waren wir außen vor. Fremde, die bald wieder verschwinden würden.

Mittlerweile war ich auch aufgeregt, aber weniger wegen der Show, sondern weil der Zeitpunkt, an dem ich Tim nach drei langen Wochen endlich wiedersehen würde, näher rückte. Noch nie hatte ich ihn so lange nicht gesehen, nicht einmal während der schrecklichen Zeit im vergangenen Winter, nachdem er mit mir Schluss gemacht hatte. Damals waren wir uns wenigstens noch hin und wieder in der Schule über den Weg gelaufen. Seinen Ring trug ich an einer Kette um den Hals, zusammen mit dem herzförmigen Medaillon, das er mir an jenem kalten Tag im Winter, an dem wir uns das erste Mal auf unserer geheimen Trainingswiese geküsst hatten, geschenkt hatte. Außerdem konnte ich kaum erwarten, ihm und Niklas zu erzählen, was Melike und ich vorhin im Internet über den leiblichen Vater von Luke und Joana herausgefunden hatten. Chad Channing reiste durch ganz Amerika und Europa und versuchte, den Leuten seine sanfte Art der Pferdeausbildung und Korrektur von Problempferden zu vermitteln. Es gab zwar eine Menge von solchen selbst ernannten Gurus, aber er schien anders zu sein. Vor allen Dingen hatte er offenbar eine ganz ähnliche Gabe wie ich, die er dazu nutzte, Verspannungen und Blockaden bei Pferden festzustellen, die oft die Ursache dafür waren, dass Pferde unrittig, widersetzlich und krank wurden.

Ich betrat den Stall und fand Melike bei Friday. Sofort

erzählte ich ihr brühwarm, was die sommersprossige Tussi eben gesagt hatte.

»Ich schwör dir, ich tue mein Bestes um zu gewinnen«, sagte ich wild entschlossen. »Nur, um es denen zu zeigen!«

»Hm«, erwiderte Melike nur und kraulte Friday hinter den Ohren.

»Was ist los?«, erkundigte ich mich.

»Ich wünschte, ich könnte ihn mitnehmen«, sagte Melike leise und blickte mich an. »Ehrlich, Elena, ich hab noch nie ein Pferd so gemocht wie diesen süßen Kerl hier. Ich kann den Gedanken nicht ertragen, dass er sterben muss!«

»Ach, Melike!« Ich legte meiner Freundin den Arm um die Schulter und erschrak, als sie ihre Arme um meinen Hals warf und hemmungslos losheulte. Mir fehlten die Worte, so traurig und hilflos hatte ich Melike noch nie erlebt. Egal was passierte, immer fand sie eine Lösung und war schon oft genug mein Fels in der Brandung gewesen.

»Es ist so gemein«, schluchzte sie. »Die blöde Linda hat so ein Pferd überhaupt nicht verdient!«

»He, was hältst du davon, wenn wir ihre Eltern einfach fragen, ob sie dir Friday verkaufen?«, schlug ich vor und hielt Melike fest an mich gedrückt. »Vielleicht haben sie ja ein Herz. Die Kohle von der Versicherung brauchen sie doch gar nicht!«

»Du hast ja gehört, was Paula heute Morgen gesagt hat.« Melike schniefte und fuhr sich mit der Hand über die Augen. »Gerade die Leute, die viel Geld haben, haben keinen Respekt vor dem Tier.«

Es brach mir das Herz, Melike so unglücklich zu sehen.

»Wir können es wenigstens versuchen«, beschwor ich sie. »Mehr als Nein können sie nicht sagen!«

»Aber wenn sie Nein sagen … oh Gott, das überlebe ich nicht!«

Ich drehte mich um, als ich ein leises Surren hinter mir hörte.

»Luke!«, rief ich. »Wo warst du die ganze Zeit!«

Luke war mit seinem elektrischen Rollstuhl, dem »Genny«, unterwegs. Sein Blick fiel auf Melikes verheultes Gesicht.

»Was ist los?«, fragte er und kam näher heran.

»Ach, es ist wegen Friday …« Wieder liefen Tränen über Melikes Wangen. »Er tut mir so leid. Ich wünschte … ich wünschte, ich hätte genug Geld, um ihn zu kaufen!«

Luke starrte sie an.

»Er könnte bei mir in aller Ruhe gesund werden«, fuhr Melike fort und liebkoste die Nase des Wallachs, die er über den Rand seiner Box schob. »Mit sieben Jahren ist er noch so jung.«

»Ist das dein Ernst?«, vergewisserte sich Luke.

»Ja, natürlich!« Melike fuhr herum, ihre Augen blitzten. »Meinst du, ich heul hier aus Spaß rum und erzähl dir Scheiße?«

In Lukes Miene hatte sich etwas verändert.

»Das hätte ich nicht gedacht«, sagte er leise.

»Was hättest du nicht gedacht?«

»Ich … ich hab angenommen, ihr wärt irgendwie … na ja … so zwei verwöhnte Hühner aus Deutschland, die einfach mal ein bisschen Westernreiten wollen, weil sie sich sonst langweilen«, erwiderte er ehrlich.

»Also verwöhnt sind wir ganz sicher nicht«, entgegnete ich. »Meine Eltern haben einen Reiterhof, der vor zwei Jahren fast versteigert worden wäre, weil meine Großeltern so viele Schulden gemacht haben. Bei uns wird gespart, wo es eben geht. Hauptsache, den Pferden geht es gut.«

»Und wenn ich mal extra Geld für Klamotten will, muss ich zu Hause Fenster putzen, bügeln und so einen Kram machen. Das ist ja der Mist!«, ergänzte Melike. »Wenn wir so viel Kohle hätten wie ihr, dann würde ich jetzt meine schwarze Kreditkarte zücken und Friday kaufen! Aber leider hab ich nur ein Sparschwein und keinen Goldesel zu Hause.«

Luke wirkte richtiggehend erschüttert über unsere Geständnisse.

»Was glaubst du, was die für Friday von der Versicherung kriegen?«, fragte Melike.

»Keine Ahnung.« Er zuckte die Achseln. »Fünfundzwanzigtausend Dollar. Vielleicht auch mehr. Ich weiß nicht, wie hoch sie ihn versichert haben.«

Friday schob seine Nase in Melikes Gesicht und schnaubte.

»Hey Süßer«, sagte sie leise. »Scheiß drauf, was Linda und ihre Eltern von mir denken. Ich frag sie einfach, ob sie mir dich verkaufen. Viertausend Euro hab ich gespart. Eigentlich für den Führerschein.«

»Ach, hier seid ihr!« Gloria kam um die Ecke geschossen. »Ihr müsst allmählich mal eure Pferde fertig machen! Elena, du bist 3. und 17. Und Melike …«

»Ich weiß«, unterbrach Melike sie. »Wir haben die Pferde schon geputzt und müssen nur noch satteln.«

»Und abreiten!«, erwiderte Gloria hektisch. »J.J. hat gesagt, ich soll euch helfen. Er ist ja einer der Richter und hat deshalb keine Zeit.«

»Ich helfe euch auch«, sagte Luke.

Wir gingen hinüber in den anderen Stalltrakt.

»Ich wusste gar nicht, dass Hilda dein Pferd ist«, sagte ich zu Luke. »Ein paar Mädchen an der Meldestelle haben es mir vorhin erzählt.«

»Ja, Hilda war eines meiner Turnierpferde.« Luke nickte. »Ich habe sie selbst trainiert, seitdem sie zwei ist. Damals war mein Dad noch hier und ich hab viele Pferde mit ihm zusammen ausgebildet.«

Es war das erste Mal, dass er von seinem Vater redete!

»Paula hat uns heute Morgen erzählt, dass dein Dad eine Art Pferdeflüsterer ist«, wagte ich zu sagen.

»Das ist Unsinn«, erwiderte Luke und hielt seinen Rollstuhl an. »Er ist … einfach ein Pferdemann. Er versteht die Pferde und er respektiert sie. Das ist etwas, was die meisten anderen Leute nicht tun.«

Ich sah ihn an. Luke war plötzlich wie verwandelt. Er trug nicht länger die gleichgültige, etwas überhebliche Miene zur Schau wie sonst. In seinen dunklen Augen flackerten Schmerz und Trauer, Gefühle, die er sonst so sorgfältig vor der Welt verbarg, und ich ahnte, wie sehr er seinen Vater vermisste.

»Die meisten Menschen haben die Pferde nicht verdient«, sagte er mit rauer Stimme. »Das hat mein Dad immer gesagt. Leider hat er es auch zu seinen Kunden gesagt. Er kann es nicht ertragen, wenn Pferde ungerecht behandelt werden, und deshalb hat er dauernd Ärger gehabt. Mom und er haben zum Schluss deswegen nur noch gestritten, vor allen Dingen wegen Chris und seinen Methoden.«

Er verzog das Gesicht und ich hielt innerlich die Luft an. Was war passiert? Wieso war Luke plötzlich so offen zu mir?

»Chris war zuerst nur Moms Trainer«, erklärte er. »Sie sind um die ganze Welt gereist, von einem Turnier zum anderen. Europa, Asien, Australien. Dad hat das eines Tages nicht mehr ausgehalten. Er hat Jo und mich in seinen Pick-up gesetzt und wir sind ein paar Monate lang mit dem Trailer kreuz und quer durchs Land gefahren.«

Ein kurzes Lächeln huschte über sein düsteres Gesicht.

»Das war 'ne coole Zeit! Aber dann tauchte plötzlich die Polizei auf«, fuhr Luke fort. »Mom hat behauptet, Dad hätte uns entführt. Es gab sogar eine Gerichtsverhandlung deswegen und jetzt darf Dad uns nur noch ein paar Stunden im Monat sehen und nur, wenn Mom dabei ist. Darauf haben sie aber beide keine Lust, deshalb haben wir Dad seit zwei Jahren nicht mehr gesehen.«

»Oh Luke, das … das tut mir echt leid«, stammelte ich, völlig überwältigt von diesem Vertrauen, das er mir so unerwartet entgegenbrachte. »Das muss schlimm sein.«

»Elena!«, rief Gloria aufgeregt. »Jetzt beeil dich mal!«

»Ich … ich muss los«, sagte ich zu Luke.

»Klar.« Er zwinkerte mir zu. »Ich bin in der Abreitehalle.«

»Okay. Und … danke, dass du mir das erzählt hast.«

»Ich hab euch beide wohl falsch eingeschätzt«, gab er zu. »Ihr seid echt okay, Melike und du.«

»Danke.« Ich grinste. »Du bist auch okay.«

18. Kapitel

Mit Sugar hatte ich die Pattern ganz ordentlich geritten. Mir waren keine größeren Fehler unterlaufen und ich war immerhin nicht die Letzte, sondern nur die Vorletzte, denn Melike war mit Choco noch etwas schlechter gewesen als ich. Sie hatte beide Spins vermasselt und die langsamen Zirkel fast genauso groß wie die anderen geritten, dafür hatte es natürlich einen enormen Punkteabzug gegeben. Ich vermutete, dass sie wegen Friday total durch den Wind war, denn beim Training war sie besser gewesen als ich.

»Hör zu, Elena«, sagte Luke in der Abreitehalle zu mir, kurz bevor ich mit Hilda an der Reihe war. »Hilda ist ein Profi durch und durch. Sie weiß genau, wann es ernst und wann es nur Training ist. Du kannst mit ihr viel mehr riskieren als vorhin mit Sugar, ohne dass du jemals die Kontrolle verlieren würdest. Also reite mehr Tempo mit ihr in den großen Zirkeln und bei den Run Downs. Das wollen die Richter sehen!«

»Alles klar.« Ich nickte. Meine Nerven flatterten. Und just in diesem Augenblick sah ich ein vertrautes Gesicht zwischen den ganzen Fremden auf der Tribüne. Mein Herz machte einen wilden Satz.

»Da sind Tim und Niklas!«, rief ich Melike zu und winkte den Jungs.

»Du bist als Nächste dran«, erinnerte Gloria mich und zupfte die Startnummer zurecht. »Ihr könnt euch später noch um den Hals fallen.«

»Tim!« Ich winkte wieder und er hob den Daumen als Zeichen dafür, dass er mich gesehen hatte und mir die Daumen drücken würde.

»Elena! Dein Aufruf!« Gloria war kurz davor, durchzudrehen. Sie fuhr Hilda noch einmal mit einem Lappen über die Kruppe, obwohl die Stute ohnehin schon glänzte wie eine Speckschwarte.

»Also los«, sagte Luke zu mir. »Zeig es den blöden Hühnern und gewinn das Ding! Yeeeha!«

»Ich werd's versu…«, begann ich, dann grinste ich breit. »Mach ich!«

Ich atmete tief durch und holte Hilda ans Gebiss, dann ließ ich den Zügel wieder lang.

»Am Start ist jetzt die Nummer 127, Elena Weiland aus Deutschland mit Mainly Mathilda!«, dröhnte die Stimme des Ansagers aus den Lautsprechern und die Leute auf den Tribünen, hauptsächlich Eltern und Geschwister der anderen Teilnehmer, pfiffen und klatschten begeistert. Das galt wohl eher Hilda als mir, aber vielleicht auch der Tatsache, dass Melike und ich dem Turnier ein wenig internationales Flair verliehen.

»Good girl«, sagte ich leise und die Ohren der Stute zuckten aufmerksam nach hinten. »Ready for the show!«

Ich ließ sie in der Schleuse zwischen Abreitehalle und Reitbahn angaloppieren und donnerte in gestrecktem Galopp die Mittellinie hinunter. Der Rollback nach links gelang perfekt und schon jagten wir zurück. Rollback nach rechts kurz vor der Bande, für den Sliding Stop erntete ich wieder Applaus und anerkennende Pfiffe. Die Stute stand zehn Sekunden ganz gelassen da, war aber voll auf mich konzentriert. Beim Spin nach rechts zählte ich mit und brachte Hilda nach vier Drehungen exakt in der Geraden zum Stehen.

»Good girl«, murmelte ich wieder. Viereinhalb Drehungen nach links, sodass ich nun zu den Richtern blickte, die auf ihren Hochstühlen saßen und keine Miene verzogen. Nun folgten die Zirkel auf der linken Hand. Ich dachte an das, was Luke vorhin gesagt hatte, und riskierte alles. In einem wahnwitzigen Tempo flogen wir um den Zirkel, ein leises »Easy!« reichte Hilda, um in einen gemütlichen Lope zu fallen. Für die Beschleunigung genügte es, dass ich die Hand nach vorne schob. Bei X machte sie einen fliegenden Wechsel und wir wiederholten das Manöver auf der rechten Hand. Die *Speed Control,* wie man das Zurücknehmen aus dem schnellen Galopp in den langsamen nannte, klappte spitze. Nun noch ein fliegender Wechsel, ein halber, schneller Zirkel linksherum und dann in vollem Tempo die lange Seite hinunter. Hilda hatte die Ohren flach angelegt, ich spornte sie mit allem, was ich hatte, an. Sechs Meter vor der Bande setzte ich mich tiefer in den Sattel, trat die Steigbügel aus und sagte »Whoa«! Hilda stoppte und schlitterte in einer Sandwolke bis fast ganz an die Bande.

Diesmal galt der Applaus uns beiden! Ich klopfte der Stute dankbar und überglücklich den Hals, nachdem sie fünf Sekunden völlig reglos dagestanden hatte, nickte den Richtern zu und ritt im Schritt hinaus. J.J. grinste mir von seinem Richterstuhl aus zu und hob den Daumen nach oben, Gloria hüpfte an der Tür herum wie ein Flummi und strahlte über das ganze Gesicht.

»Das war ein Score von 202,5 Punkten für Elena Weiland und Mainly Mathilda!«, rief der Ansager und das Publikum klatschte noch lauter.

Als ich aus der Hallentür ritt, erwartete Luke mich dort.

»Hey, das war irre!«, rief er breit grinsend und fuhr neben mir her. »Was für ein Wahnsinns-Score!«

»Das hast du gewonnen!«, jubelte Gloria. »Das holt niemand mehr!«

»Hilda war einfach spitze!« Ich klopfte der Stute atemlos mit beiden Händen den Hals und saß neben dem Richter ab. Dann nahm ich Hilda die Einohrtrense ab und reichte sie dem Richter, der das Bit kontrollierte. Diese Gebisskontrolle war Bestandteil der Prüfung, wer sie vergaß, schied aus.

»Alles klar«, sagte der Richter, ein älterer Herr und klopfte meinem Pferd anerkennend auf die Kuppe. »Du bist äußerst couragiert und präzise geritten. Glückwunsch!«

»Danke!« Ich legte der Stute wieder die Trense an und umarmte sie dankbar. Das sommersprossige Kind ritt auf einem schicken Palomino an mir vorbei und funkelte mich zornig an.

»Drei Wochen!«, schnaubte es. »Dass ich nicht lache!«

»Sie reitet wirklich erst seit drei Wochen im Westernsattel«, sagte Luke zu dem Mädchen.

»Na ja, mit Hilda hätte ich den Score auch geschafft«, erwiderte sie.

»Nie im Leben, Melissa!« Luke grinste spöttisch. »Du hast doch Schiss, so schnell zu galoppieren, das weiß jeder!«

Die Sommersprosse namens Melissa lief rot an, zerrte ihr Pferd herum und ritt davon.

»Komm, gib mir die Zügel«, sagte Luke zu mir. »Dann kannst du deinem Freund Hallo sagen und Melikes Ritt sehen.«

»Danke!« Ich reichte Luke den Zügel. Ein paar Sekunden suchte ich nach den passenden Worten. »Danke, dass ich dein Pferd reiten durfte. Es war einfach … kolossal!«

»Na, hau schon ab! Wir sehen uns gleich zur Siegerehrung.« Er grinste so fröhlich, wie ich ihn nie zuvor gesehen hatte, und kraulte die Stute unter dem Kinn.

Wenig später drängte ich mich durch die Zuschauer auf der Tribüne. Ich fand Tim, Niklas und seine Eltern just in dem Moment, als Melike mit Shiner angekündigt wurde. Ein schneller Kuss von Tim, ein Blick in seine blauen Augen und eine Umarmung – für eine ausgiebigere Begrüßung war keine Zeit.

»Du bist sensationell geritten.« Tim ließ seinen Arm über meiner Schulter liegen und ich schmiegte mich an ihn. »Kaum zu glauben, dass du erst seit drei Wochen Western reitest.«

»Hilda ist ein supererfahrenes Pferd«, relativierte ich mein Können. »Luke, der Sohn von Brenda, hat sie ausbildet und viele Shows mit ihr gewonnen.«

Ich vibrierte vor Aufregung und konnte kaum fassen, dass Tim wirklich hier war! Durch seine Anwesenheit kam mir alles irgendwie plötzlich unwirklich vor, fast wie in einem Film: die Countrymusik, die leise aus den Lautsprechern plätscherte, die Ansagen, die ganz ähnliche und doch komplett andere Atmosphäre dieses Turniers im Vergleich zu den Turnieren, die ich von zu Hause kannte, und die Leute, die völlig selbstverständlich mit Cowboyhüten und in Cowboystiefeln herumliefen.

»Das ist mein Mädchen!«, sagte Niklas stolz, als Melike nun in die Bahn galoppierte. »Wow, sie sieht echt cool aus!«

»Erkläre uns doch mal, um was es geht«, bat Niklas' Vater mich. »Wir sind das erste Mal überhaupt auf einem Westernturnier und absolute Laien.«

Ich kommentierte also die Manöver, die Melike zeigte, erläuterte, worauf es ankam und was die Richter sehen wollten. Mein neu erworbenes Wissen sprudelte nur so aus mir heraus und Tim, Niklas und seine Eltern waren ähnlich fasziniert wie Melike und ich es vor ein paar Wochen gewesen waren.

»Mist!«, rutschte es mir heraus, auch das fachkundige Publikum seufzte kollektiv auf, als Shiner beim zweiten Stopp eine Vierteldrehung zu weit machte und Melike korrigieren musste. »Das gibt einen Punktabzug.«

Bei den großen Zirkeln riskierte Melike nicht so viel wie ich und der Run Down war etwas zu zaghaft, dennoch bekam sie viel Applaus und lächelte zufrieden, als sie im Schritt am langen Zügel hinausritt und uns zuwinkte. Mit einem Score von 144 Punkten hatte sie sich im Vergleich zu ihrem ersten Ritt auf Choco erheblich verbessert!

Tim, Niklas, Herr und Frau Schütze folgten mir nach draußen und meine Freundin vergaß in ihrer Aufregung beinahe, dem Richter das Gebiss ihres Pferdes zu präsentieren. Gloria hielt sie im letzten Moment davon ab, direkt zu Niklas zu laufen.

»Ihr Mädels kostet mich zehn Jahre meines Lebens!«, stöhnte sie, grinste aber gleichzeitig. Sie war riesig stolz auf uns, denn immerhin hatten wir sie – und damit J.J. und die Oaktree-Farm – nicht blamiert.

Melike flog Niklas um den Hals, dann begrüßte sie Tim und Niklas' Eltern.

»Wo ist die große Siegerin?« Luke tauchte auf, Hilda trottete neben seinem Rollstuhl er.

»Oh mein Gott! Hab ich etwa wirklich gewonnen?« Ungläubig starrte ich ihn an und er nickte grinsend.

»Niemand hat deinen Score mehr geknackt. Glückwunsch!«

Ich fiel der Fuchsstute um den Hals und freute mich beinahe mehr als nach meinem ersten Sieg in einem M-Springen. Eilig stellte ich Luke meinen Freunden vor, dann auch Gloria und Chris, der lächelnd über den Abreiteplatz kam und mir ebenfalls gratulierte. Ich schwang mich in Hildas Sattel und wartete, bis die anderen, deren Startnummern ebenfalls aufgerufen worden waren, herangeritten kamen. Im Schritt ritten wir in die Bahn, stellten uns in einer Reihe auf. Direkt vor den Richterstühlen war ein roter Teppich auf den Hallenboden gelegt worden, flankiert von zwei Buchsbäumen in Kübeln. Im Gegensatz zu den Siegerehrungen, an die ich gewöhnt war, begann man hier mit dem Letztplatzierten. Jeder, der aufgerufen wurde, ritt zu dem Richter hin, zog den Hut, bekam eine Schleife und stellte sich dann auf der anderen Seite der Halle auf. Die Drittplatzierte und der Zweite ritten hinter den roten Teppich und ließen zwischen sich Platz – offenbar für mich! Nun war ich an der Reihe und nahm unter großem Applaus von J.J. die blaue Schleife für den ersten Platz in Empfang, dazu bekam ich von Chris einen kleinen silbernen Pokal überreicht.

»Sehr ordentlich gemacht!«, lobte J.J. mich. »Aus dir könnte eine richtig gute Reining-Reiterin werden!«

Ich lächelte stolz und glücklich und lenkte mein Pferd zwischen Melissa, die auf dem dritten Platz gelandet war, und den Zweitplatzierten, einen Jungen, der mir grinsend gratulierte. Melissa nickte mir nur überheblich zu. Eine Siegerehrung im Galopp zu Musik gab es nicht; wir ritten einfach wieder hinaus, nachdem ein paar Fotos gemacht worden waren. Inzwischen waren auch Brenda und Joana gekommen und gratulierten mir. Es stellte sich heraus, dass Brenda und Chris Niklas' Eltern von verschiedenen Turnieren bereits kannten, seine Mutter war ja früher selbst international für die Schweiz geritten.

»Ich dachte, Elena würde ganz verrückt danach sein, meine Pferde zu reiten«, sagte Brenda lachend, »aber sie und Melike wurden gleich am ersten Tag vom Westernvirus befallen!«

Tatsächlich hatte ich Quintano in den letzten Wochen nur noch kurz besucht und hatte prompt ein schlechtes Gewissen.

»Das … das tut mir leid«, stotterte ich. »Ich kann ab morgen wieder …«

»Oh nein, nein, Elena!«, beruhigte Brenda mich. »Ich freue mich, dass euch das Westernreiten so viel Spaß macht und J.J. ist ehrlich gesagt ganz froh, zwei so fleißige Helferinnen zu haben, denn ihm fehlen in diesem Sommer ein paar Leute.«

»Sie hat uns angeboten, heute Nacht im Gästehaus zu übernachten«, sagte Tim zu mir.

»Hey, das ist ja super!« Ich strahlte. »Kommt, dann bringen wir jetzt erst mal die Pferde weg und dann zeigen wir euch alles. Die Oaktree-Farm ist wirklich der absolute Hammer!«

»Eigentlich kennen wir uns hier ja schon richtig gut aus, nicht wahr, Tim?«, meinte Niklas belustigt. »Wenn Elena dir nur halb so viele Fotos und Videos geschickt hat wie Melike mir, dann …«

»Hey, wenn du dich beschwerst, gibt's ab sofort keine Fotos mehr!« Melike drohte ihrem Freund grinsend mit dem Zeigefinger. »Wisst ihr eigentlich, was das für eine Arbeit ist, dauernd Fotos zu machen?«

»War doch nur ein Scherz.« Niklas legte den Arm um sie. »Es ist super.«

»Das finde ich auch.« Tim nickte. »Für mich ist es irgendwie fast so, als wäre ich schon mal hier gewesen.«

Begleitet von Tim, Niklas und seinen Eltern führten Melike und ich unsere Pferde hinüber in den Stall. Jeder, der uns begegnete, gratulierte mir zum Sieg und Melike zu ihren guten Ritten.

»Ich komme mir vor, als hätte ich die Weltmeisterschaften gewonnen«, sagte ich leicht benommen.

»So sind die Amis«, meinte Niklas. »Überschwänglich herzlich, aber eigentlich total oberflächlich. Sobald man weg ist, haben sie einen vergessen.«

»Na, das kannst du aber so nicht sagen«, bemerkte sein Vater tadelnd.

»Ach, mir ist's lieber, die Leute sind oberflächlich nett als nachhaltig blöd, solange ich da bin«, erwiderte Melike und grinste. »So wie Hugh und Brody.«

Wir sattelten ab und schleppten die schweren Sättel und die Kandaren in den Tack-Room, dann spritzten wir die Beine ab und brachten Hilda und Shiner in ihre

Boxen. Die blaue Schleife heftete ich an Hildas Namensschild.

Luke und Joana waren mitgekommen und beantworteten Niklas' und ihren Eltern alle möglichen Fragen. Als wir die vordere Stallgasse entlanggingen, fiel mein Blick im Vorbeigehen auf Smart Little Peppy, den hübschen jungen Wallach, der heute Morgen nicht in seiner Box gewesen war. Er stand mit hängendem Kopf in der hintersten Ecke und starrte apathisch vor sich hin.

»Peppy!«, rief ich leise. Das Pferd, das sonst immer neugierig den Kopf über die Boxentür streckte und fröhlich wieherte, wenn jemand vorbeiging, reagierte kaum.

»Mit ihm stimmt irgendetwas nicht«, sagte ich besorgt zu Luke, der neben mir angehalten hatte. »Vielleicht ist er krank! Das sollten wir Hugh sagen.«

Luke wirkte plötzlich wieder angespannt, er presste die Lippen zu einem schmalen Strich zusammen. Ich sah den Blick, den er mit seiner Schwester wechselte, und das warnende Kopfschütteln.

»Ich mach das«, sagte Joana schnell. »Kümmert ihr euch um eure Leute. Wir sehen uns später.«

Und schon lief sie davon.

»Was war das denn?«, fragte ich Luke.

»Nichts.« Er zwang sich zu einem Lächeln und rollte weiter. »Joana sagt Hugh Bescheid.«

»Was ist mit Peppy? Luke, warte! Was verschweigst du mir?«

Pat und Jamie kamen die Stallgasse mit zwei Pferden am Halfter entlang.

»Nicht jetzt!«, knurrte Luke.

Die beiden Bereiter gratulierten mir zu meinem Sieg und

gingen weiter. Vorne an der Ecke warteten die anderen auf uns.

»Wo ist denn das Pferd, von dem du mir so viel vorgeschwärmt hast?«, erkundigte sich Niklas gerade bei Melike. »Das würde ich jetzt ja gerne mal in echt sehen.«

Meine Freundin zögerte keine Sekunde. »Friday steht in einem anderen Stalltrakt«, behauptete sie, obwohl sich seine Box nur eine Stallgasse weiter hinten befand. »Ich hab einen Riesendurst! Und Hunger hab ich auch. Wollen wir nicht was essen gehen?«

»Gute Idee!«, stimmte ich meiner Freundin rasch zu und zischte ihr ins Ohr: »Wieso zeigst du ihm Friday nicht?«

»Lindas Eltern sind gerade mit irgendwelchen Leuten bei ihm«, flüsterte Melike zurück. »Kannst du mit den anderen schon mal rausgehen?«

»Was hast du vor?«

»Sag ich dir später«, erwiderte sie. »Bitte, Elena!«

Na toll! Schon die zweite heute, die mich vertröstete! Was war hier eigentlich los?

Melike behauptete, sie müsse noch schnell aufs Klo, und ich führte die anderen hinaus auf den Hof. Zwischen den Reithallen und den Stallungen waren unter weißen Sonnenschirmen Tische und Bänke aufgebaut worden, am Stand des Caterers gab es Getränke und Essen.

Niklas' Vater holte Getränke, Pastrami-Sandwiches und leckere Thunfisch-Wraps. Es war sehr warm geworden, die Sonne brannte vom wolkenlosen Himmel und ich zog das langärmelige Hemd, das in einer Reiningprüfung Vorschrift war, aus. Brenda und Chris saßen bei uns, Joana war zurückgekommen – aber Luke fehlte.

»Meine Eltern haben die Kinder für nächste Woche in ihr Strandhaus nach Cape Cod eingeladen«, hörte ich Brenda zu Niklas' Eltern sagen. »Nur auf der Farm zu sein, wird auf Dauer ja auch langweilig.«

»Wusstest du das?«, fragte ich Joana überrascht.

»Das Erste, was ich höre«, erwiderte sie ohne große Begeisterung. »Aber es ist cool. Meine Großeltern haben ein Haus direkt am Strand.«

Alles andere hätte mich gewundert. Wer eine solche Megawohnung in der Park Avenue in New York besaß, wohnte sicherlich nicht in einem Wohnwagen.

»Was habt ihr für Pläne?«, fragte Joana die Jungs.

»Nichts Bestimmtes«, erwiderte Niklas. »In Boston gibt's viel zu sehen, mein Bruder studiert in Cambridge, da werden wir sicher mal hinfahren.«

»Ich war noch nie in Amerika«, sagte Tim. »Wenn's klappt, wollten wir nach Plymouth und vielleicht nach New York.«

»Cape Cod klingt allerdings auch nett.« Niklas grinste.

»Dann fahrt doch mit!«, schlug Joana vor. »Meine Großeltern haben riesig viel Platz und sogar ein Boot. Man kann nach Martha's Vineyard oder Nantucket rübersegeln oder am Strand surfen, Jetski fahren oder einfach faul in der Sonne liegen.«

Das klang für mich extrem langweilig, aber Niklas und Tim schienen sich für den Gedanken zu erwärmen.

»Was ist mit Luke?«, erkundigte ich mich.

»Ich glaube nicht, dass er mitfahren will.« Joana seufzte und legte das Sandwich, von dem sie höchstens 5 Quadratzentimeter gegessen hatte, auf den Teller zurück. »Seit dem Unfall hat er keine Lust mehr, am Meer zu sein.«

Kein Wunder! Er konnte wohl kaum segeln, Jetski fahren oder mit dem Rollstuhl am Strand herumfahren.

Lindas Eltern verließen den Stall. Mr Pressler sagte etwas zu seiner Frau, die nur den Kopf schüttelte und ihre Sonnenbrille aufsetzte. Die beiden überquerten den Hof und verschwanden in der Reithalle. Hatte Melike mit ihnen gesprochen?

»Entschuldigt mich bitte kurz«, sagte ich und zwängte mich aus der Bank. »Ich schaue mal, wo Melike bleibt.«

Ich hatte plötzlich ein ungutes Gefühl. Irgendetwas musste schiefgelaufen sein. Ganz sicher hatte meine Freundin Lindas Eltern gefragt, ob sie ihr Friday verkaufen würden, und hatte eine Abfuhr bekommen. Wieso hatte ich mich bloß von ihr wegschicken lassen?

Ich lief zum Stall.

»Elena, warte!«

Ich drehte mich um und sah, dass Niklas mir folgte. Er holte mich an der Stalltür ein.

»Was läuft hier eigentlich?«, wollte er von mir wissen. »Melike schwärmt mir drei Wochen lang von diesem Friday vor, schickt mir Fotos ohne Ende und jetzt …«

»Friday hat eine Sehnenverletzung«, unterbrach ich ihn. »Ich hab das mehr aus Zufall bemerkt und die Tierärztin hat es bestätigt. Der Fesselträger und die oberflächliche Beugesehne sind beschädigt. Ist echt eine üble Sache, sie meinte, er wird nie mehr Turniere gehen können.«

»Oh!« Niklas runzelte die Stirn. »Wieso hat Melike mir das nicht gesagt?«

»Sie ist fix und fertig deswegen«, erwiderte ich. »Die Besitzer von Friday haben Kohle ohne Ende. Sie werden Friday der Versicherung melden, die Prämie kassieren und ihrer arroganten Tochter das nächste Pferd kaufen. Was eine Versicherung mit einem platten siebenjährigen Wallach macht, kannst du dir ja vorstellen.«

»Ach, verdammt! Das tut mir echt leid«, sagte Niklas betroffen. »Komm, wir schauen nach Melike.«

Lange mussten wir nicht suchen, wir fanden sie in Fridays Box. Sie hatte ihre Arme um den Hals des Wallachs geschlungen und schluchzte in seine Mähne.

»Melike!«, flüsterte ich. »Du hast sie gefragt, oder?«

Meine Freundin wandte sich um. Ihr Gesicht war tränennass.

»Ja, hab ich«, erwiderte sie unglücklich. »Lindas Vater sagte, Friday hätte ihn $ 95.000 gekostet und von der Versicherung würde er immerhin noch 50 Prozent des Kaufpreises bekommen. Ich … ich hab ihn gefragt, ob er sich vorstellen könnte, was die Versicherung mit einem sportuntauglichen Wallach mit Sehnenschaden wohl macht und ob er wohl noch ruhig schlafen könnte, wenn er das diesem Pferd antut.«

Sie schluchzte. Friday rieb seine Nase an ihrer Schulter.

»Er … er sagte, er sei Geschäftsmann und nicht deshalb so erfolgreich, weil er teuer ein- und billig verkaufen würde! Da hab ich ihm vorgeworfen, er sei herzlos.«

»Oh Gott!«

»Daraufhin hat er gesagt, ich solle ihm ein Angebot machen.« Melike fuhr sich mit dem Ärmel ihrer weißen Bluse über die Augen und verschmierte ihre Wimperntusche. »Das hab ich dann auch getan. Aber er hat mich nur *ausgelacht!*«

»Was hast du ihm denn geboten?«, erkundigte sich Niklas.

»Fünftausend Dollar.« Melike verzog das Gesicht. »Das ist umgerechnet ungefähr das, was ich für meinen Führerschein gespart habe. Für einen Moment habe ich geglaubt, er würde Ja sagen. Aber … aber er hat nur den Kopf geschüttelt und gemeint, wenn ich zwanzigtausend drauflege, könnte ich ihn haben.«

»Der spinnt ja wohl!« Ich war empört. »Das Pferd ist total platt!«

»Melike.« Niklas legte den Kopf schräg. »So, wie ich dich kenne, ist die Geschichte noch nicht ganz zu Ende, oder?«

»Stimmt.« Sie lächelte zittrig, dann stieß sie einen tiefen Seufzer aus. »Ich hab ihm gesagt, dass ich das Geld zusammenkriege. Wenn ich bis nächste Woche Freitag eine Anzahlung gemacht habe, gehört Friday mir. Wenn nicht, wird er … weggebracht.«

19. Kapitel

»25.000 Dollar sind etwa 19.000 Euro«, rechnete Tim. »Dazu kommt noch der Transport mit dem Flugzeug von Amerika nach Deutschland. Das ist Wahnsinn!«

Wir saßen im Tack-Room und hielten eine Krisensitzung ab.

»Oh mein Gott, was hab ich nur getan!« Melike verbarg ihr Gesicht in den Händen. »Wie soll ich bloß das Geld zusammenkriegen?«

»Juristisch gesehen ist so ein Geschäft ohnehin unwirksam«, wandte Niklas ein. »Du bist erst sechzehn, also nur beschränkt geschäftsfähig. Wenn du ein Pferd kaufst, müssen deine Eltern zustimmen.«

»Meine Eltern würden vielleicht sogar zustimmen, aber wir haben das Geld leider nicht«, sagte Melike dumpf.

»Ich kann vierzehntausend Euro dazugeben«, bot ich an. »Die Provision für Quintano.«

»Echt? Würdest du das tun?« Melike hob den Kopf und blickte mich aus geröteten Augen hoffnungsvoll an.

»Natürlich! Ich bin doch deine Freundin!«

»Melike, ich verstehe, dass du das Pferd magst«, wandte Niklas nun vorsichtig ein. »Aber das Pferd ist pla… äh … ziemlich krank! Du weißt gar nicht, ob es jemals wieder reitbar sein wird. Und wenn ich alles richtig verstanden habe, dann bist du überhaupt noch nie auf ihm geritten.«

»Ich weiß, ich weiß!« Melike hob die Hände und nickte. »Es ist totaler Wahnsinn und eigentlich gar nicht meine Art! Aber trotzdem ... Ich will nicht, dass Friday geschlachtet wird.«

Es klopfte an der angelehnten Tür.

»Come in!«, rief ich. Luke stieß die Tür auf und rollte herein.

»Oh!« Sein Blick fiel auf Melikes verweintes Gesicht. »Ich will nicht stören.«

»Nein, komm nur rein.« Melike lächelte schief. »Vielleicht weißt du einen Rat.«

»Einen Rat? Wozu?« Luke schaute von Melike zu mir, dann zu Niklas und Tim.

»Melike hat gerade eben ein Pferd namens Friday so gut wie gekauft«, erklärte Niklas. »Für 25.000 Dollar. Und jetzt überlegen wir, wie sie das Geld zusammenkriegt.«

»Was bedeutet ›so gut wie gekauft‹?«, erkundigte sich Luke.

Niklas erzählte ihm in knappen Worten, was geschehen war.

»Das hast du wirklich getan?« Lukes Augen wurden groß wie Vierteldollarstücke. »Melike, du bist echt unglaublich!«

»Unglaublich bescheuert«, murmelte meine Freundin und ließ den Kopf hängen. »Ich weiß.«

»Wenn Friday wieder gesund wird«, sagte ich, »ist er ein tolles Pferd. Und er ist erst sieben!«

»*Wenn* er wieder gesund wird«, gab Tim zu bedenken.

»Vor allen Dingen wäre es wichtig zu wissen, warum

er diesen Sehnenschaden hat«, fand Niklas. »Bei einem Springpferd ist es klar – das Landen nach dem Sprung, eine schnelle Wendung bei schlechtem Boden, aber ein Westernpferd?«

»Du hast doch eben gesehen, was ein Westernpferd aushalten muss«, antwortete ich. »Spins, Stops, Rollbacks, das ist ganz ähnlich wie beim Springen. Wahrscheinlich hat Fridays Besitzerin das viel zu viel mit ihm gemacht.«

»Hört auf!«, rief Melike. »Bitte! Ich weiß, dass es nicht vernünftig ist, aber darum geht es doch gar nicht. Ich mag das Pferd und es wäre mir auch egal, wenn ich nur noch mit ihm spazieren gehen oder im Gelände Schritt reiten könnte.«

Niklas und Tim sahen sich an und zuckten die Schultern.

»Es mag zwar verrückt sein, so viel Geld für ein Pferd auszugeben, was wohl nie mehr im Sport gehen kann«, begann Luke und hob die Hand, als Melike ihm ins Wort fallen wollte. »Aber ich kann dich verstehen. Vielleicht kann man es sehr viel günstiger der Versicherung abkaufen.«

»Meinst du?« Melike schniefte. »Aber warum sollten sie das tun?«

»Weil sie dann immerhin noch mehr Geld kriegen als vom Schlachter«, entgegnete Luke nüchtern.

Meine Freundin begann wieder zu schluchzen, Niklas nahm sie tröstend in die Arme. Die Tür ging auf. Ausgerechnet Linda kam herein, blickte in die Runde und hob die gezupften Augenbrauen.

»Ist jemand gestorben?«, erkundigte sie sich.

»Noch nicht«, erwiderte Luke.

»Ach, es geht um mein Pferd.« Sie musterte Melike kühl, fast mitleidig. »Meine Eltern haben mir erzählt, dass du ihn kaufen willst. Also, wenn du meinen Rat möchtest: Lass es lieber. Kauf dir ein gesundes Pferd.«

Ich war fassungslos. Friday war fünf Jahre lang ihr Pferd gewesen! Wie konnte sie derart herzlos sein?

»Ist es dir so egal, was mit Friday passiert?«, fragte ich sie.

»Natürlich tut es mir irgendwie leid.« Linda zuckte die Achseln. »Aber ich will nun mal Turniere reiten und die Meisterschaften im Oktober gewinnen. Dafür trainiere ich hart und dazu brauche ich ein gesundes Pferd. Außerdem ist der Sehnenschaden gar nicht so schlimm wie Dr. Kline behauptet hat. Wir haben die Ultraschallbilder einem anderen Tierarzt gezeigt und der hat gesagt, wenn Friday ein paar Monate Ruhe bekommt, kann er wieder geritten werden.«

Sie deutete auf den Sattel, an dem Tim lehnte.

»Entschuldigung, das ist mein Sattel. Den brauche ich jetzt.«

»Das ist Fridays Sattel«, stellte ich fest.

»Richtig.« Linda zog den Sattel von der Halterung. »Melissa will das Pferd ausprobieren. Sie war schon immer scharf auf Friday, jetzt ist er ja billiger geworden.«

Ich schnappte empört nach Luft. Ausgerechnet Melissa, diese sommersprossige, ehrgeizige Ziege, wollte das Pferd, an dem Melike so sehr hing, haben? Bei ihr würde Friday wohl kaum die Zeit bekommen, die er brauchte, um seine Verletzung auszukurieren!

»Die lassen jemanden Friday ausprobieren!«, sagte ich auf Deutsch. »Das glaube ich ja nicht!«

»Es ist ihr Pferd«, antwortete Niklas, ebenfalls auf Deutsch. »Kommt, lasst uns hier verschwinden.«

Er zog Melike mit, Tim, Luke und ich folgten ihnen.

Stumm gingen wir an Friday vorbei, der bereits am Putzplatz angebunden war und schicksalsergeben darauf wartete, gesattelt zu werden. Melissa und ihre Eltern standen zusammen mit Lindas Eltern daneben. Sie würdigten uns keines Blickes. Ich zitterte innerlich vor Zorn über so viel Gleichgültigkeit und Geldgier. Vor der Stalltür machte ich kehrt.

»Elena!«, rief Tim, aber ich hörte nicht auf ihn, sondern marschierte zurück in die Putzhalle.

»Melissa«, sprach ich die Sommersprosse an. »Dieses Pferd ist krank! Es hat einen Sehnenschaden und Schmerzen bei jedem Schritt. Du kannst es jetzt nicht reiten!«

Fünf Leute blickten mich an, Melissa und ihre Eltern ungläubig, die Presslers wütend.

»Was fällt dir ein?«, fuhr mich Lindas Vater, den ich bis dahin für ziemlich nett gehalten hatte, verärgert an. »Rede doch nicht so einen Unsinn! Wenn das Pferd Schmerzen hätte, würde es lahm gehen und das tut es nicht!«

Er hatte recht! Friday ging nicht lahm, aber auf den Ultraschallbildern waren erhebliche Schäden an der Sehne zu sehen gewesen. Die Puzzlestücke, die bis dahin irgendwo in meinem Kopf herumgeschwirrt waren, setzten sich zu einem ganzen Bild zusammen und ich begriff ganz plötzlich, was hier los war. Ich erinnerte mich daran, wie höflich aber bestimmt man uns aus der Futterkammer geschickt hatte, wenn die Kraftfutterrationen für die Pferde zubereitet wurden. Wir hatten zwar häufig beim Heufüttern, beim Ausmisten, satteln und putzen helfen dürfen, aber nie bei der eigentlichen Fütterung – weder morgens noch abends! Und jetzt verstand ich auch, warum das so war. Bei uns zu Hause bereitete meine Mutter das Futter für unsere Pferde immer vor und wenn ein Pferd Medikamente brauchte, mischte sie sie unter das Futter. Es gab Tabletten und Pulver, harmlose Vitamin- und Aufbaupräparate, aber auch stärkere Präparate wie Anabolika zum Muskelaufbau, Entzündungshemmer oder Schmerzmittel. Sie zu verwenden war erlaubt und kein Problem, solange man nicht auf ein Turnier ging, wo die Gabe der Medikamente als verbotene Medikation oder Doping untersagt war. Aber natürlich konnte man auch gerade Schmerzmittel aus anderen Gründen verabreichen, nämlich dazu, ein krankes Pferd lahmfrei zu machen! Ein sehr geläufiges Mittel hieß in Deutschland Equipalazone mit dem Wirkstoff Butazolidin und das fand auch in Amerika Verwendung.

Melissa und die Erwachsenen hatten mir wieder den Rücken zugewandt. Linda warf Friday den Sattel auf den Rücken.

»Wenn ein Pferd Butazolidin bekommt, lahmt es nicht mehr«, sagte ich laut. Mr Pressler fuhr herum und ergriff mich unsanft am Oberarm.

»Pass auf, was du da sagst, Mädchen«, knurrte er böse. »Und jetzt verschwinde hier, bevor ich richtig sauer werde!«

Er ließ mich los und ich rieb meinen Arm, auf dem seine Finger helle Abdrücke hinterlassen hatten.

»Hoffentlich trifft dich der Schlag, du geldgieriger Mistkerl!«, erwiderte ich auf Deutsch und zwang mich zu einem Lächeln. »Und deine blöde Tochter gleich dazu.«

Ich drehte mich um, bog in die breite Stallgasse ein und stieß fast gegen Lukes Rollstuhl.

»Hast du das mitgekriegt?«, fragte ich ihn empört.

»Ja.« Er nickte. »Damit hast du dir Bob Pressler nicht

gerade zum Freund gemacht, aber ich fürchte, du hast recht.«

»Womit?«

»Friday kriegt regelmäßig Schmerzmittel, genauso, wie einige andere Pferde hier im Stall auch«, gestand er.

Ich dachte kurz nach.

»Lass uns den Butazolidin-Vorrat aus der Futterkammer klauen«, schlug ich vor. »Du passt auf, dass keiner kommt, ich gehe rein und nehme das Zeug aus dem Medikamentenschrank!«

»Das hat keinen Sinn.« Luke schüttelte den Kopf. »Debbie Kline wird sofort Nachschub bringen, außerdem haben sie genug Vorräte. Lass uns besser aus dem Stall verschwinden und woanders reden.«

»Wieso?«

»Wegen der Kameras.«

»Was für Kameras?«, fragte ich verblüfft.

»Es gibt hier überall welche«, erwiderte er und rollte los. »Hier wird alles überwacht. Sie sind winzig klein, man sieht sie nur, wenn man weiß, wo sie angebracht sind.«

»Aber warum gibt es Kameras?« Fassungslos lief ich hinter ihm her.

»Offiziell wegen der wertvollen Pferde.« Luke hatte die Stalltür erreicht. »Aber eigentlich deshalb, damit sie genau wissen, wer wo im Stall herumläuft. Ist dir noch nie aufgefallen, dass Hugh Sinclair oder J.J. immer plötzlich irgendwo auftauchen?«

»Doch, schon, aber ich dachte ...«

»Lass dir nichts anmerken«, zischte Luke. »Ich schlage jetzt vor, dass wir einen Ausritt machen. Da können wir dann reden.«

»Okay.« Ich nickte rasch.

Niklas, Tim und Melike saßen wieder bei Niklas' Eltern, Joana und Brenda am Tisch, Chris war weg.

»Ach, da seid ihr ja!« Niklas' Mutter lächelte. »Elena, ihr seid wirklich zu beneiden. So eine schöne Reitanlage, so nette Leute – und dann jetzt noch zwei Wochen Urlaub auf Cape Cod!«

»Ja, das ist wirklich toll.« Ich zwang mich zu einem Lächeln, aber in meinem Innern sah es völlig anders aus. Das Paradies, für das ich die Oaktree-Farm gehalten hatte, war keines, auf jeden Fall keines für Pferde.

»Alles okay?«, fragte Tim mich leise.

»Nein, gar nichts ist okay«, erwiderte ich genauso leise.

»Was haltet ihr davon, wenn wir einen kleinen Ausritt machen?« Luke grinste die Jungs an und machte einen auf fröhlich. »Ihr seid doch sicher noch nie auf einem Westernpferd geritten, oder?«

»Nein!« Tim war sofort begeistert. »Das wäre wirklich cool!«

»Ich hab keine Lust.« Melike saß wie ein Häufchen Elend neben Niklas und starrte in ihren leeren Cola-Becher.

»Doch, hast du!« Ich versetzte ihr unter dem Tisch einen leichten Tritt und sah sie beschwörend an.

»Mom, das ist doch okay, oder?«, wandte Luke sich an seine Mutter.

»Ja, natürlich.« Brenda nickte lächelnd. »Ich zeige Niklas' Eltern in der Zwischenzeit das Gästehaus. Um sieben Uhr wollen wir essen, seid bis dahin bitte wieder zurück.«

Auch Niklas' Eltern waren einverstanden und so zogen wir los. Joana sattelte Hez a fast dude für ihren Bruder und Hollywood Gun für sich, Tim sollte Shiner reiten und Niklas

Arizona, Melike und ich sattelten Choco und Hilda, denen ein ruhiger Ausritt nichts ausmachen würde. Es war witzig, Niklas und Tim beim Satteln ähnlich hilflos zu erleben, wie wir es vor ein paar Wochen gewesen waren. Der Sattelgurt wurde beim Westernsattel völlig anders verschnallt als bei einem Springsattel, auch die Veränderung der Steigbügellänge war eine Wissenschaft für sich. Wir sahen zu, wie Luke auf die Betonrampe rollte, Dude blieb brav daneben stehen und Luke zog sich geschickt vom Rollstuhl in den Sattel, der speziell für ihn angefertigt worden war. Joana schnallte die Beine ihres Bruders mit Klettverschlüssen an den Fendern der Steigbügel fest. Ich demonstrierte Tim und Niklas, wie man aufsaß und gab ihnen ein paar Tipps, wie sie die Zügel halten sollten und wie man ein Westernpferd dazu brachte, loszulaufen und wieder anzuhalten.

»Ihr lernt das ganz schnell«, versicherte Luke den beiden. »Beim Westernreiten gilt das Prinzip der Impulshilfe. Man gibt einen Befehl und das Pferd führt ihn so lange aus, bis ein anderer Befehl kommt. Wollt ihr nach links, legt ihr den Zügel an die rechte Halsseite und umgekehrt. Alles andere erklären wir euch beim Reiten.«

Er hatte es eilig, vom Hof wegzukommen, das merkte ich. Ein paar Minuten später ritten wir den sandigen Weg zwischen der Führmaschine und den Reitplätzen entlang, der zu den Koppeln, der Galoppierbahn, zum Wald und zum Strand führte. Ein Reiter kam uns mit einem goldfarbenen Buckskin entgegen. Es war Brody, der damit beschäftigt war, irgendetwas in sein Smartphone einzutippen.

»Hi«, sagte er zu Luke und Joana und blickte auf. »Wo wollt ihr hin?«

»Runter an den Strand«, entgegnete Joana.

»Na, dann viel Spaß«, wünschte uns Brody und ritt weiter. So viel hatte ich ihn in drei Wochen nicht sprechen hören!

»Idiot«, zischte ich, als er außer Hörweite war. Ich erklärte Tim und Niklas, dass Brody nicht nur der Sohn des Stallmanagers, sondern auch der Freund von Linda Pressler war. »Ein total arroganter Typ!«

»Brody ist ein armes Schwein«, sagte Joana zu meiner Verwunderung, denn ich glaubte zuerst, sie wolle ihn verteidigen. »Es frisst ihn auf, von den ganzen Leuten hier nur wie ein Stallbursche behandelt zu werden. Wahrscheinlich hofft er, dass Linda ihn eines Tages heiratet.«

Sie gluckste belustigt. »Aber das wird niemals passieren!«

»Er guckt uns nach!«, stellte Tim, der sich im Sattel umgedreht hatte, fest.

»Klar. Er will sichergehen, dass wir tatsächlich an den Strand reiten.« Luke lächelte grimmig. »Das hat einen Grund, aber dazu später mehr.«

Wir schlugen den Weg ein, der durch ein kleines Wäldchen zu einem Tor führte. Joana hatte einen Schlüssel dabei. Sie saß ab, schloss auf und nachdem wir hindurchgeritten waren, wieder ab. Vor uns lag eine weite Ebene – Wiesen, durchsetzt von kleinen Wäldchen, die bis zum Fall River Sound reichte. Der Boden wurde sandig, die Pferde schritten durch den Strandhafer und rutschten dann die Düne hinunter. Weder Tim noch ich hatten jemals die Gelegenheit gehabt, an einem Strand zu reiten und wir waren begeistert. Der Fall River Sound war zwar nicht das offene Meer, aber er war so breit, dass man das gegenüberliegende Ufer nur als schmalen bläulichen Strich in der Ferne erkennen konnte. Ohne Scheu platschten die Pferde durch die sanft heranrollende Brandung. Die Möwen kreischten, eine leichte Brise wehte und machte die Hitze des Nachmittags erträglich. Die Sonne glitzerte auf dem dunkelblauen Wasser. Melike hatte keinen Blick für die wunderschöne Aussicht, die sich uns bot. Sie saß stumm im Sattel und starrte nur vor sich hin.

»Wenn man etwa elf Meilen den Strand entlangreitet, ist man am Atlantik!«, rief Luke. »Jungs, seid ihr sicher genug für einen kleinen Galopp?«

»Klar!«, bestätigte Niklas.

»Von mir aus bis zum Meer!«, grinste Tim.

Wir ließen die Pferde angaloppieren und ritten in einem gemütlichen Lope auf dem festen Streifen Sand, den das Wasser bei Ebbe zurückgelassen hatte. Der Wind sang mir in den Ohren und es war einfach herrlich!

Tim, der neben mir hergaloppierte, strahlte mich an, und ich vergaß in diesem Augenblick Friday, Mr Pressler und alles Unerfreuliche und war einfach nur restlos glücklich.

20. Kapitel

Nachdem wir ein ordentliches Stück am Strand entlanggeritten waren, parierten Luke und Joana zum Schritt durch und wir ritten zurück in die Dünen. Der Galopp am Strand hatte Melikes Lebensgeister geweckt, endlich konnte sie sogar wieder lächeln! Ich lenkte mein Pferd neben ihres und erzählte ihr, was ich vorhin zu Lindas Vater gesagt und von Luke wegen der Medikamente erfahren hatte.

»Jetzt hasst Mr Pressler mich wahrscheinlich«, schloss ich. »Aber Melissas Eltern wissen Bescheid, was mit Friday los ist.«

»Sehr gut!« Melike nickte. »Sie sollen sich alle beschissen fühlen, das geschieht ihnen recht.«

»Geht's dir wieder etwas besser?«, erkundigte ich mich.

»Klar.« Melike grinste mir zu. »Jetzt genießen wir die Stunden mit Tim und Niklas und dann sind wir sowieso erst mal auf Cape Cod. Ich mache einen Haken an die Sache mit Friday. Man kann nun mal nicht alle netten Pferde retten.«

Ich wäre jede Wette eingegangen, dass das nicht stimmte. So, wie ich meine beste Freundin kannte, schmiedete sie garantiert irgendeinen Plan. Ganz sicher würde sie mir davon erzählen.

Wir gelangten an ein weiteres Tor und wieder schloss Joana auf und hinter uns ab.

»Wo sind wir hier?«, fragte ich Luke.

»Etwa fünf Meilen nordöstlich von der Farm«, erwiderte er. »Joana und ich werden euch jetzt etwas zeigen. Wir haben es erst letztes Jahr entdeckt und wir sind uns ziemlich sicher, dass weder Mom noch Grandpa etwas davon wissen.«

»Wovon redest du?«, wollte Melike wissen.

»Der Handel mit guten Reiningpferden ist ein Big Business«, erklärte Luke. »Junge Pferde mit guten Abstammungen, die etwas können, bringen Wahnsinnspreise auf Auktionen oder beim Verkauf ins Ausland. Leider nehmen sich nicht alle Ausbilder die Zeit, die ein junges Pferd braucht. Je schneller ein Pferd die Manöver lernt und je sicherer es sie beherrscht, desto früher gibt's Geld. Und es gibt Methoden, wie man ein Pferd schnell *ready to show* macht.«

Seine Miene war finster geworden.

»Die meisten Pferde sind danach traumatisiert«, fuhr Joana fort. »Sie funktionieren zwar, aber nur wie Maschinen. Unser Dad sagt immer, ihre Seelen werden dabei zerstört. Und es ist nicht nur die Psyche, die leidet, sondern auch die Gesundheit. Ein Pferd, das schon als Dreijähriger perfekt spinnen und stoppen kann, hat das alles tausend Mal machen müssen, damit es so perfekt ist. Man spritzt dem Pferd prophylaktisch ein Gemisch aus Kortison und Hyaluronsäure in die Gelenke, aber das nützt nicht viel. Die Bänder und Sehnen werden geschädigt und wenn ein Pferd dann 6 oder 7 ist, ist es meistens schon kaputt.«

»Wie Friday«, sagte Melike.

»Genau. Der war als junges Pferd bei einem Trainer, der

einen echt üblen Ruf hat«, sagte Joana. »Die Leute bezahlen viel Geld für so ein Pferd und dann wollen sie natürlich etwas davon haben. Sie showen es, bis nichts mehr geht. Ist das Pferd platt, kaufen sie das nächste.«

»Das passiert bei Spring- und Dressurpferden leider auch oft genug«, warf Niklas ein. »In Deutschland gibt es im September immer die Bundeschampionate, da dürfen nur die besten jungen Pferde des Landes starten. In den Dressurpferdeprüfungen sind die Pferde gerade mal drei Jahre alt, sehen aber schon aus wie Sechsjährige.«

»Anabolika«, sagte Luke und hielt sein Pferd an.

»Ja, und zu viel Training.« Tim nickte. »Die meisten Pferde, die auf dem Bundeschampionat richtig gut waren, sieht man später nie im Sport. Die haben das psychisch und physisch nicht verkraftet.«

»Genau deshalb reite ich keine Springen mehr«, sagte Joana. »Ich hatte ein tolles Pferd, ein französisches Warmblut. Es hieß Je t'adore, aber bei uns hieß es Jimmy. Mom hatte ihn zweijährig in der Normandie gekauft, zusammen mit Dad ausgebildet und war sehr erfolgreich mit ihm. Er hatte nicht genug drin für die ganz schweren internationalen Turniere, deshalb habe ich ihn bekommen und ich habe sehr viel mit ihm gewonnen. Alles war gut, bis Chris kam.«

Sie verstummte, ihr standen die Tränen in den Augen und ich leistete innerlich Abbitte dafür, dass ich angenommen hatte, sie sei eine wie Linda Pressler, für die nur der Erfolg zählte. Joana waren ihre Pferde alles andere als gleichgültig!

»Chris war der Meinung, Jimmy wäre nicht vorsichtig genug«, übernahm Luke, weil seine Schwester mit den Tränen kämpfte. »Er hat ihn gebarrt und irgendwelches

Zeug auf seine Beine geschmiert, damit er die Stangen nicht mehr berührt. Das Pferd sprang verzweifelt immer höher und höher, aber trotzdem hat er jedes Mal eins gegen die Beine gekriegt. Und eines Tages sprang es gar nicht mehr. Da wurde es dann richtig schlimm. Chris ist ein starker Reiter, er bringt auf dem Pferd echt was fertig. Er hat Jimmy geschlagen, wenn niemand dabei war. Wir haben das alles nicht mitgekriegt, weil wir in der Zeit auf dem Internat und nur an den Wochenenden und in den Ferien zu Hause waren. An einem Tag sollte Joana wieder aufs Turnier fahren, aber Jimmy wollte sich nicht mehr verladen lassen. Chris wurde wütend und holte eine Peitsche. Ich ging dazwischen, weil ich es nicht mehr länger mit ansehen konnte. In dem Moment hat das Pferd sich mit den Beinen in der Longe verheddert, mit der sie es auf den Lkw ziehen wollten. Es hat das Gleichgewicht verloren und ist auf mich draufgefallen. Tja, und seitdem sitze ich im Rollstuhl. Grandpa hat Jimmy erschießen lassen, dabei war er gar nicht schuld. Er hätte lieber Chris erschossen.«

Joana schluchzte auf.

»Oh mein Gott!«, sagte Melike. Wir anderen schwiegen, schockiert und entsetzt. Der nette, hilfsbereite Chris, der seine Hunde liebte und immer freundlich lächelte, sollte so etwas getan haben? Ich konnte es nicht fassen. Viel eher hätte ich das dem ewig schlecht gelaunten Hugh Sinclair zugetraut! So konnte man sich täuschen!

»Aber … aber warum sagt ihr Brenda nichts darüber?«, fragte ich.

»Du hast doch erlebt, wie sie reagiert, wenn ich etwas sage«, entgegnete Luke und lachte unfroh. »Sie lässt nichts auf ihn kommen. Er ist ja nicht nur ihr Mann, sondern auch ihr Trainer. Ohne ihn hätte sie diesen Erfolg sicher nicht.«

Ob er auch Quintano schlug und malträtierte? Nein! Das funktionierte mit einem Pferd wie ihm nicht. Dazu hatte der braune Wallach wohl auch zu viel Qualität. Er war so vorsichtig, dass er wahrscheinlich nie mehr gesprungen wäre, würde ihm jemand mit einer Eisenstange gegen die Beine schlagen!

»Aber euren Großeltern könnt ihr das doch sagen«, fand Melike.

»Die wissen es.« Joana seufzte. »Chris darf ihr Haus nicht betreten und Grandpa kommt nicht mehr hierher, obwohl er die Farm immer sehr geliebt hat. Deshalb hat Chris hier freie Hand. Es gibt niemanden, der ihm etwas verbietet.«

Er ritt wieder los und wir folgten ihm.

»Mitten im Wald gibt es eine Scheune«, sagte er.

»Die kenne ich!«, rief ich. »Man sieht sie von der Rennbahn aus! Aber Sharon hat mir erzählt, es sei nur ein Heu- und Strohlager und im Winter würden dort manchmal ein paar Zuchtstuten untergebracht.«

»Das sollen auch alle glauben«, erwiderte Luke.

»Seitdem wir Einsteller auf der Farm haben, lässt Chris die jungen Pferde nicht mehr in der großen Reithalle ausbilden. Und sie reiten immer ganz früh morgens, wenn alle normalen Menschen noch schlafen«, ergänzte Joana. »Wahrscheinlich hat Chris Angst, dass jemand etwas sehen könnte, was er besser nicht sehen soll.«

Ich erinnerte mich an meinen zweiten Ausritt in Sharons Begleitung, als wir in aller Herrgottsfrühe im Wald Declan und Jamie überholt hatten, deren Pferde völlig verschwitzt waren.

»Deshalb waren Peppy und Apache heute Morgen nicht in ihren Boxen«, kombinierte ich. »Chris hat behauptet, sie seien in der Führmaschine.«

»Und er hatte es ziemlich eilig, uns mit zum Haus zu nehmen«, erinnerte sich Melike.

»Kein Wunder.« Luke nickte.

Das war erst vor knapp zwölf Stunden gewesen! Heute war so viel passiert, dass es mir so vorkam, als sei es schon ein paar Tage her.

Vor uns tauchte die Scheune am See auf, sie war von einem hohen und recht stabil aussehenden Maschendrahtzaun umgeben.

»Wozu braucht man hier einen Zaun?«, wunderte Melike sich.

»Damit niemand das Stroh klaut«, bemerkte Luke sarkastisch.

»Bist du hierher gefahren, wenn du morgens so früh das Haus verlässt?«, fragte ich ihn.

»Hast du mich etwa gesehen?«

»Ja.« Ich nickte. »Zwei Mal. Heute wollten Melike und ich dir folgen, aber du warst schon verschwunden, bis wir draußen waren.«

»Ich komme leider nicht hier rein«, sagte Luke bedauernd. »Mit dem Rollstuhl schaffe ich es nicht bis in den Wald, da sind nur Sandwege. Aber ich verstecke mich und mache Fotos von ihnen, wenn sie mit den Pferden, die kaum noch geradeaus laufen können, zurück zum Stall reiten. Auf meinem Computer sind schon Hunderte von Bildern gespeichert, aber sie schöpfen bislang noch keinen Verdacht.«

»Doch, ich fürchte, das tun sie«, antwortete Melike. »J.J. sagte heute Morgen so etwas wie ›Wie soll ich meine Arbeit machen, wenn der dauernd herumschnüffelt‹ zu Chris und der antwortete, er würde dafür sorgen, dass sie ihre Ruhe hätten.«

Luke blickte Melike verblüfft an.

»Alles klar!« Er schnaubte, eher frustriert als verärgert. »Ich dachte mir schon, dass das der Grund ist, weshalb sie uns zu Grandpa und Grandma abschieben wollen.«

»Was willst du mit den Fotos erreichen?«, fragte Niklas.

»Sobald ich Videomaterial von den Dingen habe, die in dieser Halle passieren, werde ich sie im Internet veröffentlichen.« Luke klang mit einem Mal so hasserfüllt wie neulich, als er mit Chris gesprochen hatte. »Diese brutale Art, mit Pferden umzugehen, muss endlich öffentlich angeprangert werden! Unser Dad bildet auch Pferde aus, aber er lässt sich Zeit! Er lässt den Pferden Zeit! Sie sind eben erst mit vier, fünf oder sechs Jahren *ready to show*, aber dafür haben sie Vertrauen zum Menschen und machen ihren Job gerne! Guckt euch Hilda an, sie ist jetzt zehn und besser denn je! Oder den alten Chex, der ist siebzehn und war noch keinen Tag lahm! Nur – alleine schaffe ich das nicht! Ich sitze in diesem Scheißrollstuhl und komme nicht einmal in die Nähe dieser Halle!«

Ich verstand Lukes hilflosen Zorn und seine Verzweiflung, und Tim tat das auch, das wusste ich. Er hatte selbst so viele Jahre unter seinem Vater gelitten, der ähnlich brutal mit den Pferden umsprang und dazu noch ein lockeres Handgelenk hatte. Einmal, im Stallzelt auf dem Turnier in Heidelberg, hatte Richard Jungblut Tim vor meinen Augen geohrfeigt!

»Ich helfe dir«, sagte ich deshalb.

»Ich auch.« Melike richtete sich im Sattel auf.

»Dann bin ich auch dabei.« Joana lächelte unsicher. »Alleine habe ich mich nicht getraut, morgens in die Halle zu schleichen.«

»Das wäre auch eine sehr dumme Idee«, sagte Niklas, der Vernünftige. »Wieso wollt ihr ein solches Risiko eingehen? Wozu gibt es Webcams? Die kann man in aller Ruhe an einem günstigen Platz in der Halle installieren und dann gemütlich am Computer sitzen und sich anschauen, was da abgeht.«

Ein paar Sekunden sagte keiner von uns etwas, dann hellte sich Lukes grimmige Miene auf und er schlug sich mit der flachen Hand gegen die Stirn.

»Was bin ich nur für ein Trottel!«, rief er und lachte. »Die Idee ist großartig!«

»Und sehr viel ungefährlicher, als wenn ihr morgens in der Dunkelheit durch die Gegend lauft und dann wahrscheinlich doch keine gescheiten Bilder bekommt«, bestätigte Niklas.

»Aber wie wollt ihr die Bilder übertragen?«, fragte Tim kritisch. »Für eine Funkübertragung ist die Scheune viel zu weit vom Haus entfernt.«

»Es gibt einen Funkmast auf dem Grundstück«, mischte sich Joana ein. »Sonst hätten wir hier ja gar keinen Handyempfang.«

»Okay.« Niklas nickte. »Dann brauchen wir eine Infrarotkamera. Die gibt's bei uns in Deutschland komplett mit eigener IP-Adresse, Bewegungsmelder, WLAN, Livestream-Funktion und einer passwortgeschützten Adresse. Alles, was man braucht, ist diese Kamera und ein Laptop mit einem Internetanschluss.«

»Das klingt viel zu kompliziert«, sagte Joana niedergeschlagen und auch ich, die ich geglaubt hatte, es sei damit getan, einfach irgendwo eine Webcam anzubringen, war enttäuscht.

»Nein, das ist es nicht!«, widersprach ihr Bruder. »Aber es gibt ein anderes Problem. Unsere Ställe sind voll mit Kameras, die über WLAN laufen. Wenn da plötzlich eine neue Kamera im System auftaucht, merken die das sofort und werden sie finden. Ich fürchte, wir brauchen so ein Ding mit einer Speicherkarte, die 24 Stunden lang aufzeichnet.«

Die Jungs grübelten und überlegten hin und her, welche Lösung die beste sei.

»Ihr denkt falsch«, sagte Melike plötzlich. »Die Kamera darf überhaupt nicht im Netzwerk der Farm auftauchen. Und deshalb muss der Laptop – der ja eigentlich nur der Router ist – mit einem Stick laufen, der eine Datenflatrate hat. Wie ein Handy. Und dazu lädt man sich die passende App des Kameraherstellers runter und kann alles direkt auf dem Smartphone anschauen und speichern.«

»Klar!«, rief Niklas. »Das ist es! Melike, du bist einfach ein Ass!«

Luke und Joana betrachteten meine Freundin voller Hochachtung, Tim und ich grinsten uns an. Wir erinnerten uns beide daran, wie Melike damals über das Schulnetzwerk einen Gegenfeldzug gegen Ariane gestartet hatte, als diese mich mit einer fiesen Mobbingaktion fertigmachen wollte.

»Da es durch den Funkmast Handyempfang gibt, ist das alles kein Problem.« Melike hatte ganz rote Wangen vor Aufregung. »Wir müssen nur eine Gelegenheit finden, die Kamera anzubringen.«

Wir redeten alle durcheinander, bis Niklas sich Gehör

verschaffte. »Aber wo kriegt man eine solche Kamera her?«, fragte er.

»Bei Radioshack«, erwiderte Luke. »Wir können gleich morgen hinfahren und alles besorgen.«

»Morgen ist Sonntag!«, erinnerte Tim ihn. »Da haben die Geschäfte zu.«

»Hier nicht. Wir sind in Amerika«, grinste Luke. »Die haben auch sonntags auf.«

»Dann ist ja alles klar.« Niklas warf einen Blick auf seine Armbanduhr. »Oh, es ist gleich sieben! Wir müssen zurückreiten.«

»Und dummerweise fahren wir morgen wieder nach Boston«, sagte Tim, enttäuscht, dass er bei der ganzen Aktion nicht dabei sein konnte. Vielleicht machte er sich auch Sorgen um Melike und mich.

»Ach, wir fragen Mom, ob ihr nicht noch ein paar Tage bleiben könnt. Sie hat ganz sicher nichts dagegen«, schlug Joana vor. »Im Gästehaus haben wir Platz genug und dann fahren wir zusammen nach Cape Cod.«

»Genauso machen wir's«, bekräftigte Luke und blickte in die Runde. »Und jetzt im Galopp nach Hause! Yeeeeeha!«

21. Kapitel

Tatsächlich bedurfte es keiner großen Überredungskunst, um Brenda davon zu überzeugen, dass Tim und Niklas für ein paar Tage auf der Oaktree-Farm bleiben durften. Sie war wohl froh zu sehen, wie Luke, der sonst eher maulfaul und mürrisch war, in Gesellschaft der beiden Jungs auftaute, lachte und redete. Und auch Joana war völlig verändert. Die beiden wollten jedes Detail der Geschichte von Fritzis Entführung und der abenteuerlichen Befreiung hören und Tim musste die Narbe an seinem Arm zeigen, wo ihn die Kugel gestreift hatte. Chris und Brenda interessierten sich dafür, wie Tim, Melike und ich heimlich mit Fritzi auf der Waldwiese trainiert hatten, und dann erzählten Melike und ich noch abwechselnd, wie wir damals Lajos für einen Pferdedieb gehalten und uns schrecklich blamiert hatten.

Weil Tim und Niklas keine Klamotten für eine ganze Woche dabeihatten, wurde beschlossen, dass sie am nächsten Tag mit Niklas' Eltern nach Boston fahren, ihre Koffer holen und von Niklas' Bruder Theodor wieder hergefahren werden sollten. Natürlich würde das die ideale Gelegenheit sein, um bei einem Radioshack-Laden die Webcam, das nötige Zubehör und einen Surfstick zu kaufen. Luke besaß einen alten Laptop, den er entbehren konnte.

Das Abendessen verlief so fröhlich und entspannt wie nie zuvor und als ich endlich weit nach Mitternacht im Bett lag und Mama wie jeden Abend die schönsten Fotos des Tages per WhatsApp schickte, war ich richtig glücklich.

Tim und Niklas dürfen noch bis Donnerstag hierbleiben! Ihnen macht Westernreiten auch voll Spaß! Heute sind wir am Strand entlanggaloppiert – voll cool!, schrieb ich. *Nächste Woche fahren wir alle zusammen nach Cape Cod zu Brendas Eltern. Übrigens habe ich heute mit Mainly Mathilda mein erstes Reiningturnier gewonnen!*

Herzlichen Glückwunsch, antwortete Mama innerhalb weniger Sekunden, *tolle Bilder! Schön, dass Tim und Niklas jetzt bei euch sind, liebe Grüße an alle! Papa lässt ausrichten, dass ihr keine Dummheiten machen sollt!* c

»Wir sollen keine Dummheiten machen, schreiben meine Eltern«, sagte ich, als Melike aus dem Badezimmer kam und sich auf ihr Bett warf. »Was meinen sie bloß damit?«

Ich kicherte.

»Als ob wir schon jemals Dummheiten gemacht hätten!« Melike grinste. »Erwachsene definieren diesen Begriff irgendwie anders.«

Wir kuschelten uns in unsere Betten.

»Was für ein Tag!« Ich gähnte und seufzte gleichzeitig. »Nur schade, dass Chris so ein Mistkerl ist. Ich mag ihn eigentlich echt gerne.«

»Ja, es wäre irgendwie einfacher, wenn Hugh das Schwein wäre«, räumte Melike ein und machte das Licht aus. »Aber am Übelsten sind die Presslers! Denen wünsche ich die Pest und die Vogelgrippe gleichzeitig an den Hals! Der arme Friday … Jetzt wird er vielleicht an diese blöde Melissa verhökert.«

»Wohl eher nicht, nachdem ich das mit den Schmerzmitteln gesagt habe.« Ich schauderte bei der Erinnerung daran, wie Bob Pressler mich am Arm gepackt und zornig angefunkelt hatte. Das war sein wahres Gesicht gewesen, nicht das künstliche Dauergrinsen, das er üblicherweise zur Schau trug!

»Kaum jemand hier ist das, was er zu sein vorgibt«, sagte ich in die Dunkelheit.

»Wer ist das schon?«, erwiderte Melike. »Die meisten Menschen sind hinter ihrer netten Fassade völlig anders, als man denkt. Zwischen dem, was sie sagen und dem, was sie tun, liegt ein himmelweiter Unterschied.«

»Das stimmt.« Ich dachte an die Eltern von Ariane Teichert, die immer so scheißfreundlich gewesen waren. Und dann hatten sie von einem Tag auf den anderen ihre Pferde ausgerechnet zu Tims Vater gestellt, obwohl sie genau wussten, dass er Papas Erzfeind war. Oder Jens, der Aknefrosch, der ruppig und miesepetrig war, aber in Wirklichkeit ein Herz aus Gold hatte. »Ich bin echt so was von naiv!«

»Menschenkenntnis bekommt man erst im Laufe des Lebens«, sagte Melike altklug. »Leider muss man jede Menge Enttäuschungen einstecken und allgemein misstrauischer werden. Uuuuaaaahh, bin ich müde!«

Ich wollte etwas erwidern, aber plötzlich fielen mir die Augen zu und ich schlief ein, bevor ich Melike noch eine Gute Nacht wünschen konnte.

Am nächsten Morgen saßen wir um acht Uhr um den Frühstückstisch herum, sogar Luke und Joana waren zu Brendas Freude früh auf den Beinen. Sie hielt ihren Sohn für einen Langschläfer und hatte keine Ahnung, dass Luke oft genug morgens um vier aufstand und das Haus verließ! Nach dem Frühstück brachen Schützes und die beiden Jungs auf, Melike und ich halfen Brenda dabei, die Küche aufzuräumen. Sonntag war der einzige Tag, an dem Paula nicht kam.

»Es freut mich wirklich sehr, dass ihr euch so gut mit Luke und Joana versteht«, sagte Brenda plötzlich. »Es ist für die beiden nicht leicht, hier quasi eingesperrt zu sein. Sie konnten noch nie so leben wie andere junge Leute. Ich vergesse oft, wie langweilig es den beiden hier draußen auf der Farm sein muss. Ganz besonders Luke. Es ist großartig, dass er wieder mehr reitet. Dafür danke ich euch!«

Melike und ich waren für einen Augenblick sprachlos.

»Äh … nichts zu danken«, stotterte ich. »Wir freuen uns, dass wir hier sein dürfen und dass du Tim und Niklas jetzt auch noch eingeladen hast.«

»Es ist ein bisschen wie ein Sommercamp, nicht wahr?« Brenda lachte, aber hinter ihrem Lachen erkannte ich auf einmal so etwas wie Traurigkeit – oder Wehmut. »Früher hatten wir jeden Sommer viele junge Leute hier, dafür haben wir damals das Gästehaus und den Pool gebaut. Es gab Reitkurse und Ausritte und viel Spaß.«

»Das klingt cool!« Melike spülte den Schwamm aus und wischte das Spülbecken mit einem Mikrofasertuch trocken. »Wieso macht ihr das heute nicht mehr?«

»Ach, die Zeiten ändern sich eben.« Brenda zuckte die Schultern. »Seit J.J. hier ist, ist alles viel professioneller geworden.«

Sie sagte nichts mehr zu dem Thema, redete stattdessen über Cape Cod, wie schön es dort sei und wie sehr sich ihre Eltern auf unseren Besuch freuten. Ich wunderte mich insgeheim, dass weder sie noch Chris mich auf den Wortwechsel mit Bob Pressler ansprachen. Hatte der ihnen davon vielleicht gar nichts erzählt?

Auf dem Weg in den Stall fragte ich Luke und Joana danach.

»Natürlich sagen sie nichts«, antwortete Luke.

»Hier wird viel totgeschwiegen«, ergänzte Joana mit einem Anflug von Bitterkeit. »Das habt ihr doch selbst schon gemerkt.«

»Brenda hat eben gesagt, ihr hättet nie ein normales Leben wie andere junge Leute führen können und wärt hier quasi eingesperrt«, sagte ich. »Wie hat sie das gemeint?«

»Moms älterer Bruder wurde entführt, als er zwölf Jahre alt war«, erklärte Luke. »Die Entführer wollten viel Geld von meinem Grandpa erpressen und er wollte es auch bezahlen, aber dann mischte sich die Polizei ein. Alles lief schief und Moms Bruder wurde Wochen später tot aufgefunden.«

»Sie hat höllische Angst davor, einer von uns könnte entführt werden«, sagte Joana. »Deshalb dürfen wir nie irgendwo alleine hin, wie andere in unserem Alter.«

»Und deshalb hat sie auch damals so eine Panik gehabt, als Jo und ich mit Dad unterwegs waren.« Luke grinste schief. »Seitdem hocken wir mehr oder weniger im Käfig, auch wenn's ein goldener Käfig ist.«

Ich schwieg betroffen. Wie sehr hatte ich mich doch von Äußerlichkeiten täuschen lassen! Als Melike und ich hier angekommen waren, hatte ich fest geglaubt, alle Menschen und Tiere auf dieser wunderschönen Farm müssten restlos glücklich und zufrieden sein, aber das komplette Gegenteil war der Fall! Luke und Joana vermissten ihren Dad und waren kreuzunglücklich, und auch Brendas Fröhlichkeit war nur aufgesetzt. Das viele Geld, mit dem sie sich eigentlich ein sorgenfreies Leben leisten konnten, nützte ihnen nichts. Es war für sie kein Segen, sondern ein Fluch.

»Paula hat uns gestern erzählt, dass es hier früher in den Ferien immer Sommercamps gegeben hat«, sagte Melike. »Und mir schien, auch eure Mom würde das vermissen.«

»Es war wirklich ziemlich cool und nicht so öde wie heute. Wir hatten eine Menge Spaß, nicht wahr, Luke?«, erwiderte Joana.

»Das stimmt«, antwortete der. »Aber Chris hat das abgeschafft, nachdem er Dad vergrault hat. Er wollte diesen Kinderzirkus nicht mehr, sagte er, sondern einen richtigen Profibetrieb. Deshalb hat er Hugh und J.J. eingestellt und überall Kameras installiert, damit er alles überwachen kann. Ihm passt es ganz gut in den Kram, dass wir Dad nicht mehr sehen dürfen. Wahrscheinlich hat er Angst, Mom könnte doch eines Tages die Wahrheit erfahren.«

»Ich kann nicht glauben, dass sie nicht weiß, was wirklich passiert ist!« Ich schüttelte den Kopf. »Wie kann sie Chris mehr glauben als dir?«

»Sie denkt, ich würde schlecht von Chris reden, weil er der Grund dafür war, dass sie und Dad sich haben scheiden lassen. Irgendwie ist es ja auch so.«

»Aber deine Großeltern haben doch das Geld! Sie könnten Chris von der Farm werfen!«

»Mom ist ihre einzige Tochter. Und Grandpa würde niemals etwas unternehmen, was ihr wehtut. Vielleicht hofft er heimlich, dass sie eines Tages erkennt, was für ein Schmarotzer Chris in Wirklichkeit ist.«

»Habt ihr Kontakt zu eurem Dad?«, fragte Melike.

»Wir haben seine Handynummer. Manchmal telefonieren wir mit ihm.«

»Und wo lebt er jetzt?«

»Er ist immer unterwegs mit seinem Trailer und seinen beiden Pferden«, sagte Luke. »Momentan hält er Clinics – so nennt man bei uns die Lehrgänge – in Colorado, Kalifornien und Wyoming. Im Winter stellt er seine Pferde auf der Farm von seiner Schwester bei Shrewsbury unter und fliegt nach Europa, um dort Unterricht zu geben. Es ist echt die absolute Ironie, dass ausgerechnet hier mit den Pferden das gemacht wird, wogegen er kämpft!«

»Wir helfen euch, damit das aufhört«, erwiderte Melike ernst. »Solche Pferdeschicksale wie das von Friday darf es einfach nicht geben!«

»Danke.« Luke nickte. »Aber es ist ein Kampf gegen Windmühlen. Es geht einfach um zu viel Geld bei dem ganzen Geschäft.«

»Irgendwo muss man anfangen«, sagte Melike. »Und stellt euch mal vor, die Oaktree-Farm könnte so etwas wie ein Erholungsheim für sportgeschädigte Pferde werden!«

Joana blieb wie angewurzelt stehen.

»Das wäre unser Traum, stimmt's, Luke?«, rief sie begeistert. »Mit einer eigenen Klinik und Reha-Möglichkeiten! Koppeln haben wir hier mehr als genug und gerade Pferde mit Sehnenschäden kann man im Meerwasser perfekt therapieren.«

»Ja, genau so was schwebt uns vor«, bestätigte Luke. »Ein Paradies für gequälte und geschundene Pferde.«

Das schöne sonnige Wetter der vergangenen Tage hatte sich in eine bleierne Hitze verwandelt. Schon um halb zehn morgens war es drückend und schwül, kein Lufthauch regte sich und die Fliegen und Bremsen waren aufdringlich. Die Pferde, die früh morgens auf die Koppel gebracht worden waren, grasten nicht wie sonst weit verteilt auf den großen Wiesen, sondern hatten sich unter die Baumgruppen zurückgezogen. Mensch und Tier spürten das heraufziehende Gewitter.

Im Stall war nichts los. J.J. und Declan ritten in der Halle, Gloria striegelte ein Pferd in der Putzhalle. Sie ließ Striegel und Kardätsche sinken, als sie uns erblickte, und winkte mir und Melike.

»Hier war gestern noch der Teufel los«, erzählte sie mit gesenkter Stimme, obwohl ohnehin niemand verstand, was sie sagte, denn sie sprach Deutsch mit uns. »Bob Pressler hat Hugh und J.J. im Büro angeschrien. Er war stinksauer, als er davon erfahren hat, dass Friday Medikamente bekommt und dass Kaufinteressenten danebengestanden und es ebenfalls mitbekommen haben. Hugh hat behauptet, Linda hätte das schon vor Wochen angeordnet, und daraufhin hat Bob seine Frau zur Schnecke gemacht und die hat geheult. Als sie weg waren, hat Hugh mich ins Büro bestellt und mir eine Standpauke vom Feinsten gehalten. Ich wusste gar nicht, um was es überhaupt geht.«

»Äh, daran bin wohl ich schuld«, sagte ich und erzählte Gloria, was gestern vorgefallen war.

»Sie wollen Friday verkaufen, ohne zu sagen, was mit ihm ist?« Gloria riss ungläubig die Augen auf.

»Auf jeden Fall haben sie das wohl heruntergespielt. Mr Pressler hat behauptet, ein zweiter Tierarzt hätte die Ultraschallbilder gesehen und gesagt, es sei gar nicht so schlimm«, erwiderte ich. »Da bin ich sauer geworden und hab mich eingemischt. Melissa und ihre Eltern waren total erstaunt, ich bin mir sicher, die wussten überhaupt nichts.«

»Kein Wunder, dass Bob so sauer war.« Gloria fuhr damit fort, das Pferd zu striegeln. »Normalerweise kümmert er sich nicht um die Pferde, das ist die Sache seiner Frau.«

»Hast du irgendetwas darüber gehört, was sie jetzt mit Friday vorhaben?«, erkundigte sich Melike vorsichtig.

»Nein, keine Ahnung.«

»Kriegt er noch Tabletten ins Futter?«, fragte ich.

»Was für Tabletten?« Gloria tat so, als wisse sie nichts, aber ihre Ahnungslosigkeit war nicht besonders gut gespielt.

»Uns musst du nichts vorspielen«, sagte ich. »Ich komme selber aus einem Stall und weiß, wie es läuft.«

Gloria war unsicher. Sie zögerte und blickte sich um.

»Er kriegt Schmerzmittel, seitdem ich hier bin«, gestand sie uns dann. »Seit gestern Abend allerdings nicht mehr.«

»Das heißt, zumindest Linda wusste schon, dass mit ihm etwas nicht in Ordnung ist. Bevor ich das gefühlt habe!« Ich schüttelte den Kopf. »Ist ja echt das Letzte!«

»Gerade beim Reining sind die Dopingbestimmungen hier in Amerika längst nicht so streng wie in Europa«, wusste Gloria. »Man kann auch mit einem Pferd, das Medikamente bekommt, aufs Turnier. Die Futterkammern in amerikanischen Ställen sind oft richtige Apotheken.«

»Hier auch?«, fragte Melike.

»Ja.« Gloria seufzte. »Hier leider auch.«

»Kein Wunder also, dass wir nie beim Füttern helfen durften«, sagte Melike. »Nicht zu fassen!«

»Ihr dürft um Himmels willen niemandem sagen, dass ich euch das erzählt habe!«, beschwor Gloria uns. »Ich bin sofort meinen Job los und kriege auch keinen mehr in einem gescheiten Stall.«

»Quatsch! Wir sagen kein Wort«, versprach Melike. »Wem auch? Offenbar wissen es ja alle hier.«

Gloria nickte. »Das ist hier normal. Auch die Besitzer wissen es. Die wollen es ja sogar, damit ihre Pferde laufen und gewinnen.«

»Und wie ist es bei Brendas Pferden?«, wollte ich wissen.

»Da ist es nicht so«, erwiderte Gloria. »Die Springturniere unterliegen dem Reglement der USEF, der *United States Equestrian Federation*. Die haben dieselben superstrengen Dopingbestimmungen wie in Europa, aber die *National Reining Horse Association* und die NTRA, die *National Thoroughbred Racing Association*, also die Rennpferde, leider nicht. Die können jedes Medikament verabreichen, solange es für Pferde zugelassen ist.«

Jamie kam mit drei Pferden von der Führmaschine und grüßte uns, Kaugummi kauend und grinsend wie immer. War er auch ein Pferdeschinder? Mit einem Mal sah ich alles mit anderen Augen, und ich fühlte mich nicht mehr wohl. Die Pferde, die in ihren großen, luftigen Boxen standen und zufrieden Heu kauten, nahm ich als hilflose Opfer wahr. Stammten ihre Muskeln vom Training oder von Anabolika-Spritzen? Waren sie so ruhig und ausgeglichen, weil es ihr Charakter war oder weil sie durch Acepromazin lethargisch gemacht worden waren?

»Bekommen Hilda und Fire auch irgendetwas?«, fragte ich Gloria.

»Nein, die älteren Pferde, die Murrays gehören, kriegen wirklich nur Medikamente, wenn sie sie brauchen.«

Konnte ich ihr das glauben, oder sagte sie das nur, um

mich zu beruhigen? Wem konnte man überhaupt noch irgendetwas glauben?

»Hey, ihr steht ja immer noch hier herum!« Luke kam herangerollt, Dude trottete neben ihm her. »Wir wollen doch ans Meer reiten!«

»Wir beeilen uns«, versicherte Melike ihm und wir machten uns auf den Weg, um Hilda und Shiner zu holen. Eine Viertelstunde später ritten wir über den Hof, gerade als der große, goldene Geländewagen von Mrs Pressler auf den Parkplatz rauschte. Lindas Mutter sprang heraus.

»Elena!«, rief sie und winkte. »Warte bitte!«

Ich zögerte. Wollte sie mich beschimpfen, mir Vorwürfe machen, dass ich ihnen womöglich das Geschäft mit Friday verdorben hatte?

»Einen Moment«, sagte ich zu meinen Freunden und ritt zu ihr hin. Linda stieg an der Beifahrerseite aus und ging an mir vorbei, ohne mich auch nur anzusehen.

»Es tut mir leid, wie Linda sich aufführt«, sagte ihre Mutter und nahm die überdimensionale Sonnenbrille ab. Ihre Augen waren gerötet und geschwollen, als hätte sie geweint. »Ich bin sehr enttäuscht. Friday ist so ein gutes Pferd und es ist ihr völlig gleichgültig, was mit ihm ist. Weißt du, ich wollte als junges Mädchen immer reiten, aber meine Eltern hatten nicht genug Geld, um mir Reitstunden zu bezahlen, geschweige denn ein eigenes Pferd. Ich habe erst mit Mitte zwanzig angefangen zu reiten und ich liebe unsere Pferde.«

Ich sah sie abwartend an und fragte mich, auf was sie hinauswollte.

»Gestern haben mein Mann und ich sehr gestritten wegen Friday«, fuhr sie fort. »Ich war schockiert, als ich hörte, dass Linda die Anordnung gegeben hat, ihm Schmerzmittel zu verabreichen, damit er nicht lahmt und sie ihn weiterreiten kann. Kein krankes Pferd soll geritten werden, das ist meine Meinung. Ich möchte, dass Friday den Sehnenschaden auskuriert und wieder gesund wird, aber Linda will ihn nicht mehr haben, weil er keine Turniere mehr gehen kann. Melissa will ihn natürlich nun auch nicht haben, deshalb wird mein Mann ihn der Versicherung geben. Es tut mir sehr, sehr leid, wirklich. Deine Freundin soll das wissen. Wenn ich könnte, dann würde ich ihn ihr geben, aber leider macht mein Mann eine Entscheidung, wenn er sie einmal getroffen hat, nicht mehr rückgängig.«

»Danke, dass Sie mir das gesagt haben, Mrs Pressler«, antwortete ich. »Mir tut's auch leid. Er hätte es bei Melike gut gehabt und hätte auf dem Hof meiner Eltern eine schöne Box und die beste medizinische Versorgung bekommen.«

Lindas Mutter setzte wieder die Sonnenbrille auf. Sie nickte stumm, klopfte mir aufs Knie und folgte ihrer Tochter in den Stall. Ich war sicher, dass sie weinte. Um ihr Pferd, das Opfer von Geldgier und zu viel Ehrgeiz geworden war.

22. Kapitel

Tim und Niklas trafen gegen fünf Uhr nachmittags ein, kurz nachdem wir von unserem ausgedehnten Ausritt zurückgekehrt waren. Niklas' älterer Bruder Theodor, den ich vorher noch nie gesehen hatte, wollte gleich wieder aufbrechen, denn er hatte am Abend eine Verabredung mit Freunden auf dem Campus seiner Universität in Cambridge. Luke, Joana, Melike und ich begleiteten Tim und Niklas zum Gästehaus.

»Wir haben genau das gekriegt, was wir brauchen«, sagte Niklas und präsentierte uns stolz einen kleinen Karton. »Die winzigste Webcam, die man in ganz Amerika kaufen kann!«

»Macht so ein Mini-Ding denn überhaupt gescheite Aufnahmen?« Melike war skeptisch.

»Dieses Mini-Ding«, dozierte Niklas mit erhobenem Zeigefinger, »hat einen Bewegungsmelder, Weitwinkel, ein Mikrofon und Infrarot, sodass sie auch im Dunkeln oder bei schlechter Beleuchtung perfekte Filmqualität liefert und eine Kameraauflösung von 5 Megapixel.«

»Und hier ist der Surfstick.« Tim wühlte eine in Plastik verschweißte Packung aus seiner Reisetasche. »Mit einer Datenflatrate für nur 9,99 Dollar!«

»Das ist echt cool!« Lukes Augen glänzten. »Ihr seid super! Der Laptop ist auch schon bereit. Jo war heute Nachmittag in der Halle drin und hat den passenden Platz für die Kamera gefunden.«

Vor den Fenstern war es dunkel geworden. Blitze zuckten über den schiefergrauen Himmel und ein gewaltiger Donnerschlag ließ das ganze Haus erbeben. Sekunden später rauschte eine wahre Sintflut nieder.

»Wie? Ihr wart schon in der Halle?«, fragte Niklas.

»Wir mussten alles vorbereiten«, erwiderte Luke. »Morgen ist der einzige Tag, an dem wir gefahrlos die Kamera anbringen können. Montags ist Ruhetag, die Jungs, J.J. und Hugh haben frei und sind dann auch meistens unterwegs. Chris und Mom fahren morgen nach Norwich zu einem Teammeeting, bei dem der neue Cheftrainer vorgestellt wird.«

»Aber was ist mit den Kameras an der Halle?«, wollte Tim besorgt wissen. »Daran haben wir überhaupt nicht gedacht!«

»Doch, natürlich«, antwortete Luke. »Es hat auch ein paar wenige Vorteile, wenn man mit dem Hintern den ganzen Tag im Rollstuhl hockt, denn man befasst sich automatisch mit Dingen, für die man sonst keine Zeit oder Lust hätte. Ich hab schon vor ein paar Monaten Moms Zugangsdaten für das Computernetzwerk der Farm gefunden und kann deshalb jederzeit alle Computer checken, die daran angeschlossen sind. Natürlich auch die Kamerasoftware.«

»Und was hast du gemacht?« Niklas runzelte die Stirn.

»Es gibt zwei Kameras in der Nähe der Scheune – eine direkt an der Stelle, wo man die Rennbahn verlassen kann, und eine zweite über dem Tor der Scheune. Sie deckt den kompletten Vorplatz ab«, sagte Luke. »Heute gab es einen Kameraausfall von dreißig Minuten, und morgen wird von 12:00 bis 14:00 das komplette Kamerasystem ausfallen. Das kann man programmieren, also, ich kann das auf jeden Fall.«

Er grinste zufrieden.

»Ich habe letzte Nacht schon zwei Mini-Systemausfälle simuliert und es klappte einwandfrei. Falls Chris zufällig die Kameras abruft, während sie abgeschaltet sind, wird er die anderen Crashs im Protokoll bemerken und den externen Wartungsdienst informieren, mehr kann nicht passieren.«

Joana räusperte ich. »Ich habe heute den Stromanschluss vorbereitet«, sagte sie. »Und es war gar nicht so leicht, eine Steckdose zu finden, die Saft hat. Wir müssen morgen nur noch die Kamera installieren, den Stick in den Laptop stecken und ausprobieren, ob es funktioniert.«

»Wow, das ist ja super!« Tim grinste.

Joana legte ein Blatt auf den Tisch und lächelte aufgeregt. Ihre Wangen waren gerötet und da war nichts mehr von dem gelangweilten Mädchen, das mit der schwarzen American-Express-Karte die Läden leer kaufte. Sie hatte eine Skizze vom Innern der Scheune angefertigt und erläuterte sie Tim und Niklas.

»Unten ist die Reitbahn, eine Bande oder so gibt es nicht. Obendrüber ist der Heuboden. Das Heu, das da gelagert ist, ist ein paar Jahre alt und völlig verstaubt.« Sie schob sich eine Haarsträhne hinter das Ohr. »Auf den Heuboden führt vom Vorraum aus eine Leiter und am anderen Ende des Bodens gibt es tatsächlich eine Steckdose. Ich habe ein Verlängerungskabel unter das Heu gelegt bis hierher.« Sie deutete auf eine mit einem X gekennzeichnete Stelle. »Das ist ein ziemlich breiter Querbalken und der Laptop muss in einer Papphülle liegen, die zu beiden Seiten offen ist, damit er nicht total einstaubt. Das Kabel habe ich schon hinter dem Balken entlanggeführt. Da oben ist es selbst bei Tageslicht total düster. Es wäre schon ein großer Zufall, wenn das jemand entdeckt.«

»Sehr cool.« Tim nickte bewundernd. »Wir müssen morgen also nur noch den Laptop anschließen und die Kamera anbringen und scharf schalten.«

»Und einen Doppelstecker in die Steckdose stecken.«

»Genau.« Joana nickte. »Der beste Platz für die Kamera ist übrigens am Kopfende der kurzen Seite. Dorthin habe ich auch ein Kabel gelegt, das war durch die Spalten zwischen den Holzdielen kein Problem.«

Luke hatte inzwischen den Laptop hochgefahren, Niklas schloss die Kamera an. Gemeinsam konfigurierten sie die Webcam, luden die in der Bedienungsanleitung der Kamera angegebene App auf Joanas und Lukes Smartphones und machten einen ersten Testlauf.

»Das ist ja total abgefahren!« Niklas strahlte. »Obwohl es hier drin total dunkel ist, sieht man alles einwandfrei.«

»Perfekt!« Die Jungs klatschten sich ab und grinsten wie die Honigkuchenpferde. Sie packten die Geräte wieder in Tims Reisetasche und verstauten diese unter dem Bett. Der Regen hatte nachgelassen und wir gingen hinüber zum Wohnhaus. Brenda hatte eine Riesenpizza und einen großen Salat gemacht und wir stürzten uns heißhungrig auf das Essen. Dabei schmiedeten wir wie verabredet jede Menge fiktiver Pläne für den nächsten Tag.

»Wir sind erst abends wieder zurück«, sagte Brenda besorgt. »Ihr kommt doch klar, oder? Und ihr macht auch nichts Leichtsinniges, ja?«

»Mom, wir sind keine Babys mehr«, erwiderte Joana ungeduldig und verdrehte die Augen. »Außerdem ist Paula da und wird schon dafür sorgen, dass wir nicht verhungern.«

»Niklas und Tim kriegen morgen ein paar Reitstunden.« Luke rieb sich grinsend die Hände. »Ich werde euch zeigen, wie anspruchsvoll das Westernreiten ist!«

»Und vielleicht ist Paula so nett und fährt uns später rüber nach Fall River.« Joana zwinkerte Melike zu. »Damit wir noch etwas shoppen gehen können.«

»Genau!« Melike reagierte wie geplant. »Ich bin noch überhaupt nicht dazu gekommen, Geld in Shopping Malls auszugeben.«

Wir kicherten und lachten, und Brenda und Chris schienen beruhigt zu sein. Gemeinsam räumten wir die Küche auf und setzten uns danach vor den Fernseher, weil Niklas unbedingt die neueste Folge von *Game of Thrones* sehen wollte, eine Fernsehserie, die in Amerika schon viel weiter war als bei uns in Deutschland. Melike und Joana gingen hoch und durchstöberten Joanas Kleiderschrank. Mir war egal, was im Fernsehen lief. Ich kuschelte mich in Tims Arme und war einfach glücklich, bei ihm sein zu können.

In der Nacht hatte es ein weiteres heftiges Gewitter gegeben und ich war ein paarmal aufgewacht, weil die Donnerschläge so laut krachten und der Regen aufs Dach prasselte. Am Morgen war der Himmel hellblau und wolkenlos, das Thermometer war um ein paar Grad gefallen und die Luft war wieder angenehm frisch. Paula hatte das Frühstück fertig, als Melike und ich so spät wie selten zuvor aus den

Federn krochen und nach unten gingen. Tim, Niklas und Luke ließen sich bereits Eier, Speck und süße Pfannkuchen mit Ahornsirup schmecken, Joana löffelte einen Joghurt mit Obstsalat. Sie war ungeschminkt, trug nur ein schwarzes T-Shirt und Jeans und hatte ihr dunkles Haar zu zwei Zöpfen geflochten. Ein bisschen sah sie aus wie Angelina Jolie als Lara Croft! Die Jungs diskutierten die Vor- und Nachteile der verschiedenen Pferde und sprachen über die Unterschiede der englischen und der Westernreitweise. Chris und Brenda verabschiedeten sich um neun Uhr, Brenda umarmte Joana und gab Luke einen Kuss. Sie schien wirklich froh darüber zu sein, ihre Kinder so fröhlich und gelöst zu erleben und irgendwie tat sie mir leid, denn die Fröhlichkeit war nur gespielt. In Wirklichkeit waren Luke und Joana sicherlich genauso angespannt wie Melike und ich und wenn Chris geahnt hätte, was in Tims Reisetasche lag, so hätte er uns sicher im Keller eingesperrt oder wäre überhaupt nicht weggefahren.

»Die Luft ist rein«, verkündete Luke, als der schwarze Chevy Suburban mit knirschenden Reifen über die geschotterte Ausfahrt rollte. »J.J., Jamie, Pat und Declan sind gestern Abend schon abgehauen. Jetzt müssen wir nur noch abwarten, bis Hugh und Brody verschwinden.«

»Paula, kannst du uns ein Picknick für heute Mittag vorbereiten?«, bat Joana die Haushälterin. »Wir wollen zum Meer reiten.«

»Natürlich!« Paula lächelte. »Wie wär's mit gebratenem Hühnchen und Sandwiches? Und als Dessert ein leckerer Rhabarber-Crumble?«

»Das hört sich toll an.« Tim grinste. »Da kriege ich doch auf der Stelle wieder Appetit!«

»In einer Stunde könnt ihr euer Mittagessen abholen.« Paula zwinkerte uns zu. »Ich werde es euch so verpacken, dass es in die Satteltaschen passt.«

Sie lehnte unser Angebot, die Küche aufzuräumen, ab und wir brachen auf in Richtung Stall. Tim und Niklas hatten Kamera, Laptop und Werkzeug in einen Rucksack gepackt.

»Hughs Auto steht noch da«, stellte Melike fest, als wir mit dem Golfcart am Haus des Stallmeisters vorbeifuhren.

»Meistens fährt er erst gegen Mittag weg«, erwiderte Joana und umkurvte ihren Bruder, der mit seinem Genny fast genauso schnell war wie wir. »Sie gehen irgendwo essen und einkaufen und kommen vor der Abendfütterung zurück.«

»Wie viel Stunden Zeit haben wir?«, erkundigte sich Niklas.

»Vier, fünf Stunden«, sagte Joana. »Wir reiten gegen elf Uhr los, holen mit den Pferden das Picknick bei Paula ab. Das kriegt Hugh auf jeden Fall mit und dann denkt er, wir machen wirklich einen Tagesausritt.«

»Was ist mit Garcia, Dee und Walter?«, fragte Melike.

»Die sind kein Risiko.« Joana schüttelte den Kopf. »Zur Scheune raus kommen die nie, sie haben im Stall genug zu tun und damit, die Pferde auf die Koppeln zu bringen.«

Es schien so, als hätten wir tatsächlich an alles gedacht, aber dann tauchte völlig unerwartet doch ein Problem auf, mit dem wir nicht gerechnet hatten.

»Hi!«, begrüßte uns Gloria lächelnd an der Stalltür. »Ich hab schon gehört, dass heute großer Reittag ist! Ich soll euch ein bisschen helfen.«

Luke kam über den Parkplatz gerollt.

»Hey Gloria«, erwiderte Joana. »Wobei willst du uns helfen?«

»Na ja, Pferde satteln, Unterricht geben und so …« Die Praktikantin war eine schlechte Lügnerin.

»Das können wir ziemlich gut alleine.« Joana blieb cool. »Außerdem wollen wir bloß ans Meer reiten.«

»Ach so.« Gloria war verunsichert. »Ich dachte … äh … es hieß, dass …«

Sie brach ab.

»Es hieß – was?« Luke kniff die Augen zusammen. »Hat Chris dir etwa gesagt, du sollst unseren Babysitter spielen?«

Gloria wurde knallrot. Sie senkte den Kopf, zuckte die Schultern und nickte schließlich. Chris war ihr Boss, sie hatte zu tun, was er ihr sagte. Aber wieso hetzte er uns eine Aufpasserin auf den Hals? Hatte er irgendeinen Verdacht geschöpft?

»Ich könnte doch mit euch reiten«, schlug sie den Tränen nahe vor. »Bitte, Luke! Ich krieg sonst Ärger.«

Gloria tat mir leid. Ich mochte sie und ahnte, wie blöd sie sich vorkommen musste.

»Unsere Ausritte sind für Personen über 18 Jahre nicht geeignet«, erwiderte er wütend und kramte sein Handy hervor. »Nimm dir einfach den Tag frei. Immerhin hast du es versucht.«

Ich berührte Glorias Arm, aber sie schüttelte nur den Kopf und sah mich nicht an.

»Kommt«, sagte Joana. »Gehen wir satteln!«

»Mom! Gib mir mal Chris!«, hörte ich Lukes zornige Stimme hinter mir. »Chris, was soll die Scheiße?«

»Macht er Chris dadurch jetzt nicht noch misstrauischer?«, flüsterte ich Joana zu.

»Im Gegenteil!«, erwiderte die. »Chris wäre eher misstrauisch, wenn Luke sich nicht mit ihm streiten würde. Das ist normal.«

Wir holten die Pferde aus ihren Boxen. Als ich Hilda die Stallgasse entlangführte, warf ich einen Blick in Fridays Box. Der hübsche Buckskin-Wallach stand mit gesenktem Kopf da. Er knabberte nicht am Stroh, wie es Pferde normalerweise tun, und entlastete sein linkes Vorderbein. Die Wirkung der Schmerzmittel war offenbar verflogen, nun hatte das arme Pferd schlimme Schmerzen! Hätte Linda damals, als er angefangen hatte zu lahmen, sofort aufgehört ihn zu reiten, wäre es wahrscheinlich überhaupt nicht so dramatisch geworden. Aber sie hatte nur diese blöden Meisterschaften im Kopf und die Gesundheit ihres Pferdes war ihr vollkommen egal gewesen.

Melike machte einen Bogen um die Stallgasse, in der Friday stand, und ich sagte ihr nichts über den Zustand ihres Lieblingspferdes, sonst wäre der Tag heute für sie gelaufen gewesen. Sobald wir zurück waren, konnten wir etwas unternehmen, aber jetzt war die Kamera-Aktion erst mal wichtiger.

Um kurz nach elf ritten wir die Auffahrt hoch zum Haus. Brody hockte in einem Schaukelstuhl auf der Veranda seines Hauses, tippte auf seinem Handy herum und nickte nur missmutig, als wir vorbeiritten. Vor dem großen Haus wartete Paula schon auf der Veranda und half Joana, das sorgfältig verpackte Picknick in den Satteltaschen von Hollywood Gun zu verstauen. Wir lachten und redeten extra laut.

»Habt ihr denn auch etwas zu trinken dabei?«, fragte Paula.

»Klar!« Luke klopfte auf die Satteltaschen hinter seinem Sattel, in der sich neben ein paar Flaschen Wasser auch der Laptop, das Werkzeug und die Kamera befanden. »Wir sind bestens versorgt.«

»Na, dann viel Spaß!« Paula lächelte arglos und wir ritten fröhlich winkend davon.

Anders als am Samstag ritten wir diesmal die lange Auffahrt hoch, genau in die entgegengesetzte Richtung, in der unser eigentliches Ziel lag. Für einen Moment verdrängte ich unser Vorhaben und genoss die herrliche Umgebung, die Pferde auf den weiten, sattgrünen Koppeln hinter endlosen weißen Holzzäunen, die blühenden Büsche und hohen, alten Bäume, die frische Luft und das Knirschen der Pferdehufe auf dem Schotter. Wie schön wäre es gewesen, wenn wir einfach aus Spaß ausgeritten wären – sorglos und guter Laune! Hugh Sinclairs verstaubter Dodge überholte uns kurz vor dem großen Tor. Er ließ das Fenster herunter und brachte es fertig, uns viel Spaß zu wünschen.

Wir bogen nach links ab und ritten einen Hohlweg entlang. An einer Wegkreuzung hielten wir an, Joana und ich tauschten die Pferde und Luke reichte seiner Schwester sein Handy.

»Ist alles klar?«, vergewisserte sich Joana. »Habt ihr den Plan?«

»Wir haben alles im Kopf.« Niklas und Tim nickten.

»Gut. Dann treffen wir uns in anderthalb Stunden am South Shore Beach«, sagte Joana. »Für alle Fälle habe ich die Handynummer von Niklas. Seid vorsichtig, okay?«

»Natürlich! Du auch!« Luke blickte auf seine Armbanduhr. »Also los! Wir haben keine Zeit zu verlieren.«

»Warum trennen wir uns hier?«, fragte ich erstaunt. »Wo reitet Jo hin?«

»An den Strand«, antwortete Luke. »Sie können unsere Handys orten und das tun sie auch regelmäßig.«

»Wie bitte?« Melike war fassungslos.

»Angeblich, weil sie Angst haben, dass wir entführt werden.« Luke lachte grimmig. »Aber wir vermuten eher, Chris will überprüfen, wo wir gerade sind. Er ist ein totaler Kontrollfreak und hat extra eine App auf seinem Handy.«

»Das bedeutet, ihr werdet immer – überwacht?« Ich war erschüttert.

»Mehr oder weniger. Ja.« Luke grinste. »Aber wie du siehst, wissen wir, wie man Big Brother austrickst.«

»Und was machst du, wenn sie jetzt bei dir anrufen?«, fragte Melike.

»Nicht drangehen. Beim Reiten höre ich das Handy nicht.«

Joana hob die Hand zum Gruß und bog nach rechts ab, wir anderen nahmen den linken Weg, der an der Grenze entlang des Zaunes, der das ganze Grundstück der Oaktree-Farm umgab, bis in den Wald führte. Wir galoppierten die ganze Strecke bis zu dem Tor, durch das wir bereits vorgestern geritten waren. Luke reichte mir den Schlüssel, ich saß ab, schloss auf und auch wieder zu, nachdem die anderen hindurchgeritten waren. Niemand von uns sprach. Das Risiko, entdeckt zu werden, war gering, aber es bestand. Zwanzig Minuten später sahen wir die Scheune im Wald zwischen den Baumstämmen auftauchen und umrundeten den See.

Das Sonnenlicht fiel hier und da durch das dichte Laub der Baumkronen und zeichnete goldene Flecken auf den Waldboden. Der See lag still und friedlich da, Vögel zwitscherten in den Bäumen. Mir wurde immer mulmiger, je näher wir der Scheune aus verwitterten grauen Holzplanken kamen. Abweisend wie ein feindlicher Bunker lag sie da, die kleinen Fensterchen schienen uns böse anzustarren. Wir hielten die Pferde an und Luke sah auf die Uhr.

»Okay«, sagte er. »Es ist zehn nach zwölf. Die Kameras sollten jetzt abgeschaltet sein.«

Niklas, Melike und Tim saßen von ihren Pferden ab und reichten Luke und mir die Zügel. Tim zog seinen Rucksack aus der Satteltasche von Lukes Pferd und streifte die Riemen über die Schultern.

»Glaubst du, das meinten deine Eltern mit Unsinn machen?«, fragte Melike mich und grinste angespannt.

»Ich fürchte, ja«, erwiderte ich. Nur mit Mühe unterdrückte ich ein hysterisches Kichern. »Seid bloß vorsichtig!«

»Natürlich!« Tim lächelte mir zu und zog das Halstuch über Mund und Nase. Melike und Niklas taten es ihm nach, dann setzten sie neutrale schwarze Basecaps auf und gingen auf das Tor zu. Ich sah, wie sie es mit dem Schlüssel, den Luke Niklas gegeben hatte, aufschlossen, einen schmalen Spaltbreit öffneten und im düsteren Innern der Scheune verschwanden. Ängstlich blickte ich mich um. Das Herz pochte so heftig in meiner Brust, dass ich glaubte, meinen Herzschlag zu hören, und meine Hände, die sich um die Zügel krampften, waren nass. Wenn man uns erwischte, würde Brenda wahnsinnig sauer und enttäuscht sein und uns sofort nach Hause schicken!

Die Pferde standen völlig still da, hin und wieder

schnaubte eines oder schüttelte sich und ich zuckte jedes Mal erschrocken zusammen, wenn eine Kandare klirrte.

»Wie lange sind sie schon drin?«, flüsterte ich.

»Neun Minuten«, erwiderte Luke und kaute nervös auf seiner Unterlippe. »Verdammt, am liebsten hätte ich das selbst gemacht! Ich ärgere mich, dass ich Jo und euch da mit reinziehen muss.«

»Ich glaube, den Jungs macht es Spaß«, sagte ich leise. »Und Melike ist so wütend wegen Friday, sie würde alles tun, um so was in Zukunft zu verhindern.«

»Ihr seid echt voll in Ordnung.« Ein kurzes Lächeln flog über Lukes angespanntes Gesicht. »Am Anfang dachte ich, ihr ...«

Ein Ast knackte und er brach ab. Die Pferde spitzten die Ohren und wandten die Köpfe und ich glaubte, mir müsse vor Schreck das Herz stehen bleiben, als ich ein paar Meter weiter eine Bewegung wahrnahm.

23. Kapitel

»Oh Mann, die hätten mich beinahe zu Tode erschreckt!« Mir war vor Erleichterung ganz flau, als ich zwischen den Baumstämmen zwei Rehe erblickte, die uns erstaunt aus ihren großen, feuchten Augen ansahen und eine ganze Weile reglos dastanden, bis sie wieder im Unterholz verschwanden. 16 Minuten! Was taten Niklas, Tim und Melike nur so lange in der Scheune? Aufgeregt rutschte ich im Sattel hin und her. Was passierte, wenn Chris ausgerechnet jetzt den Ausfall der Kameras bemerkte? Würde er jemanden herschicken? Nein, das war unwahrscheinlich! Aber vielleicht konnte man Lukes Programmierung irgendwie rückgängig machen! Ich hatte null Ahnung von Computertechnik und malte mir im Geiste die schlimmsten Dinge aus. Plötzlich ging das Scheunentor auf. Zwei Gestalten schlüpften heraus, die kleinere der beiden hob den Daumen.

Mir fiel beim Anblick von Melike und Tim ein Stein vom Herzen. Sekunden später waren sie bei uns.

»Und?«, fragte Luke. »Hat alles geklappt?«

»Perfekt«, erwiderte Tim und grinste. »Jetzt muss Jo nur noch checken, ob alles so läuft, wie wir uns das vorgestellt haben.«

»Wo ist Niklas?«, wollte ich wissen.

»Irgendjemand muss ja den Bewegungsmelder auslösen«, sagte Tim. »Er ruft Jo gerade an und wenn alles klappt, hauen wir hier ab.«

»Du kannst dich entmummen«, sagte ich zu Melike, die wie erstarrt neben meinem Pferd stand. Meine Freundin zog das Halstuch herunter, ohne den Blick vom Scheunentor abzuwenden. Sie war ganz blass.

»Oh Gott, was machen wir nur, wenn das Ding nicht läuft?«, flüsterte sie. Niemand antwortete.

»Ich gehe noch mal rein«, entschied Tim, doch im gleichen Moment kam Niklas aus der Scheune und schloss das Tor hinter sich ab.

»Läuft es?« Luke platzte fast vor Neugier.

»Ja«, erwiderte Niklas. »Verschwinden wir hier!«

Er, Tim und Melike nahmen die Zügel ihrer Pferde und saßen auf. Im Trab ritten wir bis zu dem Tor. Erst als wir hindurchgeritten, es wieder hinter uns abgeschlossen hatten und eine gute Meile in Richtung Strand galoppiert waren, fiel die Anspannung von uns ab. Wir parierten durch, die Jungs lachten übermütig und klatschten sich ab, Melike strahlte vor Erleichterung.

»Jo sagt, sie hat ein absolut glasklares Bild«, berichtete Niklas atemlos. »Ich bin in der ganzen Halle herumgelaufen und war überall gut zu sehen. Die hohe Auflösung der Kamera macht sich echt bezahlt! Jetzt bin ich total neugierig, die Bilder zu sehen.«

Wir redeten alle durcheinander, aber plötzlich hielt Luke sein Pferd an und verzog sein Gesicht.

»Was ist los?«, fragte Melike. »Haben wir etwas vergessen?«

»Nein.« Luke grinste schief. »Es gibt nur ein kleines Problem. Ich muss mal pinkeln und zwar ziemlich dringend.«

Tim und Niklas starrten ihn verblüfft an.

»Äh, wie … äh … du bist doch gelähmt«, stotterte Niklas verlegen.

»Ich habe eine Grad C-Paraplegie. Schädigung des Rückenmarks unterhalb des Wirbels L1«, antwortete Luke. »Eine minimale Restmotorik ist noch erhalten, ich spüre auch Berührungen oder Schmerzen, aber es reicht nicht für's Laufen und Stehen. Das nennt man eine inkomplette Lähmung. Glück im Unglück, dass ich wenigstens merke, wenn ich aufs Klo muss.«

»Also, vom Pferd runter kriegen wir dich schon«, sagte Tim. »Aber wie kommst du wieder drauf?«

Er und Niklas saßen von ihren Pferden ab und reichten Melike und mir die Zügel. Dann lösten sie die Klettverschlüsse, mit denen Lukes Ober- und Unterschenkel am Sattel fixiert waren.

»Beeilt euch!« Lukes Stimme klang gepresst. »Mir platzt gleich die Blase!«

Melike und ich wandten uns diskret ab, als Niklas und Tim Luke nun vom Pferd halfen. Ich hatte schon öfter Menschen in Rollstühlen gesehen, mir aber nie bewusst gemacht, wie es sein musste, bei Alltäglichkeiten auf die Hilfe von anderen Menschen angewiesen zu sein.

»Oh Mann, das tut gut!«, rief Luke und lachte, Niklas und Tim lachten auch. »Danke, ihr seid echte Kumpel.«

»Wie kommst du jetzt wieder aufs Pferd?«, fragte Tim.

»Ich kann mich hochziehen«, erwiderte Luke. »Ihr müsst mir nur dabei helfen, das rechte Bein über den Sattel zu kriegen.«

Tatsächlich gestaltete sich das alles bedeutend einfacher, als ich befürchtet hatte. Dude stand wie ein Denkmal, Luke stemmte seinen Oberkörper hoch, Tim und Niklas hoben sein Bein über den Pferderücken und schon saß Luke wieder im Sattel. Ein paar Minuten später konnten wieder weiterreiten.

»Ich darf nicht so viel trinken, wenn ich weiß, dass so bald kein Klo in der Nähe ist«, sagte Luke freimütig, als Tim ihn danach fragte, was er machte, wenn er mal länger unterwegs war. »Aber ich hatte echt Glück. Wäre die Verletzung zwei Wirbel höher gewesen, dann wäre ich wahrscheinlich echt komplett gelähmt. So kann ich meine Bauchmuskeln benutzen und noch etwas spüren. Bei einer kompletten Lähmung sind auch Organfunktionen beeinträchtigt.«

»Aber wenn du noch etwas spürst, vielleicht kannst du ja doch irgendwie wieder geheilt werden!«, hoffte ich.

»Nein, leider nicht.« Luke schüttelte den Kopf. »Du kannst mir glauben, ich war bei jedem Spezialisten, den es in Amerika gibt. Die Zerstörung des Rückenmarks ist irreversibel, damit muss ich mich abfinden.«

»Ist denn so ein langer Ritt nicht irrsinnig anstrengend für dich?«, wollte Niklas wissen.

»Doch«, gab Luke zu. »Ich werd's auch garantiert bereuen. Aber das ist es mir wert. Reiten ist der einzige Sport, den ich noch ein bisschen machen kann und es ist einfach grandios, sich wieder fast normal zu fühlen.«

Eine Stunde später hatten wir das Meer erreicht. Wir ließen die Pferde die Sanddüne hinunterklettern und ritten zu dem Aussichtspunkt, an dem Joana auf uns wartete. Hier gab es Holzbänke, an denen wir die Pferde anbanden, nachdem wir die Sattelgurte gelockert hatten. Dann ließen wir uns in den warmen, weißen Sand fallen und verschlangen mit Heißhunger die leckeren Sandwiches, die Hühnchenschenkel und auch den Rhabarber-Crumble, der fantastisch schmeckte. Luke war völlig euphorisch, als er die Aufnahmen von Niklas in der Scheune auf seinem Smartphone anschaute. Auch Niklas und Tim waren begeistert. Dann schossen wir ein paar Fotos von uns mit den Pferden im Hintergrund, von denen Joana eins ihrer Mutter schickte. Nur Sekunden später klingelte ihr Telefon und sie ging ran.

»Ja, Mom, alles super, mach dir keine Sorgen«, sagte Joana. »Ja, klar. Luke geht's auch prima. Wir machen eine etwas längere Pause hier am Strand … ja, ja … klar. Ich dich auch, Mom. Bis später!«

Natürlich machte sich Brenda Gedanken um Luke, reiten war schließlich für jemanden, der sich von der Hüfte abwärts nicht bewegen konnte, nicht ganz ungefährlich. Die Anspannung der letzten Stunden machte sich bemerkbar. Satt und zufrieden faulenzten wir eine ganze Weile vor uns hin, lauschten dem Plätschern der Wellen, die an den Strand rollten, und dem Kreischen der Möwen. Weiter draußen auf dem Meer zog ein Schiff vorbei, hoch beladen mit Containern.

»Hier würde ich jetzt am liebsten ein Jahr lang liegen bleiben«, sagte Tim träumerisch und blickte in den stahlblauen Himmel. »Es ist so still und friedlich.«

»Viel Spaß dabei«, erwiderte Luke trocken. »In spätestens drei Monaten frierst du dir hier den Hintern ab.«

Die anderen lachten. Ich verstand genau, was Tim meinte und kuschelte mich dicht an ihn. Die letzten Jahre waren für ihn schwer gewesen. Er hatte auf der Reitanlage seines Vaters sehr hart arbeiten müssen, Freizeit war ein Fremdwort für ihn gewesen. Eigentlich war es erst besser geworden, nachdem sein Vater ins Gefängnis gekommen war und den Sonnenhof an Teicherts verpachtet hatte. Jetzt standen seine Pferde auf dem Amselhof, er wurde von Papa trainiert und hatte in Niklas und Christian zum ersten Mal echte Freunde gefunden. Ich wusste, was es für ihn bedeutet, hier in Amerika sein zu dürfen, schließlich ging es mir ähnlich. Auch ich hatte nie Urlaub mit meiner Familie gemacht, wie es für Melike oder Niklas selbstverständlich war.

Gegen drei Uhr klopften wir uns den Sand aus den Kleidern, packten die Überreste unseres Essens in die Satteltaschen und rückten die Sättel der Pferde gerade. Niklas und Tim halfen Luke in den Sattel.

»Die Pferde haben doch sicher auch Durst«, sagte Melike.

»Deshalb reiten wir am Mirror Lake vorbei«, entgegnete Luke und grinste. »Das sind nur ein paar Minuten von hier. Elena, mach dich schon mal auf nasse Klamotten gefasst!«

»Wieso ich?«, fragte ich, aber er lachte nur.

Der Mirror Lake, ein Süßwasserreservoir, lag etwa eine Viertelmeile hinter den Dünen in einem kleinen Wald. Es gab einen richtigen Strand und die Pferde stapften ohne zu zögern direkt ins Wasser, auch Hilda. Nach Lukes Ankündigung hatte ich damit gerechnet, dass sie Theater machen würde, aber das war nicht der Fall. Wir ließen den Pferden die Zügel lang und sie tranken genüsslich das frische klare Wasser. Dann begann Hilda erst mit dem einen, dann mit dem anderen Vorderbein im Wasser zu scharren. Es machte der Stute einen Riesenspaß. Im Nu war ich nass.

»Iiiih!«, rief ich. »Jetzt weiß ich, was du meinst!«

Die anderen lachten und lenkten ihre Pferde zurück ans

Ufer, aber Hilda wollte noch nicht aus dem Wasser. Wie ein kleines Kind plantschte sie übermütig herum und schließlich begann sie zu schwimmen.

»Hilfe! Der Sattel wird nass!«, schrie ich. »Was mach ich denn jetzt?«

»Der wird schon wieder trocken!«, rief Joana zurück. Alle bogen sich vor Lachen. Ich war schon öfter mit Fritzi im Waldsee geschwommen, aber da hatte ich nur Shorts und einen Badeanzug angehabt. Das Wasser im Reservoir war eiskalt und ich war ziemlich durchgefroren, als es mir endlich gelang, die Stute aus dem See zu manövrieren. Bibbernd stieg ich ab, zog die nassen Stiefel aus und stopfte sie in die leeren Satteltaschen. Dann schwang ich mich barfuß in den Sattel.

»Auf jeden Fall haben wir tolle Fotos von dir gemacht«, tröstete Niklas mich. Zum Glück war es sehr warm, und als wir am Stall eintrafen, war ich wieder einigermaßen getrocknet, trotzdem ließ ich mich von Joana zum Haus fahren, um mir frische Klamotten und andere Schuhe anzuziehen. Ich kam gerade die Treppe hinunter, als das Telefon auf dem Schreibtisch in Chris' Büro klingelte.

»Willst du nicht drangehen?«, fragte ich Joana.

»Oh nein!« Sie schüttelte den Kopf. »Das ist das Bürotelefon. Davon lasse ich lieber die Finger.«

Der Anrufbeantworter sprang an.

»Chris!«, hörten wir Bob Presslers Stimme. »Ich versuche jetzt schon seit ein paar Stunden, dich auf dem Handy zu erreichen! Dann eben auf diesem Weg. Also, die Versicherung zahlt nur bei Nottötung, ich habe mir den Vertrag noch mal angesehen. Ich hab mit Morey Johnson gesprochen, danke für die Telefonnummer. Morgen im Laufe des Tages kommt einer von Johnsons Fahrern vorbei und holt das Pferd ab. Sorg bitte dafür, dass das Pferd keine Medikamente mehr bekommt. Und gib dem Fahrer den Pass mit, ja? Ach, und meine Frau und meine Tochter sollen nichts davon erfahren, bis wir aus Kalifornien zurück sind. Also, bis dann!«

Joana und ich starrten uns an.

»Das darf ja wohl nicht wahr sein!«, stieß Joana entsetzt hervor, alle Farbe war aus ihrem Gesicht gewichen.

»Wer ist Morey Johnson?«, fragte ich und ergriff Joana an der Schulter, als sie nicht antwortete. »Sag schon! Bitte!«

»Morey Johnson«, sagte sie mit zitternder Stimme, »ist ein Pferdemetzger.«

24. Kapitel

»Sie will nichts essen.« Niklas zuckte hilflos die Schultern und setzte sich an den Tisch. Fast eine halbe Stunde lang hatte er vergeblich versucht, Melike zu überreden nach unten zum Abendessen zu kommen, aber sie hatte sich in ihr Bett verkrochen und wollte niemanden sehen. Die Nachricht, dass Friday morgen sterben sollte, hatte uns alle erschüttert. In gedrückter Stimmung saßen wir um den großen Tisch herum, keiner hatte wirklichen Appetit, obwohl Paula einen leckeren Muscheleintopf, den berühmten »Clam Chowder«, für uns gekocht hatte. Den ganzen Nachmittag über hatten wir beraten, was wir tun konnten, um das Pferd vor dem Schlachter zu retten, doch eine echte Lösung hatten wir nicht gefunden. Nachdem man aufgehört hatte, ihm Schmerzmittel zu geben, war Friday in einem wirklich bedauernswerten Zustand. Wie Pferde das tun, litt er stumm, aber man konnte ihm ansehen, wie schlecht es ihm ging. Sein Fell war stumpf geworden, er fraß nicht mehr und hatte innerhalb von zwei Tagen stark abgenommen. In ihrer Verzweiflung hatte Melike vorgeschlagen, den Wallach zu entführen und irgendwo zu verstecken, doch das Pferd konnte kaum noch laufen und niemand von uns war in der Lage, einen Pferdetransporter zu fahren. Sie war wütend und gekränkt, weil Bob Pressler ihr Angebot, Friday zu kaufen, offenbar nicht ernst genommen hatte. Immerhin hatte er ihr eine Frist bis nächsten Freitag eingeräumt, aber nun hatte er bereits heute, am Montag, eine Entscheidung getroffen. Ich wusste, dass Melike nichts mehr hasste, als von Erwachsenen nicht für voll genommen zu werden. Außerdem war sie stinksauer auf Tim, denn er hatte gesagt, als Besitzer habe man die Verantwortung, seinem Pferd unnötiges Leiden zu ersparen. Für ein Pferd, das nicht mehr laufen, ja, nicht einmal schmerzfrei auf der Koppel stehen könne, sei der Schlachter die einzig vernünftige Lösung. Insgeheim hatte ich ihm zugestimmt. Tim und ich waren mit Pferden aufgewachsen, und wir hatten beide schon erleben müssen, dass ein schwer krankes oder verletztes Pferd getötet werden musste. Natürlich war das furchtbar, aber schlimmer war es, ein hilfloses Tier leiden und dahinsiechen zu sehen. Melike hatte Tim vorgeworfen, er sei herzlos und war in unser Zimmer gerannt, um sich im Bett zu verkriechen.

»Niemand kann Friday mehr helfen«, sagte Joana nun in die schweigsame Runde. »Aber vielleicht können wir erreichen, dass anderen Pferden dieses Schicksal in Zukunft erspart bleibt. Wir müssen Fotos von ihm machen, als abschreckendes Beispiel für das Ergebnis von falschen Ausbildungsmethoden und zu viel Ehrgeiz.«

»Ja, du hast recht«, stimmte Luke seiner Schwester zu und legte sein Besteck weg. »Kommt, das machen wir jetzt gleich, bevor Mom und Chris zurück sind.«

Wir sprangen auf und fuhren hinüber in den Stall. Hugh und Brody waren wieder da, hinter den Fenstern ihres Häuschens brannte Licht. Im Stall war keine Menschenseele zu sehen. Die meisten Pferde kauten ihr Heu oder dösten vor sich hin, nur Friday hatte sich hingelegt und wandte nicht einmal den Kopf, als wir vor seiner Box standen. Ich erinnerte mich an den Tag vor drei Wochen, als ich ihn das erste Mal in der Reithalle gesehen hatte. Von dem eleganten, muskulösen Pferd mit dem goldschimmernden Fell war nur noch ein trauriger Schatten übrig.

Joana betrat die Box und zog dem Wallach ein Halfter über. Es dauerte Minuten, bis das Pferd endlich auf die Beine kam und es war einfach entsetzlich zu sehen, wie dieses hübsche Pferdchen auf drei Beinen in seiner Box herumhumpelte. Luke filmte das Drama mit seinem Handy, ich wandte mich ab.

»Es wäre Tierquälerei, ihn noch zum Schlachthof zu transportieren«, sagte Niklas. »Wieso lassen sie ihn nicht einfach hier vom Tierarzt einschläfern?«

»Was macht ihr hier?« Plötzlich stand Brody hinter uns und Luke steckte rasch sein Handy weg.

»Bob hat angerufen«, erwiderte Joana. »Er will Friday morgen von Morey Johnson abholen lassen.«

»Weiß ich.« Brody zuckte die Schultern. »Ist wohl besser so.«

»Aber das Pferd kann sich kaum noch auf den Beinen halten!« Niklas war empört. »Weißt du, wie schlimm es für ihn ist, noch stundenlang auf einem Transporter zu stehen? Warum wird er nicht eingeschläfert und bekommt bis dahin Schmerzmittel, damit er sich nicht so quälen muss?«

»Warum kümmert dich das?« Brody sah Niklas ausdruckslos an. »Geht dich doch gar nichts an.«

Mir lief eine Gänsehaut über den Rücken. Wie konnte jemand so kalt und gleichgültig sein, angesichts der Qualen eines Pferdes?

»Zufällig mag ich Pferde«, konterte Niklas. »Und ich kann so etwas nicht mit ansehen.«

»Dann guck doch nicht hin«, entgegnete Brody.

Da platzte mir der Kragen. »Wegen Menschen wie dir geht es Pferden wie Friday so schlecht!«, warf ich dem Jungen vor. »Ich wünschte, *du* hättest solche Schmerzen und niemand würde dir helfen!«

Brody fixierte mich mit seinen unangenehmen hellen Augen, dann drehte er sich um und ging weg.

»Ich wette, jetzt holt er seinen Vater«, vermutete ich, und dann fiel mir ein, was Lindas Mutter gestern zu mir gesagt hatte. Nicht umsonst wollte ihr Mann wohl nicht, dass sie erfuhr, was er vorhatte!

»Habt ihr die Nummer von Mrs Pressler?«, fragte ich Luke und Joana.

»Ja.« Joana nickte. »Wieso?«

Ich erzählte meinen Freunden, was sie gestern zu mir gesagt hatte.

»Wir sollten sie anrufen und bitten, herzukommen«, schlug ich vor. »Dr. Kline kann Friday hier einschläfern und ihm die Quälerei auf einem Schlachttransport ersparen.«

In der nächsten Sekunde wählte Joana schon die Nummer und Mrs Pressler ging auch sofort dran. Joana schilderte ihr den Zustand von Friday und sagte ihr, dass ihr Mann mit Morey Johnson vereinbart habe, das Pferd morgen abholen und zum Schlachthof bringen zu lassen.

»Sie müssen das verhindern, Mrs Pressler, bitte!«, sagte

Joana eindringlich. »Friday kann kaum noch stehen, geschweige denn laufen! Ein Transport wäre für ihn die Hölle. Das hat er nicht verdient!«

Sie lauschte einen Moment, nickte dann und bedankte sich.

»Sie kommt so schnell wie möglich her«, verkündete sie uns dann. »Und solange bleiben wir hier.«

»Genau.« Luke postierte sich mit seinem Rollstuhl direkt vor der Boxentür.

»Ich hole Melike«, sagte Niklas. »Sie soll sich wenigstens von Friday verabschieden können.«

Er verschwand und wir warteten. Tatsächlich tauchte Hugh Sinclair nach ein paar Minuten auf.

»Brody hat mir gesagt, dem Pferd geht es schlechter«, sagte er finster, ganz so, als ob wir daran schuld seien.

»Wieso bekommt er keine Schmerzmittel mehr?«, fragte ich.

»Weil Pferde, die Medikamente im Blut haben, nicht geschlachtet werden dürfen«, erwiderte der Stallmeister.

»Aber schauen Sie ihn sich doch nur an!« Ich wies anklagend auf den Wallach. »Er quält sich!«

Hugh blickte in die Box, seine ohnehin verschlossene Miene versteinerte, als er sah, wie Friday kläglich das linke Vorderbein hochhielt und sich mit der Hinterhand gegen die Boxenwand lehnte. Dann warf er einen Blick in den Futtertrog. Er war voll. Das Pferd hatte weder den Hafer noch sein Heu angerührt. Ohne ein Wort zu sagen, drehte Hugh sich um und ging weg.

»Ich kann nicht fassen, dass ihnen das allen so egal ist!«, stieß ich hervor. »Wie können solche Menschen mit Pferden arbeiten? Mit Lebewesen!«

Ich öffnete die Boxentür und ging zu Friday, streichelte seinen Kopf. Das kleine Pferd sah mich an.

Hilf mir, hörte ich eine Stimme in meinem Kopf. *Bitte!*

Es war wie bei meinem ersten M-Springen, als Quintano mit mir geredet hatte! Damals hatte ich geglaubt, ich würde spinnen, aber dann hatte ich Lajos davon erzählt und der hatte mich nicht ausgelacht. Er hatte mir von einem alten Jockey erzählt, der sich mit manchen Pferden unterhalten konnte. Friday gab ein Geräusch von sich, das wie ein leichtes Seufzen klang, schloss die Augen und lehnte sich an mich. Ich hörte nicht auf, ihn zu streicheln.

»Macht mal Platz.« Hugh war zurückgekommen und betrat die Box. Er hatte eine Spritze in der Hand.

»Was haben Sie vor?«, fragte ich ihn misstrauisch.

»Ich gebe ihm etwas gegen die Schmerzen«, erwiderte der Stallmeister. »Tabletten nützen nichts, weil er nichts frisst, deshalb versuche ich es mit einer Spritze.«

Ich hielt Friday am Halfter fest, Hugh Sinclair suchte eine passende Stelle im Brustmuskel des Pferdes und verabreichte ihm eine Injektion.

Dann strich er dem Wallach über den Hals.

»Es sollte ihm gleich ein wenig besser gehen«, sagte er. »Vielleicht trinkt und frisst er dann auch wieder.«

Danke, sagte die Stimme in meinem Kopf und ich wiederholte es laut.

Hughs Blick streifte mich.

»Ich lasse nicht zu, dass ein Pferd, für das ich verantwortlich bin, so leiden muss«, antwortete er rau und verließ die Box. »Kein Pferd auf der Welt hat das verdient.«

Ich blickte ihm sprachlos nach und erinnerte mich daran, was Luke einmal über den wortkargen Stallmeister gesagt hatte: *Hugh ist eigentlich ein netter Kerl. Er hat nur Angst, jemand könnte das merken.* Ausgerechnet der Mann, von dem ich das am wenigsten erwartet hatte, hatte ein Herz für Pferde bewiesen. Schlagartig stieg Hugh in meiner Achtung.

Schon nach ein paar Minuten belastete Friday sein Bein wieder und begann, an seinem Heu zu knabbern. Dann fraß er von seinem Futter und trank an der Selbsttränke.

»Es geht ihm ja viel besser!«, rief Melike, als sie mit Niklas ankam. »Schaut doch, er steht auf allen vier Beinen!«

Ein Hoffnungsschimmer breitete sich auf ihrem verheulten Gesicht aus, aber er verschwand, als Tim und ich ihr erklärten, was die Ursache dieses vermeintlichen Wunders war. Sie flüchtete sich in Niklas' Arme und weinte. Die Minuten verrannen, draußen wurde es dunkel. Um zehn nach neun rollten zwei Autos auf den Parkplatz, Autotüren knallten. Wenig später betraten Lindas Eltern den Stall, gefolgt von Dr. Debbie Kline und Hugh Sinclair. Sie sprachen leise miteinander, dann kamen sie zu Fridays Box.

Mr Pressler nickte uns nur zu, aber er sagte keinen Ton. Seine Frau hatte ganz verweinte Augen.

»Wollen Sie ihn mir nicht doch verkaufen?«, fragte Melike zaghaft.

»Mädchen«, antwortete die Tierärztin an Bob Presslers Stelle, »das Pferd ist nicht mehr zu retten. Der Fesselträger ist abgerissen und am rechten Vorderbein hat es ähnliche Defekte an der Sehne und am Fesselträger. Man tut diesem Pferd keinen Gefallen, wenn man es am Leben lässt. Und deshalb werde ich es einschläfern. Ihr geht am besten jetzt nach Hause.«

Melike schluchzte auf. Sie riss sich von Niklas los und stürmte aus dem Stall. Er lief hinter ihr her.

»Komm, Elena.« Tim legte den Arm um meine Schultern. »Wir haben alles getan, was wir tun konnten.«

Ich beobachtete, wie Hugh Sinclair den Führstrick an Fridays Halfter einklinkte und ihn aus der Box führte. Da begann auch ich zu weinen. Ein letztes Mal strich ich Friday über den Hals.

»Gute Reise, du tapferes, kleines Pferd«, flüsterte ich ihm ins Ohr, als er an mir vorbei nach draußen in die Dunkelheit humpelte, um von seinen Schmerzen erlöst zu werden.

25. Kapitel

Melike weigerte sich in den nächsten Tagen, in den Stall zu gehen. Sie fuhr mit Joana in irgendwelche Shopping-Malls und Outlet-Stores, oder lag in einem Sonnenstuhl im Garten, las und hörte über Kopfhörer Musik. Geweint hatte sie nicht mehr, und Friday erwähnte sie mit keiner Silbe. Niklas hatte es aufgegeben bei ihr zu sitzen, nachdem sie ihm gesagt hatte, sie brauche keinen Trost sondern nur Zeit, um über ihre Enttäuschung hinwegzukommen. Chris hatte nach seiner Rückkehr kein Wort darüber verloren, dass wir Mrs Pressler benachrichtigt hatten, auch sagte er nichts dazu, dass Friday eingeschläfert worden war. Man ging einfach zur Tagesordnung über, ganz so, als sei nichts geschehen, aber die Stimmung war verändert und das lag nicht nur an Friday. Angespannt warteten wir darauf, dass die Kamera in der Scheune Bilder lieferte, die eigentlich niemand von uns sehen wollte, doch nichts geschah. Es schien so, als ob das Drama um Friday auch Chris zur Besinnung gebracht hätte, oder die Kamera funktionierte nicht.

Brenda bemühte sich nach Kräften, uns zu unterhalten. Tim, Niklas und ich begleiteten sie und ritten ihre Pferde, wir durften sogar ihre Top-Pferde reiten und springen. Das machte Spaß, aber insgeheim sehnten wir alle den Freitag herbei, an dem wir nach Cape Cod fahren würden. Niklas und Tim schmiedeten Pläne für den Rest von Tims Urlaub in Amerika: Sie wollten unbedingt nach New York und die Stadt besichtigen und ich wäre am liebsten mit ihnen gefahren, denn die Oaktree-Farm hatte ihren Zauber verloren. Niemand war aufrichtig, selbst Gloria sprach kaum noch mit mir und ging mir aus dem Weg. Bisher hatte ich angenommen, Hugh Sinclair sei für das verantwortlich, was in der Scheune geschah, aber seit dem Abend, an dem Friday eingeschläfert worden war, konnte ich das nicht mehr recht glauben. Was spielte sich überhaupt in der Scheune ab? Es gab keine Beweise, nur Lukes Vermutungen, denn mit eigenen Augen hatte er auch nichts gesehen.

Ich war froh, dass Tim da war. Wir hatten so viel Zeit zum Quatschen wie nie zuvor, unternahmen Ausritte über das Gelände der Farm und bis zum Strand des Fall River Sound, saßen dort im Sand und redeten über die Zukunft. Für Tim begann in knapp drei Wochen das letzte Schuljahr. Er würde nächstes Jahr das Abi machen und wusste noch nicht recht, was er danach tun sollte. Eine Ausbildung zum Bereiter kam für ihn nicht infrage, aber etwas mit Pferden sollte es auf jeden Fall sein. Von Luke hatte er erfahren, dass es an der University of Massachusetts Studiengänge im Fach *Equine Management and Equine Science* gab und nun wollte er sich informieren, ob es in Deutschland ähnliche Möglichkeiten gab. Auch das Studium der Veterinärmedizin interessierte ihn. Seine Noten waren gut genug, um sich für einen Studienplatz bewerben zu können, und wenn er weiter eifrig lernte, würde er einen NC von mindestens 1,2 schaffen können.

Für mich stand fest, dass ich auf dem Amselhof bleiben wollte. Da Christian kein Interesse daran hatte, den Hof zu übernehmen, könnte ich das tun. Tim und ich spannen herum, dass wir dort dann gemeinsam mit Lajos eine Pferdeklinik und ein Reha-Zentrum für Sportpferde aufbauen konnten. Plötzlich klingelte mein Handy und ich zuckte erschrocken zusammen, denn es war das erste Mal, seitdem ich in Amerika war, dass mich jemand anrief. Es war Luke und er klang aufgeregt.

»Wo seid ihr?«, fragte er. »Die Kamera in der Scheune hat sich eingeschaltet!«

Ich fuhr wie elektrisiert hoch.

»Wir sind noch am Fall River Sound«, antwortete ich. »Aber wir reiten gleich los.«

Tim und ich sprangen auf, zogen die Sattelgurte unserer Pferde fest und saßen auf. Wir trabten zurück in Richtung Farm, versorgten die Pferde und liefen zum Haus. Niklas, Melike, Joana und Luke saßen in Tims und Niklas' Zimmer im Gästehaus und erwarteten uns bereits ungeduldig.

»Schaut euch das an!« Luke reichte Tim sein Smartphone und drückte auf die PLAY-Taste. »Das ist Pat mit Pilot, einem Dreijährigen.«

Das Bild, das die Kamera lieferte, war gestochen scharf. Ein Mann lehnte an der Wand der kurzen Seite und sah dem Reiter zu, ein anderer stand in der Mitte der Bahn. Pat ließ den jungen Fuchswallach wieder und wieder im Kreis drehen, offenbar übte er den *Spin* mit ihm. Pilots Kopf war mit einem *Tie Down*, einer Art Stoßzügel nach unten gebunden, und Pat benutzte heftig die Sporen und zerrte das Pferd so grob im Maul, dass es fast mit der Schnauze Pats linken Steigbügel berührte.

»Genug!«, rief der Mann, der am Rand stand. »Jetzt lass ihn mal ruhig stehen!«

»Das ist J.J.!«, rief ich erstaunt.

»Überrascht dich das etwa?«, fragte Luke und lachte auf.

Der kleine Fuchs mit der Blesse und vier weißen Fesseln unten in der Reitbahn wollte aber absolut nicht stillstehen. Er war klatschnass geschwitzt und schnaufte, seine Augen waren ängstlich aufgerissen. Immer wieder trat er auf der Stelle hin und her, wollte nach rechts oder links ausweichen, aber Pat ließ das nicht zu.

Schließlich galoppierte er an, ritt auf der Mittellinie direkt auf die Bande zu, ohne das Tempo zu verringern. Das Pferd hatte den Kopf so tief auf die Brust gezogen, dass es nicht sehen konnte, wohin es lief. Ich traute meinen Augen nicht, als der Kerl das Pferd erst so knapp vor der Wand stoppte, dass es mit einem dumpfen Krachen gegen das Holz der Scheunenwand prallte. Er wendete, galoppierte wieder an und wiederholte das Manöver.

»Toll, oder?«, sagte Luke.

»Diese Schweine!« Joana ballte die Fäuste und war den Tränen nahe. »Ich hasse sie!«

»Was machen die denn da?«, fragte Tim fassungslos.

»So bringen sie den jungen Pferden das Stoppen bei«, erwiderte Luke bitter. »Das geht auch ganz anders, aber das sind die Methoden von J.J., diesem brutalen Schwein, den sie hier alle für den tollsten Trainer des Jahrhunderts halten.«

»Aber das … das kann doch nicht gut sein«, stotterte ich.

»Ganz sicher nicht«, erwiderte Luke. »Aber es geht

schnell und die Pferde geben sich irgendwann auf. Sie stehen dann da wie tot und wagen nicht mal mehr mit dem Ohr zu zucken.«

»Wie alt ist das Pferd?«, fragte ich leise.

»Drei. Die Besitzer wollen es verkaufen. Und damit sie ordentlich Kohle kriegen, muss es funktionieren«, sagte Luke. »Leider machen es sehr viele Ausbilder so mit den jungen Pferden, vor allen Dingen die so genannten Profis. Mit drei können die Pferde perfekt spinnen und stoppen, mit sieben sind sie dann ein Fall für den Schlachter.«

»Oh Mann!« Tim schüttelte ungläubig den Kopf. »Das gibt's doch gar nicht!«

»Wartet, es geht noch weiter«, sagte Luke, als er ihm das Handy zurückgeben wollte. »Es wird noch schlimmer.«

Ich wollte nichts mehr sehen. Jetzt wusste ich, was mit den Pferden passiert war, die mit schweißverklebtem Fell apathisch in ihren Boxen standen! Oft genug hatten Melike und ich diese Pferde gewaschen und geputzt und die Lüge geglaubt, dass sie auf der Galoppbahn Konditionstraining gemacht hätten!

J.J., Pat und Declan brachten Fly by nite, einen jungen, etwas faulen Rappwallach, mit einem Elektroschocker dazu, schneller zu galoppieren. Das Pferd schaffte es nicht mehr zu bremsen und knallte ebenfalls in vollem Tempo an die Bande. Nach dem dritten Mal ließ es sich vorher durchparieren. J.J. stand mit einer Gerte vor ihm und schlug dem Rappen gegen Brust und Beine, sodass er rückwärts auswich. Aber das Pferd wehrte sich gegen das Tie-Down und die Schläge, es stieg und kippte zur Seite. Declan rollte sich geschickt ab und saß schon wieder im Sattel, als das Pferd erst mühsam auf die Beine kam. Er schlug mit der Gerte auf das Tier ein, zerrte es im Maul und gab ihm wieder und wieder die Sporen.

»Wie schade, dass er nicht druntergelegen hat, dieser Mistkerl«, knirschte Luke mit zusammengebissenen Zähnen.

Zwanzig Minuten lang wurde das Pferd weiter malträtiert, bis es aufgab, dann wurde es gelobt und Declan verließ mit ihm die Halle. Es waren entsetzliche Bilder, aber am schlimmsten fand ich, dass J.J., Pat und Declan Witze rissen, während sie die Pferde quälten und die Tiere mit abfälligen Schimpfwörtern bezeichneten.

»Was wirst du jetzt damit anfangen?«, fragte Niklas, als Luke sein Handy ausgeschaltet hatte. »Willst du es echt ins Internet stellen?«

»Ja.« Luke nickte. »Es muss einfach publik gemacht werden, sonst wird sich niemals irgendetwas ändern! J.J. ist in ganz Amerika bekannt, er gehört zu den absoluten Top-Profis, zur so genannten Million-Dollar-Gang. So werden die Reiter genannt, die in ihrer Karriere schon mehr als eine Million Dollar Preisgelder gewonnen haben.«

»Wir werden die Videos auf YouTube einstellen«, sagte Joana. »Bevor sie drauf aufmerksam werden und sie löschen, haben sie sich vielleicht schon über Downloads oder andere Plattformen wie Facebook weiterverbreitet.«

»Aber das machen wir nicht gleich«, fuhr Luke fort. »Sonst findet Chris die Kamera und dann ist es aus. Wir sammeln noch mehr Beweise, damit sie hinterher nicht behaupten können, das sei eine Ausnahme gewesen.«

»Ich denke, das ist sehr gefährlich«, gab Niklas zu bedenken. »Menschen, die viel zu verlieren haben, schrecken vor nichts zurück, um so etwas zu verhindern.«

»Das weiß ich!«, erwiderte Luke heftig. »Aber Menschen, die nichts zu verlieren haben, ist das egal. Mir nämlich! Ich sitze im Rollstuhl, für den Rest meines Lebens, weil so ein cholerisches Arschloch ausgeflippt ist und ein Pferd zum Durchdrehen gebracht hat! Ich habe keine Angst, vor keinem von denen.«

»Du meinst zwar, du hättest nichts zu verlieren«, entgegnete Niklas ernst, »aber das stimmt nicht. Du hast eine Menge zu verlieren.«

»Wieso schicken wir es nicht an eine Tierschutzorganisation?«, meinte Joana. »Anonym.«

»Wer nimmt die denn schon ernst?«, schnaubte Luke.

»Luke«, sagte Niklas. »Mit dem, was du da in Händen hast, hast du eine riesige Verantwortung übernommen. Es ist die große Gelegenheit, Missstände anzuprangern, von denen viele wissen, über die aber niemand spricht. Das darfst du nicht leichtfertig benutzen, nur um dich an Chris oder J.J. zu rächen! Damit wirst du niemandem helfen!«

»Und was soll ich sonst machen?« Luke blickte Niklas wild an. »Was schlägst du vor? Ihr haut in ein paar Tagen ab, euch kann es egal sein! Aber Joana und ich müssen noch eine Weile hierbleiben und das ertragen!«

»Macht ein richtig großes Ding daraus.« Niklas blieb besonnen.

»Ja, Luke, ihr könnt das!« Melike erwachte aus ihrem Schweigen. »Euer Großvater ist in der ganzen Westernszene berühmt. Wenn ihr ihm solche Bilder zeigt und er etwas unternimmt, dann hat das mehr Gewicht, als wenn wir jetzt Videos bei YouTube hochladen, die eh gleich gelöscht werden!«

Luke überlegte einen Moment. Er sah Joana an und die nickte leicht.

»Wir sollten es versuchen, Luke«, sagte sie. »Du weißt ja, warum Grandpa und Grandma nicht mehr hierherkommen. Mit solchen Beweisen kann er wirklich etwas gegen Chris und J.J. unternehmen. Und dann …«

Ein Poltern vor dem halb nach oben geschobenen Fenster ließ sie verstummen. Wir hörten schnelle Schritte, ich sprang ans Fenster und zog es nach oben. Tim trat neben mich.

»Wer war das?«, fragte Luke besorgt.

»Das ist Brody!«, rief ich.

»Er hinkt«, stellte Tim fest. »Wahrscheinlich hat er sich wehgetan, als er über das Geländer gesprungen ist!«

»Den holen wir uns!« Niklas sprang auf und öffnete die Fenstertür, die auf die umlaufende Veranda führte. »Komm, Tim!«

Die beiden stürzten nach draußen, rannten die Treppe hinunter und spurteten am leer stehenden Swimmingpool vorbei über den Rasen.

»Verdammt!«, fluchte Luke und rollte hinaus auf die Veranda.

»Was machen wir jetzt?«, fragte Joana.

»Wir können leider nichts tun außer abzuwarten«, erwiderte ihr Bruder düster.

Ein paar Minuten später kehrten Niklas und Tim zurück und zerrten Brody hinter sich her.

»Sie haben ihn!«, frohlockte Melike.

»Los, die Treppe hoch!« Niklas knuffte den Sohn des Stallmeisters in den Rücken, als der stehen bleiben wollte. »Na los, vorwärts!«

Brody humpelte die Stufen hoch, zornrot im Gesicht.

Tim drängte ihn in das Zimmer und versetzte ihm einen Stoß, sodass er aufs Bett fiel.

»Was wollt ihr von mir?«, fragte Brody wütend, er schien kein bisschen eingeschüchtert oder gar ängstlich zu sein.

»Wieso hängst du hier auf der Veranda herum und lauschst am Fenster?«, erwiderte Luke. »Du hättest doch reinkommen können.«

»Dann hätte ich wohl kaum so viele interessante Sachen gehört.« Brody lachte böse, seine Schlangenaugen glitzerten gemein. »Euer Dad wird sich freuen, wenn er hört, was ihr Hinterhältiges ausgebrütet habt.«

»Chris ist nicht unser Dad«, sagte Luke. »Hast du vor, es ihm zu erzählen?«

»Klar. Er ist der Boss von meinem Dad.«

»Du meinst, er *war* der Boss von deinem Dad«, entgegnete Luke. »Denn Chris wird gefeuert, und dann können dein Alter und du auch die Sachen packen und von hier verschwinden!«

»Spuck nicht so große Töne, Krüppel!«, knurrte Brody und hörte auf zu grinsen. »Du hast hier überhaupt nichts zu sagen!«

»Was fällt dir ein, Luke einen Krüppel zu nennen?«, brauste Joana auf.

»Ist er doch, oder?« Brody lachte spöttisch, dann zischte er: »Und du bist eine verwöhnte Prinzessin! Ihr beide seid nichts anderes als blöde, reiche Idioten und ihr habt von nichts 'ne Ahnung, von gar nichts!«

»Ach ja?« Luke schien sich über die Beleidigung nicht zu ärgern. Er bedeutete seiner Schwester zu schweigen und lächelte kalt. »Von was sollten wir denn Ahnung haben, du armseliger irischer Penner? Wie man Pferde quält? Das weißt du ganz sicher besser als wir. Zum Glück! Denn jeder kriegt das, was er verdient. Du und dein Dad, ihr verdient nichts anderes, als die Handlanger von Chris Murray und J.J. Coleman zu sein und für sie die Drecksarbeit zu machen. Bevor ihr hier untergekrochen seid, seid ihr in so einem asozialen alten Wohnwagen durch die Gegend gekurvt, nachdem deine Mutter das Elend nicht mehr ertragen konnte und abgehauen ist!«

Damit hatte er einen wunden Punkt getroffen. Brody sprang auf, sein Gesicht verzerrte sich vor Zorn.

»Setz dich wieder hin!«, fuhr Luke ihn an und Brody gehorchte, wenn auch widerwillig. »Du kannst gehen und sofort zu deinem Daddy und zu Chris rennen und weitertratschen, was du hier gehört hast. Vielleicht kriegen wir Ärger, schon möglich. Aber … wir werden trotzdem hier wohnen bleiben, denn die Oaktree-Farm gehört unserer Familie. Und eins schwöre ich dir, Brody Sinclair, so wahr ich hier in diesem bescheuerten Rollstuhl hocke: Du wirst dein ganzes Leben nicht glücklich werden, wenn du Pferde so behandelst, wie du es tust! Du kannst vergessen, dass du jemals ein Mädchen wie Linda Pressler kriegst, denn die wird eines Tages jemanden heiraten wie mich: einen mit Geld! Mit so einem armseligen Würstchen, das Pferde quält und andere Leute ausspioniert, will niemand etwas zu tun haben.«

Ich war schockiert von dem, was Luke da sagte, aber gleichzeitig war ich fasziniert, welche Wirkung seine Worte auf Brody hatten.

»Ich kann dir aber noch was sagen und du solltest gut zuhören, Würstchen!«, fuhr Luke fort. »Wenn du die

Klappe hältst und uns hilfst, statt uns zu verpfeifen, dann könnte das der Beginn eines glücklichen Lebens für dich und deinen Dad sein. Denn wenn Chris Murray erst mal seine Koffer gepackt hat, ist hier wieder Platz für anständige Leute und wir Channings vergessen niemanden, der uns geholfen hat.«

Wir Channings! Oh Mann, das klang so pathetisch wie in einem alten Westernfilm, aber Luke schien das völlig ernst zu meinen! Auch Joana, die sich hinter ihren Bruder gestellt hatte, grinste nicht.

»Legst du dich mit uns an, dann hast du verloren. Kapiert?«

Brodys Schultern sackten nach vorne, er nickte leicht.

»Du weißt, wer unser Großvater ist, nicht wahr?«

»Hm.«

»Wie heißt er?«

»Richard Baxter.«

»Du solltest ihn dir nicht zum Feind machen. Denn ohne Arbeitserlaubnis kann dein Dad wieder zurück nach Irland fahren. Bye, bye, America! Hast du auch das kapiert?«

»Ja.«

»Und was wirst du jetzt tun?«

»Was soll ich denn tun?« Brodys Stimme klang trotzig.

»Dir diesen Film anschauen und uns sagen, was du davon hältst.« Luke holte sein Smartphone hervor, fuhr mit dem Zeigefinger über den Touchscreen und hielt es Brody unter die Nase. Tim und ich wechselten einen Blick, ich hielt gespannt die Luft an. Wie würde Brody reagieren?

Der Sohn des Stallmeisters schluckte beim Anblick des Filmes, nach ein paar Sekunden wandte er den Kopf ab.

»Machst du auch so was?«, wollte Joana wissen.

»Nein.«

»Warst du schon mal dabei?«

»Nein.«

»Weiß dein Vater, was da abgeht?«

Brody kämpfte einen Augenblick mit sich, dann stieß er einen Seufzer aus.

»Ihr habt leicht reden!«, fuhr er auf. »Ihr braucht euch keine Sorgen um eine Arbeitserlaubnis zu machen oder einen Job! Ihr seid doch alle mit 'nem goldenen Löffel im Mund geboren! Aber mein Dad kann sich nicht aussuchen, wo er arbeitet! Er findet das auch nicht toll, aber … so ist das eben! Meint ihr, in anderen Ställen gehen die besser mit den Pferden um? Mein Dad sagt, er kann das System nicht ändern, aber wenigstens dafür sorgen, dass es den Pferden so gut wie möglich geht!«

Ich lasse nicht zu, dass ein Pferd, für das ich verantwortlich bin, so leiden muss. Kein Pferd auf der Welt hat das verdient. Das hatte Hugh Sinclair am Montagabend im Stall gesagt, und er hatte es auch so gemeint. Er hatte nicht mit ansehen können, wie Friday auf drei Beinen in seiner Box herumgehumpelt war, und hatte ihm eine Schmerzspritze gegeben, obwohl die Besitzer des Pferdes etwas anderes verlangt hatten. Nein, Brodys Vater war kein Pferdeschinder, aber er alleine konnte gegen die Methoden, die im Umgang mit den Pferden gang und gäbe waren, wahrhaftig nichts ausrichten.

»Brody«, sagte ich deshalb. »Hilf uns! Wenn alle nur zusehen und niemand etwas unternimmt, dann wird es immer wieder Pferde wie Friday geben, die mit sieben Jahren sterben müssen!«

Brody blickte mich an, sein Blick flackerte.

»Was soll ich denn tun?«, fragte er hilflos.

»Uns nicht verraten«, erwiderte ich. »Wir werden diese Filme ins Internet bringen. Ganz sicher wird Lukes und Joanas Grandpa uns dabei unterstützen! Es gibt andere Methoden, Pferde auszubilden. Die dauern zwar länger, aber die Pferde bleiben gesund. Ich denke, deinem Vater würde es auch mehr Spaß machen in einem Stall zu arbeiten, in dem anständig mit den Pferden umgegangen wird, oder?«

»Ja«, gab Brody zu. »Sicher. Dann hätte er wahrscheinlich keine Magenschmerzen mehr.«

Er blickte uns der Reihe nach an. »Mr Murray ahnt, dass ihr irgendetwas im Schilde führt«, sagte er schließlich. »Er hat mir befohlen, euch im Auge zu behalten. Uns allen hat er das gesagt, ihr solltet also gut aufpassen.«

»Das habe ich mir schon gedacht.« Luke nickte.

»Was soll ich ihm sagen, wenn er mich fragt?«, wollte Brody wissen.

»Gar nichts«, mischte Melike sich ein. »Du hast nichts gehört. Wir reden nur dummes Zeug. Über pinke Cowboystiefel und so was.«

Da musste Brody kurz grinsen und mit einem Mal sah er fast nett aus.

»Stimmt ja sogar«, antwortete er.

Luke streckte die Hand aus. »Dein Wort darauf, dass du uns nicht verpfeifst?«

»Mein Wort darauf«, erwiderte Brody und schlug ein. »Du bist eigentlich ganz cool, auch wenn du ein reicher Penner bist.«

»Für einen hässlichen Iren bist du auch ziemlich okay.«

Die beiden Jungs grinsten sich an, Brody wirkte erleichtert und ich war es auch. Ich hatte ihn für arrogant und blöd gehalten, aber in Wirklichkeit war er unglücklich, denn er wusste, dass Luke mit allem, was er gesagt hatte, recht hatte. Die ehrgeizige Linda würde ihn fallen lassen wie eine heiße Kartoffel, wenn sie ihn nicht mehr brauchte.

»Autsch!« Er stand auf und verzog das Gesicht. »Ich glaub, ich hab mir eben den Knöchel verstaucht.«

Dann sah er mich argwöhnisch an. »Wir Iren glauben an Feen und Hexen«, sagte er zu mir. »Bist du etwa eine?«

»Eine was?«, fragte ich erstaunt.

»Na, eine Hexe!«, erwiderte er. »Du kannst mit deinen Händen fühlen, wenn ein Pferd krank ist. Und am Montagabend hast du mir Schmerzen an den Hals gewünscht, oder etwa nicht? Jetzt habe ich sie!«

Das fanden alle ziemlich komisch, nur ich konnte nicht darüber lachen. Meine seltsame Gabe hatte mir schon öfter Kopfzerbrechen bereitet, und auch wenn Lajos behauptete, ich solle mich darüber freuen, so tat ich das nicht. Es war nichts, womit ich etwas Positives tun konnte, im Gegenteil. Denn immer wenn ich das Prickeln in meinen Händen spürte, wusste ich, dass ich jemanden traurig machen würde, und das deprimierte mich.

»Lasst uns gehen«, sagte Niklas in meine Gedanken hinein. »Das Essen wartet sicherlich schon.«

26. Kapitel

In der Nacht schlief ich schlecht. Sosehr ich mich auf die Oaktree-Farm gefreut hatte, so froh war ich nun, sie übermorgen verlassen zu können. Ich fühlte mich nicht mehr wohl unter Menschen, die ich nicht einschätzen konnte, und zum ersten Mal, seitdem ich hier war, empfand ich so etwas wie Heimweh, obwohl Melike, Tim und Niklas hier waren. Nicht auszudenken, wie es mir gegangen wäre, wenn ich ganz allein nach Amerika geflogen wäre!

Die Bilder aus der Scheune verfolgten mich bis in meine Träume. J.J. war ein fabelhafter Reitlehrer und ich hatte sein Reitkönnen und die ruhige und besonnene Art, wie er mit Pferden und Reitschülern umging, bewundert. Umso größer war der Schock, als ich gesehen hatte, wie er auf Fly by nite eingeprügelt hatte. Dass J.J., Pat, Jamie und Declan so etwas taten, war schlimm genug, aber es wollte mir einfach nicht in den Kopf, dass Chris Murray wirklich hinter all dem steckte, dessen Luke ihn verdächtigte.

»Elena?«, flüsterte Melike. »Bist du wach?«

»Ja«, erwiderte ich. »Ich konnte kaum schlafen.«

»Ich auch nicht.« Melike drehte sich auf die Seite und

stützte ihren Kopf in die Hand. »Glaubst du, dass Brody die Klappe hält?«

»Ich glaub schon. Was hätte er davon, wenn er quatscht?«

»Chris ist der Chef von seinem Vater.«

»Aber die Oaktree-Farm gehört nicht ihm, sondern Richard Baxter, wie Luke gestern gesagt hat.«

»Der kommt ja nicht mehr hierher.« Melike richtete sich auf. »Chris kann hier schalten und walten, wie er will, und Brenda lässt ihn alles machen.«

»Sie tut mir so leid«, sagte ich.

»Mir auch«, pflichtete Melike mir bei. »Stell dir vor, du findest heraus, dass dein eigener Mann ein mieses Schwein ist.«

»Irgendwie kann ich das alles gar nicht glauben«, erwiderte ich.

»Ich denke eher, du *willst* es nicht glauben«, behauptete Melike. »Wir haben uns schon öfter in Menschen getäuscht!«

Ich seufzte und blickte in der heller werdenden Dunkelheit an die Decke. Wir hatten Chris nun ein paar Wochen lang erlebt, hatten gesehen, wie freundlich und liebevoll er mit seinen Hunden und Brendas Pferden umging und sich von morgens bis abends darum kümmerte, dass es Menschen, Pferden und Hunden auf der Farm an nichts fehlte. Irgendwie passte das nicht mit der Vorstellung zusammen, er könne jemand sein, der aus Profitgier Pferde quälte.

Andererseits hätte ich letzten Sommer auch bedenkenlos die Hand für Liam O'Brien – Andy – ins Feuer gelegt, denn er war ein total netter Kerl gewesen: fröhlich, freundlich, ein einfühlsamer Reiter – aber leider auch ein Pferdedieb, der nicht davor zurückgeschreckt war, unserem Hund ein

Betäubungsmittel zu geben und mein Pferd zu stehlen. Hätte Tim damals nicht zufällig ein Gespräch zwischen Liam/Andy und seinem Vater angehört, wir hätten nie erfahren, wohin Fritzi und die anderen Pferde gebracht worden waren und hätten wahrscheinlich keines von ihnen je wiedergesehen. *Man kann einem Menschen nur vor die Stirn schauen*, sagte meine Oma immer. *Was in seinem Kopf vorgeht, weiß man nicht.* Chris hatte Gloria und auch Brody beauftragt, uns zu beobachten. Warum? Fürchtete er, wir könnten etwas entdecken, was er lieber geheim halten würde? Oder konnte es einen anderen Grund geben?

Der Tag verging wie in Zeitlupe. Luke war direkt nach dem Frühstück wieder auf sein Zimmer verschwunden und niemand von uns hatte so richtig Lust, irgendetwas zu unternehmen. Chris war mit J.J. am Vormittag mit einem der Trailer weggefahren, Brenda ritt ihre Pferde und Niklas und Tim waren mitgegangen. Schließlich gelang es mir, Melike und Joana zu einem Ausritt zu überreden, aber wir waren alle lustlos und unsere Laune so gedrückt wie das Wetter. Nach ein paar Tagen Sonnenschein schob sich eine Gewitterfront heran, es war schwül und der Himmel bleigrau. Ich würde Hilda, Frozen Fire und die anderen Pferde vermissen, es hatte mir viel Spaß gemacht, sie zu reiten und das Westernreiten auszuprobieren, dennoch war ich froh, wenn die Zeit auf der Oaktree-Farm endlich vorüber war und ich nach Hause fliegen konnte. Chris' Hunde waren kein Ersatz für Twix und ich sehnte mich nach Mama und Papa und sogar nach Christian. Ein warmer Wind war aufgekommen, der nach Schwefel roch, und die Pferde wurden unruhig. Sie schnickten mit den Köpfen und ihre

Schweife peitschten, denn die Mücken und Bremsen waren so aggressiv, wie ich es selten erlebt hatte.

»Da braut sich was zusammen«, meinte Joana, noch bevor wir den Strand am Fall River Sound erreicht hatten. »Lasst uns besser umkehren.«

Wir ritten im Trab und Galopp zurück und Joana kam kaum wieder in Gunnys Sattel, nachdem sie das Tor auf- und zugeschlossen hatte, so tänzelte das Pferd herum. Die ersten schweren Tropfen platschten in dem Moment nieder, als wir den Stall erreicht hatten, und wenig später rauschte der Regen wie eine Sintflut herab, begleitet von Blitz und Donner.

»Wo ist eigentlich Gloria?«, fragte Melike mich, als wir die Sättel in den Tack-Room brachten. »Ich habe sie heute noch gar nicht gesehen.«

»Keine Ahnung«, erwiderte ich. »Seit dem Tag, an dem wir sie nicht auf den Ausritt mitgenommen haben, hat sie kaum noch mit mir gesprochen. Ich glaube, sie ist eingeschnappt.«

»Bin ich nicht«, sagte jemand hinter uns auf Deutsch. Wir fuhren herum. Gloria saß in der Ecke auf einem Stuhl, ihr Handy in der Hand.

Sie war blass und ihr fröhliches Lächeln war erloschen.

»Was ist denn los?«, erkundigte ich mich. »Bist du krank?«

»Nein.« Sie presste die Lippen zusammen. »Ich bin auf der Suche nach einem neuen Job.«

»Oh nein! Hat Chris dir gekündigt?« Melike riss die Augen auf.

»Nee. Ich hab selbst gekündigt.«

»Aber wieso das denn?« Ich wuchtete den schweren Sattel auf den Sattelhalter. Gloria zögerte mit einer Antwort.

»Mir gefällt's hier halt nicht mehr«, sagte sie ausweichend.

Ich schloss die Tür der Sattelkammer, obwohl uns sowieso niemand verstand, wenn wir Deutsch sprachen.

»Hat das was mit dem zu tun, was in der Scheune im Wald passiert?«, fragte ich. Glorias Kopf zuckte hoch, ihre Augen weiteten sich.

»Was wisst ihr darüber?«, fragte sie.

»Also deswegen.« Melike seufzte. »Wir wissen alles. Und glaub mir, Elena und ich sind auch froh, wenn wir hier abhauen können.«

»Ich find's entsetzlich, was sie da tun!«, platzte es aus Gloria heraus. »Ich meine, wenn ein Pferd mal einen Klaps mit der Gerte kriegt, das muss manchmal sogar sein, aber *das* … Nein! Und heute Morgen hat es mir gereicht!«

Sie senkte den Kopf, kämpfte mit den Tränen.

»Declan und Pat haben Fly by nite so drangsaliert, bis er Declan abgeworfen hat und durch das Scheunentor gerannt ist. Er ist in Panik durchgegangen und hat sich in dem Drahtzaun verfangen. Chris und J.J. mussten ihn in Dr. Klines Tierklinik nach Providence fahren, weil er so geblutet hat.«

Melike und ich starrten Gloria entsetzt an.

»Ich hab es einfach satt, mit anzusehen, was sie mit den Pferden machen! Und dauernd soll ich lügen, wenn mich jemand fragt, warum die Pferde so verschwitzt und lethargisch sind! Ganz abgesehen davon, dass sie hier eher eine Apothekerin als eine Bereiterin bräuchten!«

»Gibt es einen Futterplan?«, erkundigte sich Melike.

»Einen Futterplan?« Gloria lachte bitter. »Es gibt hier für fast jedes Pferd einen Beipackzettel, den die tolle Dr.

Kline ausarbeitet! Beruhigungsmittel, Muskelaufbaupräparate, Hormone, Schmerzmittel, Blutverdünner, Entzündungshemmer – das Füttern ist eine echte pharmazeutische Wissenschaft!«

»Kannst du diese Futterpläne fotografieren?«, fragte Melike.

»Wieso das denn?«

»Weil … na ja … Luke und Joana wollen das auch nicht mehr mit ansehen und ihren Großvater informieren, dem die Farm ja eigentlich gehört. Aber dazu brauchen sie Beweise.«

Gloria dachte einen Moment nach, dann nickte sie entschlossen und stand auf.

»Ich helfe euch«, sagte sie. »Ihr steht draußen auf der Stallgasse Schmiere und passt auf, dass keiner zur Futterkammer geht.«

Wir gaben Joana Bescheid und bezogen unsere Wachposten. Ich stand mit klopfendem Herzen vorne an der Waschbox und hoffte, dass jetzt nicht ausgerechnet Hugh Sinclair oder Chris im Stall auftauchen würden. Doch alles klappte ohne Probleme. Gloria kehrte nach zehn endlosen Minuten zurück und hob den Daumen.

»Am besten schickst du die Fotos auf Lukes Handy«, sagte Joana und gab Gloria die Handynummer ihres Bruders. »Danke, Gloria. Das ist echt super von dir.«

»Kein Thema.« Gloria lächelte schief. »Ich drücke euch die Daumen, dass ihr Erfolg habt. Was hier passiert, ist echt übel.«

Wir warteten, bis der Regen aufgehört hatte, und liefen zum Haus. Luke erwartete uns schon ungeduldig in seinem Zimmer, Tim und Niklas waren auch da. Sie wussten bereits, was mit Fly by nite passiert war, denn unsere Kamera hatte alles gefilmt.

»Wir müssen zu Grandpa!«, sagte Luke. »Wir können nicht länger warten.«

»Wie willst du denn zu ihm hinkommen?«, fragte Joana.

»Ich hab einen Führerschein«, sagte Niklas. »Leider nur kein Auto.«

»Wir könnten Gloria fragen, ob sie uns hinfährt«, schlug ich vor.

»Sie ist auf unserer Seite«, versicherte Melike. »Sie hat die Futterpläne fotografiert und dir geschickt.«

»Welche Futterpläne?« Luke runzelte die Stirn. »Ich habe nichts bekommen.«

»Aber … sie hat sie dir doch auf dein Handy geschickt!«, sagte Joana. »Schon vor zwanzig Minuten!«

Luke kontrollierte sein Handy und schüttelte den Kopf.

»Vielleicht hat sie eine Zahl vergessen«, vermutete ich.

»Oh nein!« Joana wurde blass. »Ich fürchte, ich habe ihr Moms Nummer gegeben!«

»Verdammt, Jo! Gloria kriegt einen Riesenärger!«, fuhr Luke auf. »Wie soll sie ihr denn erklären, warum sie die Futterpläne fotografiert?«

»Gloria hat heute sowieso gekündigt«, sagte ich.

Luke dachte einen Moment nach und wir sahen ihn gespannt an.

»Okay«, sagte er dann. »Es ist vielleicht ganz gut, wenn Gloria dabei ist. Wir fragen sie, ob sie uns nach Hyannis rüberfährt.«

»Sie hat einen winzigen Nissan«, gab Niklas zu bedenken. »Da passen höchstens vier Leute rein.«

»Dann fahren Elena, Melike und ich«, schlug Luke vor.

»Und was sage ich Mom?«, wollte Joana wissen.

»Sag ihr, wir sind einkaufen gefahren«, antwortete Luke.

»Du und einkaufen! Das glaubt sie niemals!«

»Ist doch völlig egal, ob sie's glaubt oder nicht! Heute Abend sind wir wieder zurück!« Luke rollte zur Tür. »Kommt, fragen wir Gloria. Und sonst bestellen wir ein Taxi!«

27. Kapitel

Gloria wurde schneeweiß im Gesicht, als sie erfuhr, an wen sie versehentlich die Fotos geschickt hatte. Sie war aber sofort bereit, uns nach Cape Cod zu fahren. Die sechzig Meilen würden wir in anderthalb Stunden schaffen. Im letzten Moment hatte Melike beschlossen, mit Niklas und Joana auf der Farm zu bleiben, Tim, Luke und ich sollten fahren. Mein Herz klopfte wie verrückt, als wir Lukes Rollstuhl im Kofferraum von Glorias kleinem weißen Nissan verstauten und in ihr Auto kletterten.

»Hoffentlich kommen Chris und J.J. nicht ausgerechnet jetzt zurück!«, sagte Gloria auf dem Weg zum Tor. Ihre Fingerknöchel traten weiß unter der Haut hervor, so fest hielt sie das Lenkrad umklammert. Wir hatten Glück und schafften es ungesehen auf die Interstate 193 in Richtung Osten, die über New Bedford nach Cape Cod führte. Vom Auto aus rief Luke seine Großeltern an und sagte, dass wir auf dem Weg zu ihnen seien.

Nach gut anderthalb Stunden hatten wir die Halbinsel erreicht und fuhren durch den Ort Hyannis. Am Ende einer schmalen Straße lag hinter einem hohen schmiedeeisernen Zaun das weitläufige Anwesen von Lukes und Joanas Großeltern mit mehreren Häusern. Dahinter gab es nur noch den privaten Strand und das Meer. Gloria umrundete ein Blumenrondell und hielt direkt vor den Stufen, die auf die Veranda des Haupthauses führten. Richard und Barbara erwarteten uns bereits.

»Meine Retterin!«, lächelte Barbara und schloss mich in die Arme. »Herzlich willkommen in Shore House!«

Luke und ich stellten ihnen Tim und Gloria vor und betraten das Haus, das sehr viel größer war, als es von außen den Anschein gemacht hatte. Es war hell und luftig, ich mochte auf Anhieb den grauen Dielenboden, die weißen Wände, an denen geschmackvolle Bilder hingen, und die schlichten Möbel. Auf der großen überdachten Terrasse gab es bequeme Sessel aus verwittertem Teakholz mit dicken, gemütlichen Sitzauflagen, man sah nur Himmel, Meer und Strand. Am liebsten wäre ich hiergeblieben und nie mehr auf die Oaktree-Farm zurückgekehrt!

»Ich habe euch erst morgen erwartet«, entschuldigte Barbara sich. »Aber ich kann euch schnell ein paar Sandwiches machen.«

Wir hatten seit dem Frühstück nichts mehr gegessen und nahmen ihr Angebot dankbar an.

»Ich helfe dir«, sagte ich und folgte Barbara in die große, helle Küche.

»Das Haus ist wunderschön!«, staunte ich. »Und dieser Blick aufs Meer ist traumhaft.«

»Ja, Richard und ich genießen es auch sehr.« Barbara lächelte. »Wir sind beide Landkinder und manchmal wird uns der Lärm in New York einfach zu viel.«

»Wie gefällt es euch auf der Oaktree-Farm?«, fragte Richard hinter mir und ich drehte mich um.

»Oh, es ist wunderschön!«, erwiderte ich.

»Wir haben gehört, dass du am vergangenen Samstag gleich deine erste Reiningprüfung gewonnen hast.«

»Ja, das war toll!« Ich nickte lächelnd. »Natürlich habe ich ein richtig gutes Pferd bekommen und Luke hat mir viele Tipps gegeben, aber es hat mir echt Spaß gemacht!«

Richard lehnte sich gegen die Arbeitsplatte und verschränkte die Arme vor der Brust.

»Was ist das für eine Begabung, von der Brenda uns erzählt hat?«, erkundigte er sich neugierig. »Ist es wahr, dass du mit deinen Händen spüren kannst, wenn ein Pferd irgendwo Schmerzen hat?«

»Ja, das stimmt.« Ich nickte wieder. »Das konnte ich schon immer, aber ich habe sehr lange nicht begriffen, was es bedeutet. Ich spüre ein Prickeln in den Händen, wenn ich die Stelle berühre, an der eine Entzündung sitzt oder ein Schmerzherd. Das ist fast ein bisschen wie ein elektrischer Schlag.«

»Und du hast bei diesem Pferd festgestellt, dass es einen Sehnenschaden hat?« Richard war neugierig. Ich bestätigte auch das und erzählte von meinen Erfahrungen mit Lajos' Patienten, mit Fritzi und mit Tims Pferd Tanot.

»Äußerst ungewöhnlich«, sagte Barbara fasziniert. »Kannst du das nur bei Pferden? Oder auch bei anderen Tieren?«

»Bei Tieren und bei Menschen«, antwortete ich. »Bei Brendas Haushälterin Paula habe ich die Ursache für ihre Rückenschmerzen gefunden. Sie ist zum Arzt gegangen und der hat bestätigt, dass sie eine Nervenwurzelentzündung hat.«

»Beeindruckend!« Richard und Barbara sahen mich mit wohlwollendem Lächeln an. »Du bist wirklich ein ungewöhnliches Mädchen. Mit Begabungen gesegnet und überaus couragiert, wie wir wissen!«

Ich war verlegen.

»Dein Tim ist ein wirklich gut aussehender junger Mann«, fügte Barbara hinzu. »Mit so unglaublich blauen Augen. Ihr seid ein hübsches Paar.«

Ich erzählte den beiden von der Feindschaft unserer Familien und wie schwierig es gewesen war, als wir uns ineinander verliebt hatten. Interessiert lauschten sie der Geschichte, wie wir den Grund dieser jahrzehntelangen Feindschaft herausgefunden hatten und wie es letztendlich zu einem Happy End für uns geführt hatte.

»Romeo und Julia«, sagte Richard. »Oft ist es gar nicht so schlecht, wenn der Anfang schwierig ist. Dann weiß man später das, was man erreicht hat, viel besser zu schätzen.«

Barbara trug die Sandwiches hinaus auf die Terrasse und wir stürzten uns darauf, als hätten wir seit Wochen nichts mehr zwischen die Zähne bekommen.

»So. Und jetzt verratet uns mal den Grund eures Besuches«, sagte Richard und setzte sich an das Kopfende des Tisches. »Irgendetwas ist doch passiert, oder?«

»Es ist jede Menge passiert, Grandpa«, sagte Luke nach einem kurzen Zögern. »Es wird dir nicht gefallen, aber Jo, ich und wir alle hoffen, dass du helfen kannst.«

»Aber natürlich helfe ich!«, erwiderte Richard Baxter ernst. »Das weißt du doch.«

»Es geht um die Farm. Und um Chris.«

Bei der Erwähnung seines Schwiegersohns verhärteten sich Richards Gesichtszüge für einen Moment, er wechselte einen raschen Blick mit Barbara, dann nickte er. »Schieß los.«

Luke erzählte, dass er schon seit Monaten den Verdacht hegte, auf der Farm würden die Pferde mit brutalen Ausbildungsmethoden gequält. Bislang habe er dafür keine Beweise gehabt, aber nun gäbe es welche.

»Allein in den letzten sechs Monaten wurden sieben Pferde bei der Versicherung als sportuntauglich gemeldet«, sagte Luke. »Meistens gute Pferde, die auf den Turnieren nicht mehr liefen, weil sie turniersauer waren. Die brachen sich plötzlich ein Bein oder hatten einen Sehnenschaden.«

»Was willst du damit sagen?« Richard runzelte die Stirn.

»Noch gar nichts«, erwiderte Luke. »Letzten Montag wurde ein Pferd eingeschläfert, ein siebenjähriger Wallach namens Friday, der Bob Pressler gehört hat.«

»Das ist das Pferd, bei dem Elena den Sehnenschaden entdeckt hat, nicht wahr?«, fragte Barbara.

»Genau«, bestätigte Luke. »Friday hatte einen Sehnenschaden. Schlimm genug, dass er pausieren sollte und wohl nie mehr Turniere gegangen wäre, aber nicht so schlimm, als dass man ihn hätte schlachten müssen. Dr. Kline hat Ultraschallbilder gemacht, auf denen zu sehen war, dass der Fesselträger und die oberflächliche Beugesehne geschädigt waren. Sie meinte, ein Jahr Ruhe und Bewegung auf festem Boden, dann könnte das Pferd wieder geritten werden. Melike wollte Friday kaufen, aber Bob hat sie nicht ernst genommen. Stattdessen hat er über Chris Kontakt mit Morey Johnson aufgenommen.«

An der Art, wie Richard und Barbara die Gesichter verzogen, merkte ich, dass sie wussten, wer Morey war.

»Angeblich wollte die Versicherung nur bei Nottötung bezahlen«, fuhr Luke fort. »Bis Sonntagabend stand Friday auf allen vier Beinen, aber am Montag konnte er plötzlich das linke Vorderbein nicht mehr belasten. Wir haben Hugh darauf aufmerksam gemacht und er hat Friday eine Schmerzspritze gegeben und Dr. Kline angerufen, damit sie das Pferd sofort einschläfert, denn einen Transport bis in den Schlachthof wollte er Friday ersparen. Dr. Kline sagte am Montag zu uns, der Fesselträger sei *abgerissen!* Ich habe mich gefragt, wie das so plötzlich passieren konnte, da das Pferd gar nicht mehr belastet wurde. Dank Chris ist die ganze Reitanlage mit Kameras gespickt. Ich habe mir also die Überwachungsbänder von zwei Kameras angesehen, über die man Fridays Box sehen kann. Und jetzt schaut euch das hier mal an …«

Er legte sein Smartphone auf den Tisch, tippte etwas darauf herum und präsentierte es seinem Großvater.

»Was ist das?«, wollte Tim wissen.

»Sonntagnacht um 4:12 waren zwei Leute in Fridays Box«, sagte Luke. »Sie hatten etwas dabei, was ich als Eisenstange erkenne. Und sie haben aus dem schweren, aber heilbaren Sehnenschaden, einen wirklich schlimmen Fesselträgerabriss gemacht!«

»Wieso hast du uns das nicht gesagt?«, fragte ich überrascht.

»Das hätte ich ja noch getan«, entgegnete Luke. »Aber ich wollte Melike nicht zusätzlich damit belasten. Ihr ging es schon mies genug.«

Gloria presste die Hand vor den Mund und verzog das Gesicht.

»Nachdem ich diese Bilder gesehen habe, war mir klar, weshalb Debbie Kline auf einmal wusste, dass der Fesselträger abgerissen war«, fuhr Luke fort. »Bob Pressler wollte das Pferd der Versicherung geben, aber Fridays eigentliche Verletzung reichte dafür nicht aus. Deshalb haben sie nachgeholfen. Und Debbie Kline steckt mit Chris unter einer Decke.«

»Das kann nicht sein!« Barbara schüttelte nachdrücklich den Kopf. »Debbie ist Brendas älteste und beste Freundin, wir kennen sie, seitdem die beiden zusammen in die Schule gingen.«

»Debbie braucht Geld«, widersprach Luke seiner Großmutter. »Ihre Klinik ist so gut wie pleite.«

»Woher weißt du das?«, fragte Barbara entgeistert.

»Es ist zwar nicht die feine englische Art, aber ich habe Chris' E-Mails gelesen«, entgegnete Luke. »Er und Debbie Kline kassieren jedes Mal, wenn ein Pferd an die Versicherung geht. Etwas Ähnliches ist übrigens vor ein paar Monaten mit Doc Del Cielo passiert. Du hast ihn als Fohlen gekauft, Grandpa, erinnerst du dich?«

»Natürlich.« Richard nickte. »Ein großartiges Pferd mit einer sehr guten Abstammung.«

»Er war der beste Hengst auf der Farm, aber er hatte leider PSSM 1, einen Gendefekt«, erklärte Luke uns. »Den hat er an seinen ersten Fohlenjahrgang vererbt und damit war er als Deckhengst wertlos. Statt ihn jedoch kastrieren zu lassen und als Sportpferd zu verkaufen, haben sie ihm beide Vorderbeine gebrochen! Angeblich ist er in der Waschbox gestürzt! Er war erst fünf Jahre alt. Die Versicherung hat eine halbe Million Dollar gezahlt!«

Richard setzte seine Brille ab und rieb sich die Augen.

»Es tut mir leid, Grandpa, aber das ist noch nicht alles.« Luke nahm sein Smartphone und suchte ein anderes Video. »Wir haben in der Scheune im Wald eine Kamera angebracht, weil ich den Verdacht hatte, dass dort schlimme

Dinge geschehen. Ich wollte, ich hätte mich geirrt, aber diese Aufnahmen stammen von heute Morgen und vorgestern Morgen.«

Stumm sahen sich Richard und Barbara die Filme an, Barbara wandte nach kurzer Zeit den Kopf ab.

»Das sind die Methoden, mit denen der große J.J. Coleman junge Pferde ausbildet und ältere wieder ›in Form‹ bringt«, sagte Luke scharf. »Ich weiß nicht, ob dir so etwas gefällt.«

»Nein, mein Junge«, sagte Richard. »Das gefällt mir ganz sicher nicht.«

»Ist das der Grund, weshalb Sie gekündigt haben?«, fragte Barbara Gloria und diese nickte.

»Ich kann diese Vorgänge einfach nicht mehr mit meinem Gewissen vereinbaren«, sagte sie mit zitternder Stimme. »Und ich finde es auch schlimm, wie man dort mit Medikamenten umgeht. Heute habe ich die Futterpläne fotografiert. Die lesen sich eher wie Krankenberichte, dabei sind die Pferde eigentlich völlig gesund.«

»Zeig das meinem Grandpa«, bat Luke sie und Gloria rief die Fotos auf. Richard setzte seine Lesebrille wieder auf und studierte mit gefurchter Stirn die Pläne.

»Großer Gott«, murmelte er. »Weiß Chris etwas von diesen Vorgängen?«

»Natürlich!«, rief Luke. »Er hat doch all diese Kameras anbringen lassen! Er hat die Leute aus dem Stall beauftragt, uns auszuspionieren, weil er wohl schon gemerkt hat, dass wir Lunte gerochen haben! Und unsere Handys werden überwacht, damit er immer weiß, wo wir gerade sind!«

»Bist du dir hundertprozentig sicher?« Richard beugte

sich vor. »Bis jetzt sehe ich keinen eindeutigen Beweis gegen ihn.«

Luke schnappte empört nach Luft. »Chris ist der Chef von allem! Er hat J.J. und die anderen eingestellt!«

»Das ist kein Beweis«, widersprach sein Großvater ihm. »Wie du weißt, ist Chris kein Westernreiter.«

Luke starrte seinen Großvater sprachlos an.

»Die Handyortung und die Kameras sind Sicherheitsmaßnahmen, die eure Mutter gewünscht hat«, sagte Richard. »Es gibt immer wieder Verrückte, die die Kinder von wohlhabenden Menschen entführen. Wir selbst mussten das am eigenen Leib erfahren! Durch den Ortungschip im Handy und die Kameras können du und Joana sehr viel mehr Freiheit genießen, als Spezialisten von der Polizei es für klug halten. Das ist nicht auf Chris' Mist gewachsen. Du weißt, dass deine Großmutter und ich ihn nicht sonderlich leiden können, aber das hat andere Gründe.«

Sein Blick streifte mich, verharrte kurz auf meinem Gesicht und ich fragte mich, weshalb. Richard stieß einen tiefen Seufzer aus.

»Die Murrays und die Baxters waren früher einmal miteinander befreundete Familien«, sagte er. »Mein Großvater und der Urgroßvater von Chris waren die besten Freunde, später auch Partner, denn sie gründeten zusammen einen Lebensmittelladen in Providence. Innerhalb weniger Jahre wurden Filialen in Boston, New York, Syracuse und Washington eröffnet, fünfzig Jahre später waren die Läden zu der größten Lebensmittelkette in ganz Amerika geworden und die Partner beschlossen, das Land aufzuteilen: George Murray übernahm den Westen, Richard Baxter I. blieb im Osten. George starb bei einem Flugzeugabsturz und seine Söhne stiegen ins Filmgeschäft und ins Hotelgewerbe ein, sie eroberten Los Angeles, Las Vegas und Texas. Die Lebensmittelläden waren nur noch ein kleiner Teil des riesigen Konzerns und eines Tages drängten die Murray-Brüder die Baxters aus dem Geschäft. Auf eine sehr unfeine Art und Weise. Das war das Ende der Familienfreundschaft.«

Wieder sah Richard mich an.

»Mein Vater war ein cleverer Mann, dem das Glück hold war. Er übernahm die Lebensmittelläden, veränderte das Konzept und brachte sie wieder auf die Beine. Später verkaufte er die Kette und spezialisierte sich darauf, Firmen zu kaufen, zu sanieren und gewinnbringend weiterzuverkaufen. Viele Jahre später, als ich schon mit im Geschäft war, beschlossen wir, in Medien zu investieren, wir kauften Zeitungs- und Buchverlage, Fernseh- und Radiosender, in den Achtzigerjahren des letzten Jahrhunderts weiteten wir unsere Geschäftsfelder aus und heute ist die Baxter Corporation das größte Medien- und Onlineunternehmen des ganzen Landes. Die Murrays hingegen spalteten ihren Konzern immer mehr auf, denn alle Brüder und ihre Familien wollten etwas von dem Kuchen haben und die wenigstens von ihnen waren gute Geschäftsleute. Heute sind die Murrays bedeutungslos geworden, die Baxter Corporation hat vor fünfzehn Jahren die letzte Unternehmung, die den Murrays geblieben war, nämlich zwei Filmstudios in Los Angeles, übernommen.«

Richard machte eine Pause und wir warteten gespannt darauf, dass er weitersprach. Tim ergriff unter dem Tisch meine Hand und drückte sie.

»Aber unsere einzige Tochter verliebte sich ausgerechnet in einen Murray, in Chris, der ein recht erfolgreicher Springreiter war. Das war Schicksal.« Wieder sah er mich an und lächelte ein bisschen. »Elena hat uns vorhin in der Küche die Geschichte von Tim und ihr erzählt und dass man Familienfehden auch nach Jahren noch beenden kann. Vielleicht ist das ja auch bei den Baxters und den Murrays möglich.«

»Chris hat unseren Vater vom Hof gejagt!«, begehrte Luke auf. »Er ist schuld daran, dass wir Dad nie sehen dürfen!«

»Euer Dad ist gegangen, weil er ein freier Mann sein wollte«, erwiderte Richard. »Er hatte keine Lust, mit eurer Mutter um die Welt zu tingeln, wie er es nannte. Deine Großmutter und ich haben Chad immer sehr gemocht, aber als er euch damals mitgenommen hat, ohne jemandem Bescheid zu sagen, hat er einen großen Fehler begangen. Er hätte wissen müssen, was passiert, schließlich kannte er die Geschichte vom Bruder eurer Mutter.«

Luke schüttelte den Kopf und starrte auf die Tischplatte.

»Chris weiß tatsächlich von all diesen Dingen«, meldete sich Gloria nun zaghaft zu Wort. »Er ist zwar selbst nur selten dabei, aber er weiß es und billigt es. Letzte Woche hat er uns alle angewiesen, darauf zu achten, dass Luke, Jo und die anderen auf keinen Fall in die Nähe der Scheune kommen. Pat und Jamie haben Luke nämlich gesehen, wie er sie fotografiert hat, als sie mit Pferden von der ›Morgenarbeit‹ zurück zum Stall kamen.«

Einen Moment herrschte Stille. Das war der Beweis, den Richard verlangt hatte.

»Wirst du etwas unternehmen, Grandpa?«, fragte er dann.

»Ja, das werde ich«, versprach Richard. »Ich denke, es ist an der Zeit, dass ich auf der Oaktree-Farm wieder selbst nach dem Rechten sehe.«

»Okay.« Luke wirkte erleichtert. »Dann fahren wir jetzt zurück, bevor jemand merkt, dass wir nicht nur einkaufen waren.«

»Wollt ihr nicht lieber hierbleiben?«, fragte Barbara. »Ich könnte Brenda anrufen und ...«

»Nein, genau das solltest du nicht tun, Grandma«, unterbrach Luke sie. »Sie hält immer zu Chris und wird ihn warnen. Dummerweise hat Joana Gloria Moms Handynummer gegeben und deshalb gingen die Fotos von den Futterplänen an sie.«

»Dann werden Sie Ärger bekommen, Gloria«, sagte Richard.

»Das ist mir egal.« Gloria lächelte ein bisschen. »Wenn wir gleich wieder auf der Farm sind, werde ich meine Sachen packen und verschwinden. Bis ich einen neuen Job gefunden habe, bleibe ich in irgendeinem Motel.«

Niemand hatte bemerkt, dass wir weg gewesen waren. Joana war es gelungen, die Bilder aus Brendas Handy zu löschen, bevor sie sie selbst sehen und sich darüber wundern konnte. Chris und J.J. waren noch nicht zurück. Nach dem Abendessen gingen wir früh auf unsere Zimmer, um für unsere morgige Abreise zu packen. Keiner von uns konnte es mehr erwarten, endlich hier weg zu kommen.

Es war halb elf, als es an der Tür klopfte. Joana kam herein und ließ sich neben mich aufs Bett fallen.

»Luke und ich haben Mom eben erzählt, was wir herausgefunden haben«, sagte sie leise.

»Und?«

»Sie glaubt uns nicht!« Joana schüttelte empört den Kopf. »Sie ist sogar richtig sauer geworden und hat uns vorgeworfen, wir wollten ihre Ehe zerstören!«

»Hat sie die Filme aus der Scheune gesehen?« Melike legte einen Stapel T-Shirts zurück in den Schrank.

»Nein. Von der Kamera haben wir noch nichts gesagt«, erwiderte Joana. »Sonst würde sie das wahrscheinlich auf der Stelle Chris erzählen und der würde natürlich gleich die Kamera abmontieren.«

»Hm.« Melike und ich waren ratlos.

»Ich kann einfach nicht fassen, dass Mom zu diesem Mistkerl hält!«, regte Joana sich auf. »Sie glaubt ihm mehr als uns und will die Wahrheit einfach nicht sehen! Ach, es macht mich total krank zu wissen, was hier abgeht, ohne dagegen etwas unternehmen zu können!«

»Vielleicht bist du zu ungeduldig«, meinte Melike. »Euer Grandpa weiß jetzt Bescheid und wird etwas unternehmen. Das war doch auch der Plan!«

»Trotzdem!« Joana war so frustriert und enttäuscht, dass sie in Tränen ausbrach. »Ich glaube, es wird sich nichts verändern. Sie werden uns morgen nach Cape Cod und danach ins Internat abschieben, damit sie in Ruhe weitermachen können. Aber das Schlimmste ist, dass Mom uns nicht glauben will!«

Sie schluchzte hemmungslos, und ich legte tröstend meinen Arm um Joanas Schultern. Ich verstand genau, was sie meinte, denn ich konnte mich lebhaft daran erinnern, wie Mama mir letztes Jahr vor Weihnachten auch nicht geglaubt hatte, dass ich Niklas zufällig im Einkaufszentrum getroffen hatte. Sie hatte mir vorgeworfen, ich würde sie belügen und hatte mir überhaupt nicht zugehört.

»Wir kriegen das hin«, versicherte ich ihr. »Es wird sich etwas ändern!«

»Ach, ich bin so froh, dass ihr da seid!«, schniefte Joana und fuhr sich über die Augen. »Wenigstens sind wir nicht alleine.«

28. Kapitel

Am nächsten Morgen kamen Tim und Niklas um acht ins Haus und wir frühstückten ausgiebig. Chris war schon fertig mit dem Frühstück und stand auf, als Luke ins Esszimmer reinrollte.

»Ich mach euch mal etwas Platz«, lächelte er und ging in sein Büro, das sich auf der anderen Seite des Flurs befand. Brenda sah übernächtigt aus, trotzdem versuchte sie, gute Stimmung zu verbreiten.

»Es wird euch bei meinen Eltern gut gefallen«, sagte sie mit aufgesetzter Fröhlichkeit. »Man kann schwimmen und am Pool faulenzen, Strandspaziergänge machen und segeln …«

»… auf die Strandspaziergänge freue ich mich am meisten«, bemerkte Luke sarkastisch und Brendas angestrengtes Lächeln verschwand.

»Wo bleibt Jo eigentlich?« Sie legte die Serviette zur Seite. »In einer Stunde wollen wir losfahren.«

»Ich gehe mal nach ihr schauen«, bot ich an.

Ich stand auf und ging zu Joanas Zimmer, um sie zu wecken. Nachdem ich zwei Mal geklopft hatte, öffnete ich die Tür. Sie war weder in ihrem Zimmer noch im Bad, ihr Bett war unberührt und die Kleidung, die sie gestern getragen hatte, fehlte. Auf dem Tisch vor dem Fenster lag ihr Handy und daneben ein Zettel.

Macht euch keine Sorgen um mich, hatte sie geschrieben. *Aber ich kann das alles nicht mehr ertragen. JC.*

»Oh verdammt!«, flüsterte ich. »Sie ist abgehauen! Ich fasse es nicht!«

Natürlich war die Aufregung groß, als Brenda erfuhr, dass Joana ausgerissen war. Die Tatsache, dass sie ihr Handy, mit dem sie geortet und gefunden werden könnte, dagelassen hatte, sprach dafür, wie ernst es ihr war.

»Wie kann sie nur so etwas tun?« Brenda rang verzweifelt die Hände. »Sie weiß doch, welche Sorgen ich mir mache!«

Chris nahm sie in die Arme, streichelte ihr Gesicht und sprach leise auf sie ein. Tatsächlich beruhigte Brenda sich etwas.

»Ich werde alle Leute nach ihr suchen lassen«, sagte Chris.

»Wir sollten die Polizei anrufen, Mom«, mischte Luke sich ein. »Und Grandpa muss Bescheid wissen!«

»Warum willst du deine Großeltern aufregen?«, entgegnete Chris. »Jo ist weggelaufen, weil sie sich geärgert hat. Das machen Mädchen mit fünfzehn hin und wieder.«

Er wollte von uns wissen, ob Joana irgendetwas zu uns gesagt habe, aber wir verneinten. Sie hatte uns nichts gesagt. Weder Melike noch ich verrieten, dass Joana gestern Abend bei uns im Zimmer gesessen und vor Enttäuschung geweint hatte, weil ihre Mutter ihr nicht geglaubt hatte. Chris überlegte einen Moment mit zusammengepressten Lippen.

»Okay«, sagte er dann und musterte uns. »Ich denke, es ist das Beste, wenn du deine Eltern anrufst, Niklas. Sie sollen dich und Tim abholen. Und es wäre gut, wenn Elena und Melike bei euch bleiben könnten, bis sich hier die Lage aufgeklärt hat.«

Niklas zuckte die Achseln und nickte. Ich war hin und her gerissen zwischen dem Wunsch, Luke und Joana zu helfen und meiner Erleichterung, von der Farm verschwinden zu können.

»Wieso willst du, dass unsere Freunde wegfahren?«, erkundigte sich Luke. »Mir wäre es lieber, sie würden bleiben!«

»Das ist eine Familienangelegenheit«, begann Chris, aber Luke fiel ihm ins Wort.

»Dann solltest *du* hier abhauen! Jo und ich sind nicht deine Familie!«

»Luke!«, mahnte Brenda. »Was soll das denn?«

Hatte Brenda Chris von ihrem gestrigen Gespräch mit Luke und Joana erzählt? Wusste er, welchen Verdacht wir gegen ihn hegten? Wollte er uns deshalb loswerden?

»Wir gehen rüber und packen unsere Sachen.« Niklas stand auf und wir folgten eilig seinem Beispiel. Niemandem von uns war wohl bei dem Gedanken, länger als nötig auf der Farm zu bleiben. Melike und ich hatten auch schon unsere Koffer gepackt, Tim und Niklas schleppten sie nun die Treppe hinunter und hinaus auf die Veranda. Luke kam hinter uns her.

»Ihr könnt doch jetzt nicht einfach abhauen!«, sagte er. »Bitte, bleibt hier!«

»Was sollen wir denn machen, wenn Chris uns nicht mehr hier haben will?«, entgegnete Melike ratlos.

»Mom hat euch eingeladen, nicht Chris! Ihr seid *unsere* Gäste!« Luke sah so verzweifelt aus, dass er mir leidtat. »Sagt ihm doch einfach, ihr hättet angerufen, aber eure

Eltern wären irgendwo unterwegs und könnten euch erst in ein paar Tagen abholen.«

Wir sahen uns an.

»Kommt«, beschloss Niklas. »Wir gehen rüber ins Gästehaus. Da überlegen wir in Ruhe weiter.«

Die Haustür ging auf, Chris kam heraus.

»Sagt Bescheid, wenn ihr Hilfe braucht«, sagte er zu uns, Luke beachtete er gar nicht. »Es tut mir leid, dass ihr das hier miterleben müsst.«

Er sprang die Treppenstufen hinunter, setzte sich in das Golfcart und fuhr in Richtung Reitanlage davon. Wir blickten ihm schweigend nach. Obwohl es ein genauso sonniger Tag war wie vor vier Wochen, war trotzdem alles irgendwie düster. Damals hatte ich die Farm für ein Paradies gehalten, aber heute wusste ich, dass sie das nicht war. Kein Ort der Welt war ein Paradies, auch wenn es vielleicht danach aussehen mochte.

»Denkst du, deine Mom hat ihm etwas gesagt?«, fragte ich.

»Worüber?«, fragte Luke.

»Über euer Gespräch gestern«, erwiderte ich. »Jo kam zu Melike und mir und hat geweint, weil Brenda euch nicht glauben wollte.«

Lukes Miene wurde finster.

»Kann schon sein«, antwortete er, dann schlug er in einem plötzlichen Anfall von Zorn und Frust mit den Händen auf die Räder seines Rollstuhls. »Wenn ich doch nur nicht in diesem Scheißding hocken müsste!«

»Hoffentlich ist Jo nichts zugestoßen«, sagte Melike und setzte sich auf die oberste Treppenstufe. »Wo kann sie bloß hin sein? Ohne Auto kommt man hier doch gar nicht fort!«

»Direkt oben an der Straße ist eine Bushaltestelle«, erinnerte Luke sie. »Sie kann schon fünfzig Meilen weit weg sein.«

»Vielleicht hat sie ja auch ein Pferd genommen«, vermutete Tim.

»Das wäre verdammt leichtsinnig von ihr gewesen«, entgegnete Luke. »Sie weiß doch, dass im Stall überall Kameras hängen. Und wo soll sie hingeritten sein?«

»Keine Ahnung.«

Was hätte ich an ihrer Stelle getan? Als ich einmal zu Hause richtig Krach mit Papa und Mama gehabt hatte, war ich zu Lajos ins Forsthaus geritten, denn bei Melike hätten sie mich sofort gefunden. Gab es jemanden, dem Joana so sehr vertraute, dass sie sich bei ihm verstecken würde?

»Sag mal, Luke, hast du nicht neulich gesagt, euer Dad würde im Winter seine Pferde bei seiner Schwester unterstellen?«, fragte ich. »Wie weit ist das von hier weg?«

»Tante Claire wohnt in der Nähe von Shrewsbury.« Lukes Gesicht hellte sich auf. »Das sind ungefähr sechzig Meilen von hier mit dem Auto. Mit dem Pferd könnte man ein Stück abkürzen, aber es ist dennoch eine Wahnsinnsstrecke.«

»Trotzdem, du solltest mal dort anrufen«, schlug Niklas vor. »Es ist eine Chance!«

Luke nickte und ergriff sein Handy. Es dauerte eine ganze Weile, bis jemand auf der anderen Seite der Leitung abnahm, aber Luke schien nicht zu hören, was er gehofft hatte.

»Dort ist sie nicht«, verkündete er niedergeschlagen. »Ich rufe Dad an. Vielleicht hat sie sich bei ihm gemeldet.«

Ich setzte mich neben Melike auf die Treppe, Niklas nahm in einem der Schaukelstühle auf der Veranda Platz und Tim setzte sich auf die Brüstung. Luke hinterließ seinem Vater eine Nachricht auf der Mailbox, dann saßen wir da, überlegten, wo Joana sein könnte und warteten auf einen Rückruf. Die Minuten verrannen.

»Wir könnten mal nachschauen, ob Jos Pferd da ist«, schlug Tim vor.

»Gute Idee.« Luke nickte. »Besser, als tatenlos hier herumzusitzen.«

Gerade als wir uns auf den Weg zum Stall machen wollten, kam ein Auto die Auffahrt entlang.

»Das ist Grandpa«, sagte Luke erstaunt. »Ob Mom ihn doch angerufen hat?«

»Er wollte heute sowieso herkommen«, erinnerte Tim ihn. »Ich denke mal, er hat heute Nacht nicht besonders gut geschlafen nach all dem, was wir ihm gestern erzählt haben.«

Wir standen auf. Richard Baxter hielt vor der Treppe an und stieg aus. Sein Anblick gab mir sofort ein Gefühl der Sicherheit.

»Nanu«, begrüßte er uns lächelnd. »Was ist denn mit euch los? Könnt ihr es nicht erwarten, zu uns zu kommen?«

»Hallo, Grandpa«, erwiderte Luke. »Hat Mom dich etwa gar nicht angerufen?«

»Nein.« Richard Baxter wurde ernst, ein besorgter Ausdruck erschien in seinen Augen. »Was ist passiert?«

»Jo ist verschwunden. Sie hat ihr Handy und einen Abschiedsbrief auf ihrem Schreibtisch liegen lassen.«

»Ist die Polizei schon verständigt worden?«, fragte er. In dem Moment ging die Haustür auf, Brenda kam heraus und fiel ihrem Vater weinend um den Hals. Sie machte sich große Sorgen um Joana und war völlig aufgelöst.

»Hast du die Polizei schon benachrichtigt?«, wollte Richard wissen.

»Noch nicht.« Brenda schüttelte den Kopf. »Vielleicht hat sie sich ja nur irgendwo hier versteckt, weil sie mich … bestrafen will.«

»Bestrafen? Wofür?« Richard hob die Augenbrauen. Er verlor kein Wort darüber, dass wir gestern bei ihm gewesen waren und von den Vorkommnissen auf der Oaktree-Farm berichtet hatten. Brenda kämpfte einen Moment mit sich, dann erzählte sie ihrem Vater, welche Vorwürfe Luke und Joana gestern gegen Chris geäußert hatten.

»Jo hat Melike und mir gestern Abend gesagt, dass sie traurig sei, weil du ihr und Luke nicht geglaubt hast«, sagte ich, als Brenda verstummte. Sie sah mich aus großen Augen an.

»Aber das ist doch völliger Unsinn!«, flüsterte sie und blickte Luke an. »Wie könnt ihr glauben, Chris würde Pferde quälen? Ihr kennt ihn doch!«

»Ja, genau!«, höhnte Luke. »Wir kennen ihn! Du wolltest die Wahrheit nie sehen, aber wegen deinem Chris sitze ich hier in diesem verdammten Rollstuhl!«

Brenda wurde totenbleich im Gesicht.

»Was redest du denn da, Luke? Was soll das?«

»Hast du gesehen, wie er Jimmy mit der Peitsche geschlagen hat, weil er nicht auf den Lkw gehen wollte?«, schrie er aufgebracht. »Nein, hast du nicht! Er hat auf Jimmy eingeprügelt, zwei Leute mussten Longen an den Lkw spannen, um Jimmy hochzuziehen – Joana hat gebettelt, dass er damit aufhört, weil Jimmy vor Panik fast durchgedreht ist, aber Chris hat nicht aufgehört. Da bin ich dazwischen gegangen. Aber in dem Moment hat Jimmy sich in den

Longen verfangen und ist auf mich draufgefallen! Deshalb bin ich jetzt ein Krüppel und hocke im Rollstuhl! Weil *dein* Chris unbedingt allen zeigen wollte, dass er stärker ist als jedes Pferd!«

Brenda starrte ihren Sohn entsetzt an.

»Grandpa hat Jimmy erschossen!«, schrie Luke mit Tränen des Zorns in den Augen. »Dabei hätte er besser Chris erschossen! Der hatte nämlich nicht mal den Mumm zuzugeben, dass er schuld an dem Unfall war – nicht ich und nicht das Pferd!«

»Deshalb hasst du ihn also so sehr«, flüsterte Brenda.

»Ich hasse ihn nicht, Mom!« Luke schüttelte den Kopf. »Ich *verachte* ihn! Weil er nicht den Mut hatte, zu dem zu stehen, was er getan hat! Er wusste genau, dass du ihm mehr glauben würdest als Jo und mir, und das hat er ausgenutzt! Er hat zugelassen, dass Grandpa Jimmy erschossen hat, genauso, wie er jetzt zulässt, dass J.J. Pferde quält und ihnen die Knochen bricht, um Geld von der Versicherung zu kassieren!«

Für einen Moment herrschte Totenstille. Luke zog sein Handy hervor, tippte darauf herum und reichte es seiner Mutter.

»Da!«, sagte er. »Guck dir das an und sag mir, ob du das toll findest!«

Ich sah, dass Brendas Hände zitterten, als sie nun das Smartphone ergriff und den Film anschaute, der zeigte, wie zwei Gestalten nachts in Fridays Box gingen.

»Was ist das?«, fragte sie.

»Diese Männer haben mit einer Eisenstange dafür gesorgt, dass Fridays Bein kaputt genug war, um von der Versicherung Geld zu bekommen«, erwiderte Luke. »Mach die Augen auf, Mom! Kapier doch endlich, was Chris für einer ist!«

Niklas räusperte sich.

»Wir gehen rüber in den Stall«, sagte er. »Das ist eure Familienangelegenheit und geht uns nichts an.«

»Tut mir leid, dass ich euch da reingezogen habe«, sagte Luke. »Aber alleine hätte ich das nicht hinbekommen.«

»Was hinbekommen?«, erkundigte sich Brenda argwöhnisch.

»Es gibt noch mehr Filme«, antwortete Luke. »Wir haben in der Scheune im Wald eine Kamera montiert und gefilmt, wie J.J., Jamie, Pat und Declan die Pferde dort quälen. Weißt du überhaupt, wo er gestern Morgen mit J.J. hingefahren ist? Weißt du das?«

»Er hat ein Pferd zu Debbie in die Klinik gefahren«, erwiderte Brenda mit mühsamer Beherrschung, aber ich erkannte erste Zweifel in ihren Augen.

»Das stimmt allerdings!«, rief Luke. »Sie haben Fly by nite in der Scheune im Wald nämlich so sehr gequält, dass er sich vor lauter Panik schwer verletzt hat!«

»Das Pferd ist auf der Galoppierbahn gestürzt«, flüsterte Brenda.

»Hat er das gesagt? Ha!« Luke rief den Film auf, den die Kamera gestern aufgenommen hatte und spielte ihn seiner Mutter vor, die mit versteinerter Miene auf den Bildschirm des Handys starrte.

»J.J. hat Chris gesagt, das Pferd habe sich bei der Morgenarbeit auf der Rennbahn verletzt«, wiederholte Brenda beinahe verzweifelt und drehte sich zu ihrem Vater um. »Dad! Er weiß nicht, was da vor sich geht!«

»Das sollten wir ihn fragen«, erwiderte Richard. »Mich würde interessieren, was er weiß und was nicht.«

»Vielleicht ist Joana bei ihrem Vater«, sagte Brenda plötzlich.

»Wie soll sie denn dahin kommen?«, widersprach Luke seiner Mutter. »Er ist im Augenblick in Colorado.«

»Ist er nicht.« Brenda schüttelte den Kopf. »Chris hat ihn gestern gesehen.«

»Wo?«, fragten Luke und Richard wie aus einem Mund.

»Sein Truck stand auf dem Parkplatz von Nook & Crannys Diner. Damit hat Chad die gerichtlichen Auflagen verletzt. Chris vermutet, dass Joana vielleicht zu ihm gegangen ist.«

Luke schnaubte zornig.

»Und das glaubst du ihm? Ich fasse es nicht!«, sagte er angewidert und drehte mit einem Ruck seinen Rollstuhl um. Sein Handy begann zu klingeln und Brendas Augen weiteten sich.

»Luke!«, rief Brenda. »Dein Vater ruft an!«

Luke rollte zu ihr hin, schnappte das Handy und nahm das Gespräch an.

»Dad, Jo ist verschwunden!«, sagte er, ohne seine Mutter aus den Augen zu lassen. »Chris behauptet, er hätte deinen Truck gestern auf einem Parkplatz zwischen Sawmill und North Westport gesehen … Ja, das hab ich Mom auch gesagt … klar …« Ein triumphierendes Lächeln erschien auf seinem Gesicht. »Okay … Danke, Dad. Natürlich. Ich halte dich auf dem Laufenden.«

»Luke, ich habe nicht …«, begann Brenda, aber er winkte ab.

»Du glaubst Chris alles«, sagte Luke verächtlich. »Dad

ist auf der Interstate 80 kurz vor Cleveland. Ungefähr 650 Meilen von hier entfernt.«

Richard räusperte sich. »Ich rufe jetzt Sheriff Manning an. Und dann will ich mit Chris sprechen. Wo ist er?«

»Er teilt die Leute ein, damit sie das ganze Gelände nach Jo absuchen.«

»Ruf ihn an«, befahl Richard. »Er soll vor dem Stall auf uns warten.«

Brenda nickte und ergriff ihr Handy.

»Chris, ich bin's«, sagte sie mit gefasster Stimme. »Dad ist hier und will mit dir reden.«

Dann legte sie auf und holte tief Luft.

»Er kommt«, sagte sie unglücklich.

29. Kapitel

Niklas, Tim und Melike waren zum Gästehaus gegangen und gaben vor, die Koffer zu packen. In Wirklichkeit wollten sie in den Stall gehen und nach Joanas Pferd sehen. Ich folgte Richard, Brenda und Luke mit einem unguten Gefühl den Weg entlang. Graue Wolken hatten sich vor die Sonne geschoben, kein Windhauch regte sich und es war brütend heiß. Chris erwartete uns vor der Stalltür, die Hände in die Seiten gestemmt und zum ersten Mal, seitdem ich ihn kannte, lächelte er nicht.

»Christopher«, sagte Richard nur und nickte knapp.

»Hallo, Richard.« Chris machte keine Anstalten, seinem Schwiegervater die Hand zu reichen. »Schön, dich wieder einmal zu sehen, auch wenn der Anlass weniger erfreulich ist.«

Die Anspannung stand ihm ins Gesicht geschrieben. Brenda ging nicht zu ihm, sie blieb neben ihrem Vater stehen, die Arme vor der Brust verschränkt, das Gesicht leichenblass.

»Luke«, sagte Richard. »Gib mir dein Handy.«

Luke reichte seinem Großvater das Smartphone, ohne Chris aus den Augen zu lassen.

»Schau dir das hier an und sag mir, was du dort siehst«,

verlangte Richard in einem Tonfall, der keinen Widerspruch duldete.

»Das sind Bilder aus der Kamera, die in Stallgasse 3 hängt.« Chris runzelte die Stirn, wirkte fassungslos. »Was machen die denn da?«

»Tu doch nicht so, als ob du das nicht wüsstest!«, explodierte Luke. »Du guckst dir die Aufnahmen doch dauernd an! Behaupte bloß nicht, ausgerechnet *das* hättest du übersehen!«

Chris blickte Luke an, seine Wangenmuskulatur bebte. Und in diesem Moment ahnte ich, dass Luke und Joana recht hatten: Chris wusste, was die Männer getan hatten, und er hasste Luke.

»Luke, halt dich da raus«, befahl Richard. »Also, Christopher, hast du eine Erklärung für diese Bilder? Und vielleicht auch gleich eine dafür, wie Doc Del Cielo sich beide Vorderbeine gebrochen hat?«

»Was hat das Mädchen hier zu suchen?«, fuhr Chris seinen Schwiegervater an und wies auf mich. »Brauchst du etwa Publikum, um mich fertigzumachen? Auf die Gelegenheit wartest du doch schon seit Jahren!«

»Ich habe dir meine Tochter anvertraut, dazu meine Enkel, meine Farm und meine Pferde.« Richard ließ sich nicht beeindrucken. »Auch wenn ich deine Familie nicht sonderlich schätze, so habe ich dir Vertrauen geschenkt. Ich habe dich für einen Pferdemann gehalten, für einen, der das Wohlergehen der Pferde über den Profit stellt. Aber offenbar habe ich mich in dir getäuscht. Das Geld, das du hier zur Verfügung hattest, hat dir nicht ausgereicht, nein, du musstest zusammen mit Debbie Kline Versicherungen betrügen.«

»Wer erzählt denn einen solchen Unsinn?«, fuhr Chris auf. »Brenda! Sag doch auch mal etwas!«

»Was ist an dem Tag, an dem Jimmy auf Luke gefallen ist, passiert?«, fragte Brenda stattdessen mit bebender Stimme. »Wie ist es wirklich zu diesem Unfall gekommen?«

Chris leugnete beharrlich, dass er das Pferd damals mit der Peitsche geschlagen hatte, und die Leute, die Augenzeugen des Vorfalls gewesen waren, hatten die Farm längst verlassen, deshalb stand Aussage gegen Aussage. Ich konnte mir denken, dass Luke vor Zorn kochte, aber er hielt den Mund.

Nie in meinem Leben war mir unwohler zumute gewesen und ich wünschte mich ganz weit weg. Da ertönte hinter mir ein Pfiff. Ich wandte den Kopf, konnte aber niemanden sehen.

»Hier!«, rief eine Stimme leise und da sah ich Brody in dem Gang zwischen Stallungen und Reithalle. Er winkte mir wild. Chris stand mit dem Rücken zu mir und war völlig auf das Gespräch mit Brenda und Richard konzentriert, deshalb sah er nicht, wie ich hinter ihm entlang in den Gang huschte. Brody wich ein paar Schritte zurück. Er war blass und nervös.

»Hey Brody«, sagte ich. »Was ist los?«

»Ich habe Joana heute Morgen gesehen!«, flüsterte Brody und blickte sich immer wieder um, als ob er sich vor irgendjemand fürchtete. »Ich war schon früh wach und hab zufällig aus dem Fenster geschaut. Sie kam aus dem Haus und ging zum Stall.«

»Wann war das?«, fragte ich.

»Ungefähr um fünf«, erwiderte der Sohn des Stallmeisters. »Ich hab mich angezogen und wollte gerade los, um nach ihr zu sehen, aber da kam Chris aus dem Haus. Später, so gegen sieben – ich hatte Chex und Runner gerade in die Führmaschine gebracht –, kam Chris auf Shiner aus dem Wald geritten und hatte Gunny als Handpferd dabei.«

Mir wurde kalt. Gunny – Hollywood Gun – war Joanas Pferd!

»Und was dann?«, fragte ich aufgeregt.

»Declan hat ihm die Pferde abgenommen und Chris ist rüber zum Haus gelaufen«, fuhr Brody fort. »Er hatte es ziemlich eilig.«

Chris hatte Joana gesehen, ja, ganz sicher hatte er mit ihr gesprochen, aber er hatte Brenda nichts davon gesagt und sogar den total Überraschten gespielt, als ich den Zettel auf Joanas Schreibtisch gefunden hatte. Hatte er Joana irgendetwas angetan, weil sie ihm vielleicht ins Gesicht gesagt hatte, was wir wussten? Es konnte nicht anders sein!

»Wir müssen Richard unbedingt sagen, was du beobachtet hast«, drängte ich Brody. »Jo ist in Gefahr!«

Ich riskierte einen Blick um die Ecke. Noch immer diskutierte Chris mit Richard, Brenda weinte und Luke machte ein grimmiges Gesicht. Was würde passieren, wenn ich jetzt einfach losmarschierte und sagte, was Brody heute Morgen beobachtet hatte? *Menschen, die viel zu verlieren haben, schrecken vor nichts zurück* – das hatte Niklas zu Luke gesagt und mir dämmerte allmählich, wie viel Chris zu verlieren hatte. Dank Brenda und dem Geld ihres Vaters hatte Chris einen guten Job, Ansehen, Einfluss und niemals finanzielle Sorgen, aber wenn Brenda erfuhr, dass er sie belogen hatte, dann musste er damit rechnen, dass sie ihn hinauswarf und vielleicht sogar anzeigte. Das würde Chris mit allen Mitteln verhindern wollen. Motorengeräusche näherten sich und hinter den großen Rhododendron- und Hibiskusbüschen tauchten mehrere Polizeiautos auf, dicht gefolgt von der silbernen Limousine, die Lindas Vater gehörte.

»Elena!«, flüsterte Brody und ich zuckte erschrocken zusammen. »Chris hat uns beauftragt, überall auf dem Gelände der Farm nach Joana zu suchen. Ich muss wenigstens so tun, als ob ich mithelfe.«

»Warte!« Ich ergriff seinen Arm. »Wo kann er Jo hingebracht haben?«

»Ich hab echt keine Ahnung.« Brody zuckte nervös die Schultern. »Aber ich fürchte, er hat ihr etwas angetan.«

Das befürchtete ich allerdings auch.

»Lass uns in den Stall gehen«, sagte ich leise. »Melike, Tim und Niklas sind dort. Ich muss mich mit ihnen beraten.«

»Okay.« Brody wandte sich um und ich folgte ihm den schmalen Weg zwischen Reithalle und Stall entlang. Dutzende Male war ich in den letzten Wochen hier durchgelaufen, doch jetzt klopfte mein Herz vor Angst. Meine Knie wurden vor Erleichterung ganz weich, als ich meine Freunde in der Putzhalle stehen sah. Jamie, Pat und Declan waren gerade dabei, ein paar Pferde zu satteln. Brody schlug einen Haken, bevor sie ihn sehen konnten, und huschte durch die Stallgasse 1 davon.

»Was ist denn mit dem los?«, fragte Melike.

»Später!«, zischte ich.

»Gunny steht in seiner Box«, sagte Tim. »Joana ist also nicht mit dem Pferd …«

»Doch!«, unterbrach ich ihn, aber bevor ich erzählen konnte, was Brody gesehen hatte, flog die Stalltür auf und Chris stürmte an uns vorbei.

»Chris!«, rief Brenda hinter ihm. »Chris, warte!«

Ihre Stimme klang schrill, aber er hastete weiter, schnappte Declan die Zügel von Gray Jac Eleven aus der Hand und schwang sich in den Sattel. Die Funken stoben unter den Hufeisen des grauen Wallachs, als er noch auf der Stallgasse angaloppierte. Richard und Luke kamen in den Stall, gefolgt von ein paar uniformierten Polizisten und Bob Pressler, der ziemlich wütend aussah.

»Chris!«, brüllte Lindas Vater. »Bleib hier, verdammt noch mal! Ich will eine Erklärung von dir!«

»Richard!«, rief ich und lief zu Lukes und Joanas Großvater hin. »Chris hat Joana etwas angetan!«

»Wie kannst du so etwas behaupten?« Brenda war außer sich.

»Jo ist heute Morgen um fünf Uhr in den Stall gegangen und Chris ist ihr gefolgt!«, sprudelte es aus mir heraus. »Brody hat gesehen, wie er gegen sieben Uhr aus dem Wald geritten kam und Joanas Pferd am Zügel dabeihatte!«

Melike, Niklas und Tim starrten mich genauso verblüfft an wie Luke und Richard.

»Das ist eine Lüge!«, rief Brenda empört. »Chris war im Badezimmer, als ich aufgewacht bin!«

»Er hat Declan die Pferde gegeben und ist eilig zum Haus gelaufen«, fuhr ich unbeirrt fort. »Wahrscheinlich, damit er zurück ist, bevor du aufwachst!«

Brendas Blicke durchbohrten mich. Sie öffnete den Mund, dann begriff sie, was meine Worte bedeuteten, besann sich anders und schüttelte stumm den Kopf.

»Sheriff«, sagte Richard mit fester Stimme zu einem der Polizisten. »Wir brauchen eine Suchmannschaft und am besten eine Hundestaffel. Meine Enkelin muss hier irgendwo in der Gegend sein! Gott gebe, dass sie noch am Leben ist!«

Hugh Sinclair tauchte auf, Bob Pressler stürzte sich sofort auf den Stallmeister. Luke hatte ihm per E-Mail den Film aus der Überwachungskamera geschickt. Nun wollte er auf der Stelle seine anderen Pferde abholen und drohte damit, Chris und Hugh anzuzeigen. In dem ganzen Tumult achtete niemand mehr auf uns. Plötzlich stand Brody neben uns.

»Mir ist etwas eingefallen«, raunte er Tim und mir zu. »Ich kann mir denken, wo Chris heute Morgen war!«

»Wo wollt ihr hin?« Luke rollte, so schnell er den Rollstuhl bewegen konnte, auf uns zu.

»Zur alten Sägemühle am Fluss«, erwiderte Brody. »Ich bin mir ziemlich sicher, dass Chris Joana dort irgendwo eingesperrt hat!«

»Du könntest recht haben«, nickte Luke. »Wenn man quer durch den Wald reitet, braucht man ungefähr eine halbe Stunde.«

»Und von dort aus kann man in zehn Minuten mit dem Auto den Highway erreichen«, fügte Brody hinzu. »Wir reiten jetzt dahin. Sag du der Polizei Bescheid! Sie müssen über die Landstraße fahren, das dauert länger.«

»Okay«, erwiderte Luke. »Beeilt euch, damit dieser Mistkerl sich nicht aus dem Staub machen kann.«

»Wir bleiben hier«, sagte Niklas und hielt Melike zurück. »Luke braucht unsere Unterstützung.«

Brody, Tim und ich liefen zu den gesattelten Pferden, banden sie los und schwangen uns in die Sättel. Im nächsten Moment waren wir schon auf der Rennbahn und jetzt merkte ich zum ersten Mal, wie wahnsinnig schnell Quarter Horses galoppieren konnten. Nicht umsonst sagte man, sie seien die schnellsten Pferde der Welt auf der Viertelmeile! Der Wind sang mir in die Ohren, eine Mücke flog mir ins Auge und ich konnte kaum sehen, wohin wir ritten.

»Hast du einen Schlüssel für das Tor?«, schrie ich Brody zu.

»Scheiße, nein!«, schrie er zurück. »Aber wenn Chris zur Sägemühle geritten ist, hat er sicher nicht hinter sich abgeschlossen!«

An der alten Scheune verließen wir die Rennbahn und mussten das Tempo drosseln. Nach ein paar Metern hörte der Wirtschaftsweg auf und der Wald wurde dichter und dunkler.

»Bist du dir sicher, dass du weißt, wo wir hinmüssen?«, fragte Tim.

»Ja.« Brody nickte verbissen. »Außerdem hat Chris ziemlich deutliche Spuren hinterlassen.«

Er zügelte sein Pferd und parierte zum Schritt durch. Wir folgten der Schneise aus abgeknickten Zweigen und niedergetretenem Farn, die Gray Jac Eleven im Unterholz hinterlassen hatte. Chris hatte das Pferd offenbar rücksichtslos durch dichtes Gestrüpp, Dornen und Schlammlöcher getrieben, auf dem kürzesten Weg zu seinem Ziel. Glaubte er ernsthaft, er könnte einfach flüchten und sich irgendwo verstecken? Nach einer Weile wurde der Wald etwas lichter, wir konnten wieder traben.

»Was machen wir, wenn Chris bewaffnet ist?«, rief ich.

»Gar nichts«, erwiderte Brody. »Wir halten ihn nur auf, bis die Polizei kommt!«

»Und wie willst du das anstellen?«, fragte Tim.

»Die Sägemühle liegt an einem Fluss.« Brody wandte sich im Sattel um. »Um zum Highway zu gelangen, muss er über eine Brücke fahren und die blockieren wir mit irgendetwas.«

Das klang für mich ziemlich verrückt. Erst mal mussten wir irgendetwas finden, womit man eine Brücke blockieren konnte! Wir konnten nicht davon ausgehen, dass ein passender Baumstamm herumlag! In der Ferne grollte ein Donner. Brody ließ sein Pferd galoppieren, die dicke Laubschicht auf dem Boden verschluckte das Geräusch des Hufschlags, aber wir mussten aufpassen, dass wir nicht mit den Knien an einem Baumstamm hängen blieben. Endlich tauchte eine Lichtung zwischen den Bäumen auf und wir parierten unsere schnaufenden Pferde zum Schritt durch. In der Mitte der Lichtung stand ein mächtiges Gebäude aus verwittertem Holz, das zum Teil eingestürzt war. Links davon rauschte der Saw Mill River – normalerweise nur ein harmloser flacher Bach, aber durch die Regenfälle und Gewitter der letzten Tage war er zu einem reißenden Fluss geworden.

»Da ist Jac!«, rief Brody leise. »Sieht aus, als ob er verletzt wäre!«

Der Grauschimmel kam hinkend auf uns zugetrabt, er hatte tiefe blutige Schrammen an der Brust, am Bauch und an den Beinen. Schaum tropfte von seinem Hals. Brody gelang es, den schleifenden Zügel zu schnappen und reichte ihn mir. Wir ritten in einem Bogen um das Gebäude der alten Sägemühle herum und erstarrten.

»Das ist Glorias Auto!«, rief Tim ungläubig.

Tatsächlich! Vor der Eingangstür zwischen wucherndem Unkraut und Schutt stand der weiße Nissan, mit dem Gloria uns gestern nach Cape Cod gefahren hatte. Mir wurde flau im Magen. Sie hatte uns doch erzählt, sie habe gekündigt und würde in ein Motel ziehen, bis sie einen neuen Job gefunden hatte! War das alles gelogen und Gloria steckte mit Chris unter einer Decke? Hatte sie ihm gestern Abend vielleicht brühwarm erzählt, was wir bei Richard und Barbara gesprochen hatten? Ich konnte nicht fassen, dass ich mich derart in ihr getäuscht haben sollte!

»Da drüben ist die Brücke«, zischte Brody, aber in diesem Moment kam Chris aus der Tür. Er schleifte Joana, deren Arme auf den Rücken gefesselt waren, hinter sich her.

»Lass mich los!«, schrie sie ihn an, aber er stieß sie grob vor sich her zum Auto und öffnete den Kofferraum.

»Rein da!«, kommandierte Chris. »Und halt dein Maul, sonst klebe ich es dir auch zu!«

Joana trat und spuckte nach ihm, aber er war viel stärker als sie.

»Los!«, sagte Tim. »Wir müssen eingreifen!«

Er spornte sein Pferd an, Brody und ich folgten ihm.

»Lass sie los!«, brüllte Brody. Chris fuhr erschrocken herum.

»Elena!«, kreischte Joana. »Hilfe!«

Chris versetzte ihr einen Stoß, dann knallte er die Kofferraumklappe zu und sprang hinter das Steuer.

»Wir müssen ihm den Weg abschneiden!«, rief Tim und galoppierte Richtung Brücke. Brody folgte ihm, ich blieb zurück, denn Jacs Zügel hatten sich mit denen meines Pferdes verheddert. Es blitzte und gleich darauf krachte ein Donner, dann fing es so heftig an zu regnen, dass ich im Nu bis auf die Haut durchnässt war. Verzweifelt versuchte ich, die Zügel zu entwirren und gleichzeitig zu sehen, was passierte. Chris raste quer über die Wiese, das Auto holperte und schlingerte. Von links kamen Tim und Brody angaloppiert und ritten fast neben dem Auto her, aber Chris gab Gas wie ein Verrückter. Die Reifen drehten durch, als er den vom Regen durchweichten Weg erreicht hatte, und er beschleunigte noch mehr, um vor Tim und Brody zur Brücke zu kommen. Ein heftiger Wind schüttelte die Bäume, Blitz und Donner folgten in immer kürzeren Abständen. Endlich hatte ich die Zügel auseinandergefummelt, ich ließ Jac zurück und spornte mein Pferd zum Galopp. Chris war nun schneller als die Pferde, aber plötzlich schleuderte das Auto, das Heck brach aus. Es krachte gegen einen Baum, drehte sich und schoss wie eine Rakete mit aufheulendem Motor in die Luft. Mir blieb vor Entsetzen beinahe das Herz stehen. Der kleine weiße Wagen kippte in den Fluss und versank im brodelnden Wasser.

30. Kapitel

Brody und Tim sprangen von ihren Pferden, ich stoppte neben ihnen.

»Sie werden ertrinken!«, rief ich voller Panik. »Was sollen wir denn jetzt machen?«

»Der Fluss ist nicht tief!«, schrie Brody, um den Donner und das Rauschen des Wassers zu übertönen. »Wir müssen nur wegen der Strömung aufpassen!«

»Seid ihr verrückt?« Erst jetzt kapierte ich, dass Tim und Brody im Begriff waren, sich in den Fluss zu stürzen. Ich wollte sie davon abhalten, aber dann wurde mir klar, dass es die einzige Chance für Joana war. Sie war an den Händen gefesselt und konnte sich nicht selbst befreien. Das Auto hing zwischen zwei großen Felsbrocken fest, nur noch das Dach ragte aus dem Wasser. Die Windschutzscheibe war zerbrochen, Wasser strömte in das Innere des Autos. Ich sah, wie Chris hinauskletterte. Er schaute sich um und versuchte, sich ans entgegengesetzte Ufer zu retten, Joana war ihm völlig egal! Die Jungs hatten das Auto erreicht und versuchten, den Kofferraum zu öffnen. Meine Finger umklammerten die nassen Zügel, ich zitterte am ganzen Körper vor Angst und die Tränen liefen mir über das Gesicht.

»Da klemmt etwas!«, schrie Brody. »Ich krieg das verdammte Ding nicht auf!«

Tim und er stemmten sich gegen die Strömung und rüttelten am Kofferraum und plötzlich sprang er auf. Das Auto bewegte sich ein bisschen. Brody zerrte Joana aus dem Kofferraum und hielt sie fest. In dem Augenblick verschwand Tim unter der Wasseroberfläche.

»Tim!«, schrie ich verzweifelt. »Tim, komm zurück! Brody, du musst ihm helfen!«

Hörte er mich nicht? Ich ließ mich aus dem Sattel gleiten und war mit zwei Schritten am Ufer. Das Wasser war eisig, mir stockte vor Schreck der Atem und ich vergaß völlig, dass ich nur ziemlich schlecht schwimmen konnte. Aus dem Augenwinkel sah ich Blaulichter, die sich durch den Wald näherten. Die Hilfe kam – aber zu spät!

»Tim!«, schrie ich wieder und verlor den Boden unter den Füßen.

Da war Brody direkt vor mir.

»Elena, bring Joana hier raus!«, brüllte er mich an. »Gloria ist noch im Auto!«

Ich packte Joanas Arm und zog sie Richtung Ufer. Immer wieder rutschte ich auf den glitschigen Steinen aus und die Strömung zerrte an Joana, die halb bewusstlos und schwer wie ein Sack an mir hing. Irgendetwas knallte gegen meinen Knöchel, und endlich sah ich Tims Gesicht. Er hatte Gloria im Arm und versuchte, gemeinsam mit Brody, sie ans Ufer zu bringen.

Plötzlich waren lauter Männer in Uniformen im Wasser. Sie nahmen mir Joana ab, dann fühlte ich mich gepackt und hochgehoben. Meine Finger krallten sich in Erde und nasses Gras und noch nie war ich so froh gewesen, festen Boden unter den Füßen zu haben. Als ich den Kopf wandte, sah ich, dass ein paar Männer schon bei Tim und Brody waren und ihnen halfen, Gloria ans Ufer zu bringen. Ein Rettungswagen holperte über den aufgeweichten Weg, jemand wollte mir aufhelfen, aber ich riss mich los und lief zu Tim, der schwer atmend auf allen vieren aus dem Wasser kroch.

»Tim!« Ich fiel ihm um den Hals. »Oh mein Gott, ich hatte so eine Angst um dich!«

Er lächelte atemlos, richtete sich auf und schloss mich fest in die Arme. Es war so gut, ihn zu fühlen, sein Gesicht zu berühren! Die Angst ließ nach, ich begann am ganzen Leib zu zittern. Joana bekam die Handfesseln abgenommen und sie stürzte auf uns zu, klammerte sich schluchzend an mich. Gloria war in den Rettungswagen gebracht worden, sie war bewusstlos und es stand nicht gut um sie. Sanitäter brachten uns Decken und hüllten uns in Folien ein. Richard und Brenda stiegen aus einem Polizeiauto und kamen zu uns. Entsetzen malte sich auf ihre Gesichter, als sie das Auto im Fluss und uns in Decken gehüllt sahen. Brenda weinte vor Erleichterung und umarmte erst ihre Tochter, dann mich und Tim.

»Du hast ihr das Leben gerettet, Tim!«, stammelte sie weinend. »Ohne euch wäre sie jetzt tot!«

»Brody hat uns hierher geführt«, sagte Tim. »Wenn er nicht gewesen wäre …«

»Wo ist Brody überhaupt?«, rief ich plötzlich. Vor lauter Erleichterung, Tim in die Arme schließen zu können, hatte ich gar nicht mehr an ihn gedacht. Wir blickten uns um, konnten ihn aber nirgendwo sehen. Mein Blick irrte über den Fluss. Joana befreite sich aus der Umarmung ihrer Mutter und ließ die Decke fallen.

»Da drüben ist er!« Tim wies in Richtung der Sägemühle. »Er schaut nach den Pferden!«

Tatsächlich! Brody hockte im strömenden Regen neben Jac und untersuchte die Wunden des Pferdes. Wir liefen zu ihm hin.

»Oh, Brody!« Joana fiel neben ihm auf die Knie und umarmte ihn. »Danke! Danke, dass du uns gerettet hast!«

Brody schob sich verlegen eine Haarsträhne aus dem Gesicht.

»Komm her, Junge.« Richard Baxter zauste ihm gerührt das nasse Haar, dann umarmte er ihn so heftig, bis Brody nach Luft schnappte. »Dein Vater kann wirklich stolz auf dich sein! Und ich bin es auch!«

»Jac braucht einen Tierarzt, Mr Baxter«, erwiderte Brody, dem die ganze Aufmerksamkeit offenbar peinlich war, nur. »Die Wunden sind ganz schön tief.«

Gloria war wieder zu sich gekommen. Sie stand noch unter Schock und konnte sich nur daran erinnern, dass Chris gestern Abend vor der Tür ihres Zimmers gestanden hatte, alles andere war wie ausgelöscht. Offenbar hatte er ihr eine Spritze verpasst, sie in den Kofferraum ihres Autos gelegt und zur Sägemühle gefahren. Wie er von dort aus zurück zur Farm gekommen war, würde die Polizei sicherlich herausfinden. Zehn Polizisten durchsuchten das baufällige Gebäude und fanden Kisten voller Aktenordner und Medikamente und einen Laptop. Der Rettungswagen mit Gloria an Bord fuhr davon, kurze Zeit später rollte ein Truck mit einem Trailer auf die Wiese vor der alten Sägemühle. Lee und Garcia verluden die Pferde, Tim, Brody, Joana und ich zwängten uns in ein Polizeiauto, das uns zurück zur

Oaktree-Farm brachte, wo uns Melike, Niklas und Luke schon ungeduldig erwarteten. Sie konnten kaum glauben, dass Chris Gloria entführt und in den Kofferraum ihres Autos gesperrt hatte. Niemand wollte darüber nachdenken, was er womöglich mit den beiden Mädchen gemacht hätte, wenn Brody uns nicht zur Sägemühle geführt hätte und Chris die Flucht gelungen wäre.

»Wo wolltest du denn eigentlich hin?«, fragte Luke seine Schwester.

»Zu Tante Claire«, erwiderte Joana und nieste. »Ich hab mit Dad telefoniert, er ist auf dem Weg hierher. Und er sagte, ich solle zu Tante Claire fahren und dort auf ihn warten.«

Hugh Sinclair kam mit großen Schritten herbeigeeilt. Er umarmte seinen Sohn und zum ersten Mal sah ich den Mann lächeln.

»Warst du etwa schwimmen?«, fragte er.

»Ja, Tim und ich hatten ganz plötzlich Lust dazu«, grinste Brody und zwinkerte Tim zu. »War ganz erfrischend, oder?«

»Bis auf das Auto im Wasser war es ganz cool«, antwortete Tim und wir lachten, erleichtert und glücklich, dass alles doch noch gut ausgegangen war.

»Wo ist eigentlich Brenda?«, fragte Melike.

»Die Polizei hat Chris aufgegriffen und sie ist mit auf die Polizeiwache gefahren«, sagte Richard. »Ich schlage vor, dass ihr jetzt alle mal eine heiße Dusche nehmt und euch frische Sachen anzieht. In einer Stunde gibt es Abendessen. Hugh, Sie und Brody sind eingeladen – keine Ausrede!«

»Gerne, Sir. Es könnte nur sein, dass ich mich etwas verspäte.« Hugh Sinclair lächelte doch tatsächlich ein zweites Mal an diesem Tag. »Aber zuerst muss ich mich um die

Pferde kümmern. Der Tierarzt müsste jeden Augenblick da sein.«

»Das ist eine Entschuldigung, die ich gelten lasse.« Richard Baxter, der Pferdenarr, lächelte ebenfalls. »Wissen Sie was, ich leiste Ihnen Gesellschaft. Ich habe viel zu lange keine Pferdeluft mehr geschnuppert. Aber das wird sich ab heute ändern!«

31. Kapitel

Ich wachte mitten in der Nacht auf, weil mein Handy summte und vibrierte. Verschlafen tastete ich nach dem Gerät. *Mama ruft an …*

Oh Gott, hoffentlich war zu Hause nichts passiert!

»Hallo?«, murmelte ich.

»Elena!«, hörte ich Mamas besorgte Stimme ganz nah an meinem Ohr. »Geht es dir gut? Wir haben uns Sorgen gemacht, weil wir seit drei Tagen nichts von dir gehört haben!«

»Ja, klar, mir geht's gut.« Ich konnte ihr unmöglich am Telefon erzählen, was in den letzten Tagen passiert war, deshalb entschloss ich mich zu einer klitzekleinen Notlüge. »Es war nur irgendwie nichts Besonderes los.«

»Ach so. Na ja, es heißt ja auch: keine Nachrichten sind gute Nachrichten.« Sie lachte erleichtert. »Entschuldige, dass ich dich geweckt habe. Bei euch muss es mitten in der Nacht sein.«

»Vier Uhr morgens«, krächzte ich.

»Dann schlaf mal schön weiter. Und grüß Melike und Brenda.«

»Mach ich, Mama«, versprach ich. »Grüß auch bitte alle. Ich freu mich schon auf euch.«

»Und wir uns auch auf dich. Sechs Wochen sind wirklich eine lange Zeit.«

Als ich aufgelegt hatte, lag ich eine Weile da und blickte in die Dunkelheit.

Gestern Abend hatten wir bis weit nach Mitternacht am großen Tisch im Esszimmer gesessen. Barbara war noch aus Cape Cod gekommen und Paula hatte ein wahres Festmahl für die ganze Runde gekocht. Brody und Tim wurden als Helden gefeiert – und das zu Recht. Nicht auszudenken, was geschehen wäre, wenn sich die beiden nicht mutig in den Fluss gestürzt hätten! Richard und Hugh Sinclair waren in den Stall gegangen und hatten gemeinsam auf den Tierarzt gewartet, der die Verletzungen von Jac versorgt und sich anschließend die Futterpläne der Pferde angesehen hatte, die Richard ja schon von Glorias Fotos her kannte. Der Tierarzt war fassungslos gewesen, die Pläne waren vernichtet und die umfangreiche Stallapotheke ausgeräumt worden. Ab sofort würde ein Pferd nur noch dann Medikamente bekommen, wenn es aus gesundheitlichen Gründen welche brauchte. Anschließend hatte Richard J.J., Declan, Pat und Jamie fristlos entlassen. Sie hatten sofort ihre Sachen packen und von der Oaktree-Farm verschwinden müssen. Bob Pressler hatte seine Pferde abholen lassen und Chris saß in einer Gefängniszelle, in der er wohl eine lange Zeit verbringen musste. Nicht nur, dass er Gloria und Joana entführt und in Lebensgefahr gebracht hatte, er hatte überdies Geld unterschlagen und Versicherungen betrogen. Brenda tat mir ehrlich leid, aber für Luke und Joana freute es mich, denn für die beiden würde das Leben jetzt sicher wieder schöner werden.

Melike schlief tief und fest, ich lauschte auf ihre gleichmäßigen Atemzüge. Wir hatten unseren Plan, ein paar Tage bei Richard und Barbara auf Cape Cod zu verbringen, umgeworfen und würden stattdessen alle vier auf der Oaktree-Farm bleiben. Jetzt, wo J.J. und die Bereiter nicht mehr da waren, brauchte Hugh Sinclair Hilfe im Stall, bis er neue Mitarbeiter gefunden hatte. Ich gähnte und kuschelte mich in die Bettdecke. Tatsächlich waren schon fast fünf Wochen um, nächste Woche um diese Zeit würden wir zurück in Deutschland sein und dann ging auch bald wieder die Schule los! Mir kam es vor, als wäre ich mindestens ein halbes Jahr hier gewesen, so viel war passiert!

Vor dem Fenster knirschten schwere Reifen auf dem Schotter, das Licht von Scheinwerfern huschte durch den Spalt der Gardinen. Ich hörte gedämpft das Wiehern eines Pferdes, aber ich war zu müde, um aufzustehen und zu schauen, wer mitten in der Nacht die Auffahrt entlang zum Stall fuhr. Morgen war auch noch ein Tag und ich würde es schon erfahren.

Am nächsten Morgen wurden Melike und ich unsanft aus dem Schlaf gerissen. Joana stürmte in unser Zimmer.

»Aufstehen, ihr Langschläfer!«, rief sie fröhlich und zog mit einem Ruck die Gardinen auf. »Gleich gibt's Frühstück! Und stellt euch vor, wer heute Nacht angekommen ist!«

Ich blinzelte verschlafen ins gleißend helle Licht und Melike gab irgendein undefinierbares Geräusch von sich.

»Mein Daddy ist da!«, jubelte Joana und ließ sich auf mein Bett fallen.

»Hey, das ist ja cool«, murmelte ich.

»Er ist die ganze Nacht durchgefahren«, plapperte sie aufgeregt. »Kommt, steht auf, ihr müsst ihn unbedingt kennenlernen! Wir haben ihm schon alles erzählt, was hier passiert ist, und er brennt darauf, euch kennenzulernen. Also los!«

Sie sprang wieder auf, riss erst mir, dann Melike die Bettdecke weg.

»Lass uns wenigstens noch was anziehen!«, gähnte Melike.

»Okay! Aber beeilt euch!« Joana lachte, breitete die Arme aus und drehte sich ein paar Mal im Kreis. Dann flitzte sie wieder hinaus.

Eine Viertelstunde später gingen wir nach unten. Mein Knöchel schillerte in allen Farben des Regenbogens und tat ziemlich weh, aber sonst hatte ich das gestrige Abenteuer unbeschadet überstanden. Tim und Niklas saßen neben Richard und Barbara, die beide gut gelaunt lächelten, und auch Brenda war da. Sie war blass und hatte dunkle Ringe unter den Augen, aber auch sie lächelte, als wir hereinkamen.

»Elena, Melike – das ist unser Dad!« Luke strahlte so glücklich, wie ich ihn noch nie gesehen hatte. Der Mann, der mit dem Rücken zu uns am Tisch gesessen hatte, erhob sich nun und wandte sich zu uns um. Er war etwa Mitte vierzig, sonnenverbrannt und dunkelhaarig und sah aus wie eine etwas ältere Version von Luke – dieselben dunklen Augen, dasselbe etwas schiefe Lächeln, nur seine Haare waren kürzer geschnitten. Er schüttelte erst mir, dann Melike mit festem Händedruck die Hand.

»Ich bin Chad Channing«, sagte er. »Und ich freue mich sehr, euch kennenzulernen. Luke und Jo haben mir schon viel von euch erzählt.«

»Oh, und uns haben sie jede Menge von Ihnen erzählt«, entgegnete Melike. Wir setzten uns an den Tisch neben Niklas und Tim.

»Chad wird wieder die Leitung der Oaktree-Farm übernehmen«, verkündete Richard. »Zusammen mit mir. Ich habe nämlich heute Nacht beschlossen, dass ich in Zukunft beruflich kürzertreten werde. Mit 67 Jahren habe ich wohl allmählich das Recht dazu.«

»Hört, hört«, schmunzelte Barbara und wir applaudierten.

»Dad und Grandpa finden unsere Idee übrigens super«, sagte Joana mit glänzenden Augen. »Wir werden auf der Oaktree-Farm ein Reha-Zentrum für gequälte Pferde aufziehen!«

»Und es soll in Zukunft auch wieder Sommercamps geben«, ergänzte Luke. »Aber vor allen Dingen wird es hier demnächst wieder richtig gute Ausbildung für junge Pferde geben – nach Dads Methoden.«

»Ach, und Gloria bleibt hier.« Joana war ganz aufgeregt. »Sie kommt heute aus dem Krankenhaus und freut sich schon auf ihren neuen Boss.«

Chad Channing lächelte und strich Joana und Luke, die links und rechts von ihm saßen, übers Haar.

»Das ist ja toll!«, sagte ich und begegnete Brendas Blick. Was hielt sie wohl von diesen Plänen? Wie würde sie ohne Chris, der sie ja trainiert hatte, klarkommen? Immerhin war er ihr Mann und sie hatte ihn sehr gemocht. Ob die Tatsache, dass er sie belogen hatte und schuld an Lukes Querschnittslähmung war, etwas daran geändert hatte?

Nach dem Frühstück begleiteten Luke und Joana ihren Vater in den Stall. Er wollte nach seinen Pferden sehen, mit denen er über tausend Meilen an einem Stück gefahren war.

»Wartet bitte noch einen Augenblick«, bat Richard uns, als wir auch aufstehen wollten. Gespannt blickten wir ihn an.

»Wir möchten uns bei euch bedanken«, sagte er dann. »Ihr vier habt wirklich großen Mut bewiesen.« Er zwinkerte mir zu. »Ganz abgesehen davon, dass Elena einen Handtaschendieb in New York dingfest gemacht hat, habt ihr großen Anteil daran, dass die Missstände, die hier leider herrschten, aufgedeckt worden sind.«

Brenda legte ihre Hand auf die ihres Vaters. Sie holte tief Luft und sah einen nach dem anderen von uns an.

»Mir geht es nicht besonders gut, wie ihr euch sicher denken könnt«, begann sie. »Chris ist mein Mann und es ist sehr hart für mich, mir einzugestehen, wie sehr ich mich in ihm getäuscht habe. Ich habe ihm vertraut und ihm mehr geglaubt als meinen eigenen Kindern. Und ich habe nicht sehen wollen, was hier hinter meinem Rücken mit den Pferden passiert ist. Es ist eben oft bequemer, den Kopf in den Sand zu stecken.«

Sie machte eine kurze Pause und ein zaghaftes Lächeln erschien auf ihrem Gesicht.

»Ich danke euch aus tiefstem Herzen, dass ihr Luke und Jo geholfen habt, die Wahrheit ans Licht zu bringen. Und dafür, dass ihr Jo das Leben gerettet habt, werde ich euch ewig dankbar sein. Wir werden die Oaktree-Farm auf einen neuen Weg bringen und auch ich werde meinen Platz finden, das weiß ich. Ihr seid hier auf jeden Fall immer herzlich willkommen.«

Brenda blickte ihren Vater an und der räusperte sich.

»Melike«, sagte er zu meiner Freundin. »Ich habe gehört, wie sehr du an Friday gehangen hast. Du und Elena, ihr habt das Westernreiten wirklich schon gut gelernt und es wäre ein Jammer, wenn ihr das nicht weitermachen könntet. Deshalb möchten wir euch als Dankeschön und Erinnerung an eure Zeit hier zwei von unseren Pferden schenken. Natürlich übernehme ich die Kosten für den Transport nach Deutschland.«

Melike schnappte neben mir ungläubig nach Luft und ich konnte es auch nicht fassen. Tim und Niklas grinsten nur, offenbar wussten sie schon Bescheid.

»Luke sagte, dass du Mainly Mathilda sehr gern magst, Elena. Deshalb soll sie dir gehören.« Richard lächelte amüsiert, als er unsere verdatterten Gesichter sah. »Und du, Melike, sollst Dun it whiz a smile bekommen. Du hast doch eine Schwäche für Buckskins, nicht wahr?«

»Aber, aber ... Smiley ist doch viel zu wertvoll für mich«, stotterte meine sonst so redegewandte Freundin. »Ich werde ihn verderben!«

»Chad wird weiterhin Lehrgänge in Europa machen«, erwiderte Richard. »Und nichts spricht dagegen, dass er auch auf den Amselhof kommt. Das hat er auf jeden Fall selbst vorgeschlagen.«

»So bleiben wir immer in Kontakt«, fügte Barbara hinzu.

Melike und ich sahen uns an, dann sprangen wir auf und vollführten einen Freudentanz rund um den Esstisch. Tim und Niklas grinsten breit, als wir erst Brenda, dann Richard und Barbara umarmten.

»Ach«, sagte Melike atemlos. »Und ich war schon so traurig, dass ich zu Hause nicht mehr Western reiten kann!«

»Wie sieht's aus«, wandte ich mich an Tim und Niklas. »Kommt ihr mit rüber in den Stall? Wir müssen Hilda und Smiley erzählen, dass sie bald auf den Amselhof umziehen werden.«

Die Jungs standen auf. Melike fiel mir um den Hals.

»Träume ich das alles?«, fragte sie mich.

»Nein, ich glaube nicht«, erwiderte ich grinsend.

»Na, dann – Yeeeeha!«, rief meine beste Freundin begeistert. »Die Cowgirls kommen!«

Nele Neuhaus

Elena – Ein Leben für Pferde
Ihr größter Sieg

304 Seiten · Gebunden
ISBN 978 3 522 50575 8

Was ist bloß mit Tim los? Seit Elenas Rückkehr aus Amerika ist er völlig verändert und sie weiß nicht mehr, woran sie bei ihm ist. Als Elena auf dem letzten Turnier der Saison mit ihrem Pferd stürzt und sich schwer verletzt, ist es nicht Tim, der sie im Krankenhaus besucht, sondern Farid. Doch warum sollte sich der gut aussehende Fußballstar ausgerechnet in sie verlieben? An Elena nagen Selbstzweifel – seit dem Sturz mit Bittersweet weiß sie nicht mehr, ob sie jemals wieder so unbefangen reiten kann wie zuvor. Als eines Abends auch noch Tims kleine Schwester verschwindet, hat Elena keine Wahl und macht sich auf zu einem Ritt auf Leben und Tod …

LESEPROBE ZUM 5. BAND DER Elena-REIHE

1. Kapitel

»Oh mein Gott, ich glaub, ich dreh gleich durch!« Melike hopste auf der Rückbank des großen Lkw herum und rüttelte ungeduldig an der Kopfstütze des Vordersitzes, auf dem ich saß. »Können Sie nicht ein bisschen Gas geben, Herr Weiland?«

»Mit dem Lkw darf ich nur achtzig fahren«, erwiderte Papa geduldig. »Außerdem nützt es wenig, wenn wir früher da sind. Nachdem die Maschine gelandet ist, dauert es nach meiner Erfahrung sowieso mindestens anderthalb Stunden, bis alle Formalitäten erledigt sind.«

Mein Vater hatte schon oft Pferde zum Flughafen gefahren oder dort abgeholt, er kannte sich aus. Unser Amselhof lag nur knapp fünfundzwanzig Kilometer vom Frankfurter Flughafen entfernt und nicht selten wurden bei uns Pferde untergebracht, die auf der Durchreise in irgendwelche exotischen Länder waren. Meistens blieben sie nur für eine Nacht, aber manchmal auch für ein paar Tage, bis ihre Reise weiterging.

Ich hatte Papa einmal begleiten dürfen, im vergangenen Jahr, als wir mein Berittpferd Quintano, das dem Schweizer Pferdehändler Nötzli gehört hatte, zum Flughafen gefahren hatten. Herr Nötzli hatte den braunen

Wallach, dem ich meine ersten Siege in M-Springen verdankte, an die amerikanische Springreiterin Brenda Murray verkauft, und Quintano war von Frankfurt aus nach Boston geflogen. Brenda hatte das Versprechen, das sie mir damals gegeben und das ich zunächst nicht ernst genommen hatte, tatsächlich wahr gemacht: Sie hatte mich und eine Freundin auf ihre Farm nach Massachusetts eingeladen. Klar, dass Melike mitgekommen war, und wir hatten in den sechs Wochen wahnsinnig viel erlebt. Auf der Oaktree-Farm hatte es nicht nur Brendas Springpferde gegeben, wie wir eigentlich angenommen hatten, sondern auch jede Menge Westernpferde. Brendas Vater, Richard Baxter, war in ganz Amerika bekannt für seine Zucht von hochklassigen Quarter Horses. Es verstand sich von selbst, dass Melike und ich das Westernreiten ausprobiert hatten. Zuerst war uns die herrliche Farm wie das totale Pferde-Paradies erschienen, aber dann waren wir zusammen mit Brendas Kindern, Luke und Joana, einer Bande von üblen Pferdequälern auf die Schliche gekommen, deren Anführer ausgerechnet Brendas zweiter Mann Chris gewesen war. Als Dank für unsere Hilfe hatte uns Richard Baxter zum Abschied zwei seiner Pferde geschenkt: mir die Fuchsstute Mainly Mathilda, mit der ich bei einer Show eine Reiningprüfung gewonnen hatte, und Melike einen jungen Buckskinwallach mit dem komplizierten Namen Dunitwhizasmile. Und seit diesem Augenblick sprach meine beste Freundin von nichts anderem mehr als von ihrem Smiley. Während Melikes Freund Niklas sich geduldig ihre Schwärmereien anhörte, war Tim mittlerweile total genervt und machte einen Bogen um meine Freundin. Das hatte zu einer leichten Verstimmung zwischen uns geführt, denn auch wenn ich es selbst nicht mehr hören konnte, so verstand ich Melikes Aufregung.

Heute sollten die Pferde endlich nach Deutschland kommen und genau deshalb saßen Melike und ich an diesem Mittwochvormittag im September nicht in der Schule, sondern mit Papa im Lkw.

Neuhaus, Nele:
Elena – Ein Leben für Pferde
Das Geheimnis der Oaktree-Farm
ISBN 978 3 522 50574 1

Umschlaggestaltung: Johannes Wiebel | punchdesign, München
unter Verwendung von Motiven von Shutterstock.com
(shutterstock_210501397/Carlos Amarillo; shutterstock_310917401/Osetrik)
Vor- und Nachsatz: Tamara Lang
Innentypografie: Kadja Gericke
Reproduktion: Medienfabrik GmbH, Stuttgart
Druck und Bindung: GGP Media GmbH, Pößneck

FSC
www.fsc.org
MIX
Papier aus verantwortungsvollen Quellen
FSC® C014496

2. Auflage 2017

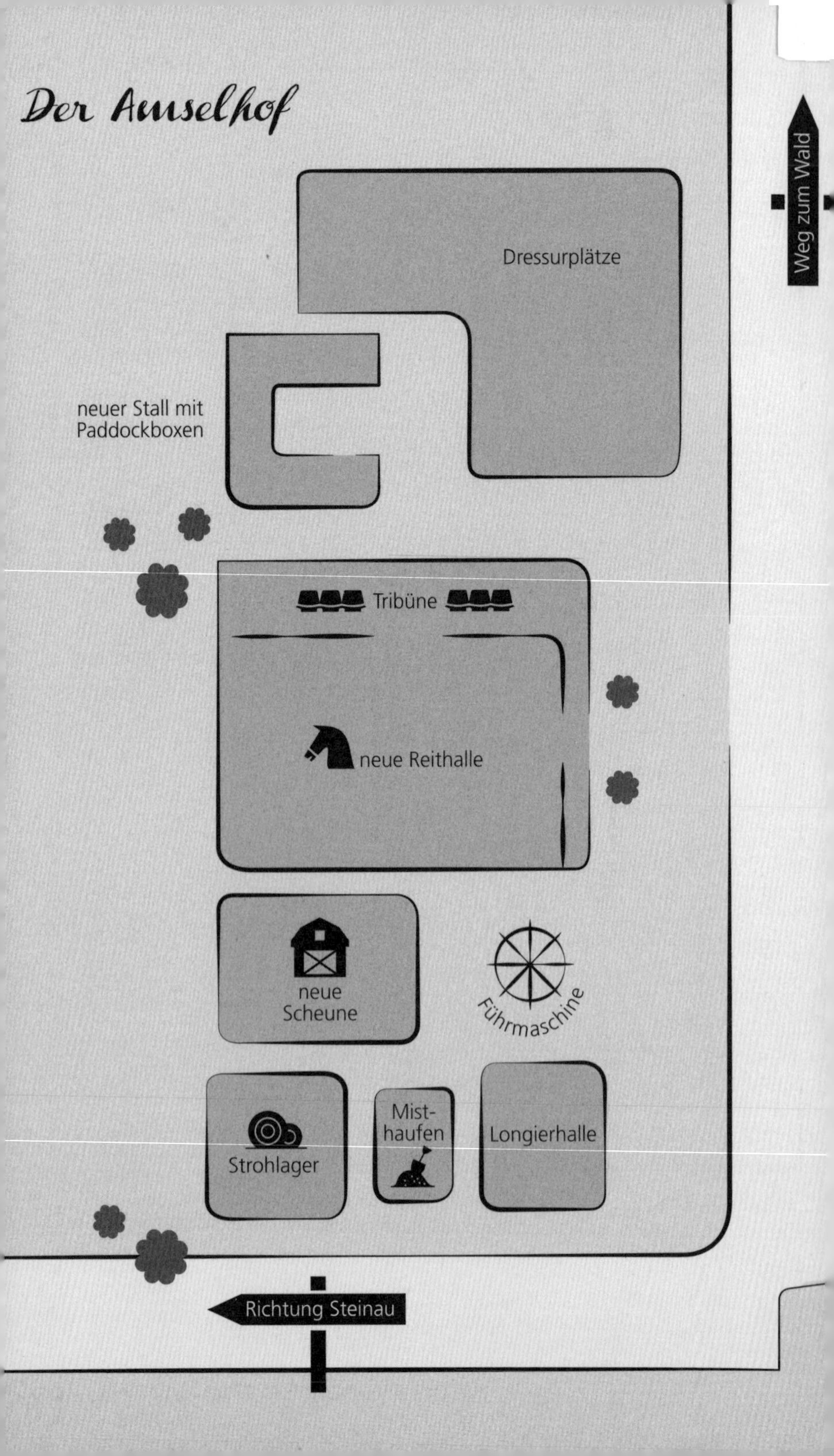

Der Amselhof
Dressurplätze
Weg zum Wald
neuer Stall mit
Paddockboxen
Tribüne
neue Reithalle
neue
Scheune
Führmaschine
Strohlager
Mist-
haufen
Longierhalle
Richtung Steinau